有爱的青春陪伴者

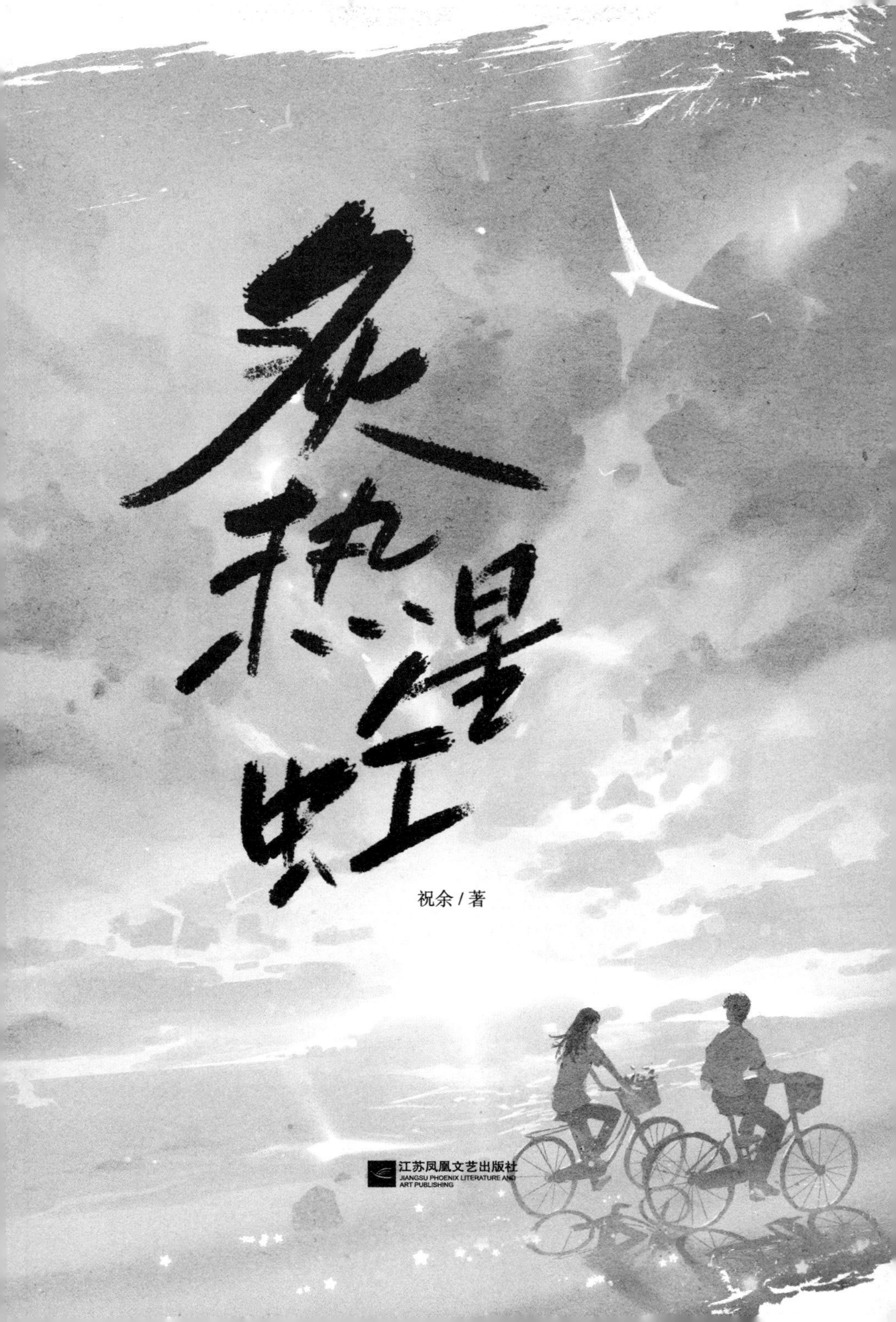

炙热星虹

祝余 / 著

江苏凤凰文艺出版社
JIANGSU PHOENIX LITERATURE AND ART PUBLISHING

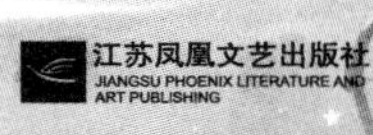

图书在版编目（CIP）数据

炙热星虹 / 祝余著. -- 南京 : 江苏凤凰文艺出版社, 2022.11
ISBN 978-7-5594-6544-3

Ⅰ. ①炙… Ⅱ. ①祝… Ⅲ. ①长篇小说－中国－当代 Ⅳ. ①I247.5

中国版本图书馆CIP数据核字(2022)第190659号

炙热星虹

祝余 著

责任编辑　王昕宁
特约编辑　廖　妍　鲁　璐
责任校对　彭　佳
出版发行　江苏凤凰文艺出版社
　　　　　南京市中央路165号，邮编：210009
网　　址　http://www.jswenyi.com
印　　刷　长沙鸿发印务实业有限公司
开　　本　880mm × 1230mm　1/32
印　　张　9
字　　数　277千字
版　　次　2022年11月第1版
印　　次　2022年11月第1次印刷
书　　号　ISBN 978-7-5594-6544-3
定　　价　42.80元

江苏凤凰文艺版图书凡印刷、装订错误，可向出版社调换，联系电话025-83280257

目 录

/ Z H I R E /

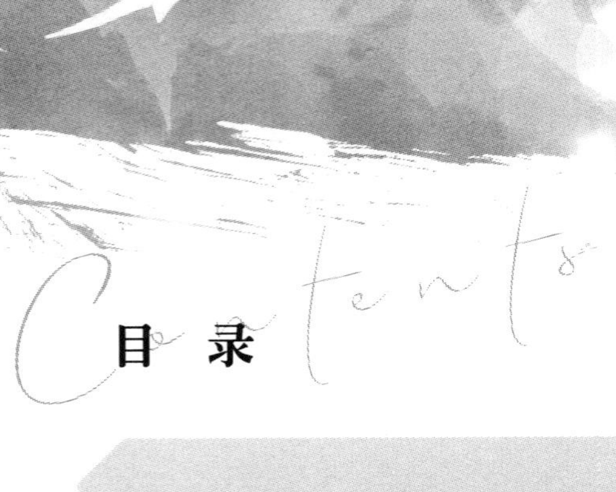

目 录

/ X I N G H O N G /

第一章 遇见少年的你

少女的裙裾飞扬，在暖风中摇曳，似一朵水仙花儿盛开

Z H I R E X I N G H O N G

第一节

多年以后齐颜还记得，在彩云之下那个小城，他遇见过最好的自己。

2009 年，高三在家休学一年的齐颜，来到千里之外的中学复读，鉴于明天就要开学了，在小姨家憋了三天的齐颜终于忍不住要出门到海边看看。

小姨家有辆表哥不骑的半旧山地车，放在楼下很久没人骑，小姨杜亚娟听说齐颜想骑车上学，特意拿到车店修理上色。齐颜顾念小姨一片心意，把在网上购买的名牌车退购了。

初秋的枫叶泛起微红，空气中弥漫海风甘甜的味道。齐颜慢悠悠地骑行在海边公路上，左边是山，右边是海，偶尔有飞鸟掠过海山之间，伴着远处点点白帆，难怪是旅游小城，风景的确很好。

他把车横放在沙滩上，光脚爬上一块礁石，最远处的海面湮没在世界尽头，虽然海水没有他想象中那样湛蓝，可波光闪动，依旧晶莹好看。

他用力伸个懒腰，张开手臂冲大海猛喊几声，压抑在心底许久的郁闷情绪发泄出来，感觉身心舒畅许多。

“东临碣石，以观沧海。水何澹澹，山岛竦峙。树木丛生，百草丰茂……”

齐颜家住在北方内陆，每次去有海的地方，他都忍不住要朗诵几首诗，抓住难得的机会抒发心中豪迈。他觉得这么做有些“中二”，也怕遭人白眼，所以专挑人少的地方喊。

“春江潮水连海平，海上明月共潮生……”

他意兴正酣，右手边忽然传来一个声音：“喂，有完没完？大白天哪有月亮？”

齐颜心弦一紧，见那边礁石丛里探出一个扎双马尾的女孩——女孩鹅蛋脸小小的，出挑的五官精致灵动，像从海里钻出来巡逻的精灵，正瞪着一双青杏般无辜大眼看自己，樱桃小嘴微微张着，看不出是嗔怒还是撒娇，总之有股难以名状的可爱。

“不好意思。”齐颜抱歉地笑了笑。

女孩似有若无点下头，地鼠一样钻回礁石后面，半个字没说。

齐颜识趣地耸耸肩，穿上鞋跳下礁石，正准备到其他地方转转，可刚扶起山地车，又听那边有人说：“不要欺负薇薇。”

“时越，他没欺负我。你别乱说。”

齐颜急忙转过身，看到礁石后面走出两个人，只见高高瘦瘦的男生情绪激动，但言行和眼神显得呆板木讷。双马尾女孩拉住他手臂，安抚他的情绪，一边仓促地对齐颜解释：“他不是故意说你，你别怪他。”

齐颜皱起的眉头舒展开，他看出那个男生精神似乎有些不正常，微微一笑，试探地问：“他是不是误会我了？”

男生眼角一沉，反手拉住女孩的手，神情变得更激动，指着齐颜吼道：“不许你欺负薇薇！”

“时越，你安静点，他真没欺负我！”女孩极力劝阻，像在哄小孩子，男生的情绪果然稳定一些。

齐颜不知所措，怕任何举动都会刺激到对方。

双马尾女孩向齐颜走近几步。刚才藏在礁石后面，齐颜以为她不高，这时见她露出全貌才知道她足有一米七那么高。

她穿着浅绿色连衣裙，裙摆及膝，腿很细，膝盖也小巧精致，没有赘肉和浊色，白色的半腿袜将小腿包裹的十分修长匀称，站在烈阳下，像一朵被海风吹拂盛放的水仙花，散发出明媚清香。

她走到离齐颜五米的地方停下，微红的脸蛋儿矜持腼腆，压低声音说：“我朋友有轻微自闭症，不能受刺激。”

齐颜很绅士地握住自己的手：“好的。打扰你们了，我这就走。”

“实在不好意思，谢谢你。我叫唐薇。”女孩一脸歉意，似乎这样道歉的话她已经说过很多遍。

“我叫齐颜。没什么，那你好好照顾他，我去别的地方。”

齐颜骑上车，忍不住又看唐薇一眼，见她乖巧地背过双手，身体随风轻轻摇晃，海风吹动连衣裙上舒卷的褶皱，青春洋溢，好看极了。

他不知该说什么，唐薇这时转身向他竖起右手拇指，两人相视一笑，见唐薇回到那个叫时越的男生身边，他这才骑车离开。

齐颜在海边公路上骑行很远，中午简单吃口快餐，绕城市外环骑一圈，欣赏了许多风景，回来时已经下午五点。

他本想直接回小姨家，可听人说宁南之所以叫“彩云之城”，是因为海边的晚霞格外好看，尤其雨后初晴，有时能看到颜色极为鲜明的彩虹。他最喜欢彩虹，也喜欢彩色的云霞，喜欢五颜六色层次分明的树林，总之色彩鲜艳的东西他都很着迷。

“也许她还在那里？”

齐颜情不自禁地想起唐薇，想起她脸上干净温暖的微笑，好看的浅绿色连衣裙，仿佛还能闻到淡淡芬芳，心情又变得明朗许多，车速跟着心跳加快。

天色暗淡下来，夕阳穿过漫天鳞云，霞光在海面上铺展开，琥珀般的天空仿佛掉进一个暖色大染缸。

齐颜骑车来到那片礁石，他知道唐薇和时越不可能在这里坐一天，可还是抱着一丝希望，直到他装作漫不经心找遍每一块礁石，确定他们已经离开，心中不免有些失落。

手机铃声响起，齐颜接通电话，是小姨打来的。

小姨就是齐颜复读班的班主任，她说学校有个会，让齐颜饿了就先吃点什么，但少吃点，晚上夫妻二人要带他出去吃。

挂断电话，齐颜捡起一块石头用力扔向大海。

高三时，他因为很多原因厌学，休学在家一年，虽然叛逆期还没过，可在家虚度光阴实在无趣，看着同学们高考结束拿到大学通知书，他心中多少有点不是滋味。

父母都是生意人，平时对他管教有些疏松，可自从他休学后，劝他上学这件事每天都要唠叨几遍，终于在开学前把他说通。

齐颜就这么一个亲姨，在宁南二中当英语老师。整个家族的人都同意让齐颜到宁南二中复读，小姨为此特意做了复读班班主任，他小胳膊拧不过大腿，只好同意。

他离开沙滩，骑车在岸边小路上散心。

毕竟一年没上学，马上又要和语数外、地史政打交道，班主任还是自己亲姨，他的自由生活大概要终结了。

华灯初上，海边夜色温馨，轻柔的水浪冲刷礁石，拖着长长尾音，一来一回很有节奏。

这里是个小港口，停泊很多渔船和游艇，也有一些像房子的船紧紧靠在岸边，应该有人常住。

齐颜对海边的一切都很好奇，看到其中有艘船格外显眼，那是一艘二十几米长的船，用几条锁链固定的岸边，靠岸一面门窗开着，船身的涂鸦彩绘和装饰品在灯光下更显得精美，像一座漂浮在海上的小城堡。

门上的 LED 招牌“时光号”闪烁着七彩光芒，光线不停变换，旁边还挂着一个半米长的小招牌，写着“书屋”两个字，滚动的小彩灯串成一条线，绕在门边，夜越黑，灯越亮。

齐颜停下车，如此别致的书屋他还是第一次看到。

门外停着几辆自行车，里面灯火通明，两个和他年纪相仿的女孩走出来，手中抱着书和奶茶，看模样都是从店里买的。

他看看时间，再等一小时回家也不迟，在栅栏上锁好车，走进“时光号”。

船里面的空间比他想的要宽敞，装修是暖色调复古风格，书架靠墙壁摆放，中间有两排奶酪色桌椅，干干净净，像个小一点的图书阅览室，几个年轻人正在桌边安静看书。

船头方向有个吧台，看起来像水手酒吧，只出售饮品，小黑板上写着本店新进书单，字迹工整。吧台和墙壁上钉着原木防潮板，上面贴有黑胶唱片和牛皮纸海报，唱片是装饰品，离书桌最近的墙上有一张蓝色留言板，贴满许愿便笺，还有一些装满纸条的漂流瓶，密密麻麻地写满字，看来生意很好。

吧台里坐着一个身材微微有些发福的中年男人，高鼻梁，眼窝深邃，戴一副眼镜，梳着时髦又很有年代感的“三七分”，看模样应该是店长。

他看齐颜一眼，微笑着问：“买书？”

“先看看。”齐颜回答。

“楼上楼下都有。”店长说话很客气。

齐颜来到书架前，书店他平时不怎么进，但这个海上书屋激起他久违的阅读兴趣。

书的类型很多，都是正版，和齐颜印象中堆满练习册的小书屋不同，闻着淡淡书香，还有海风吹进来的花草芳香，他觉得这地方很好，忍不住要到二楼看看。

二楼比起一楼只是高度略低一些，像阁楼，有两个穿校服的女生倚在书架上，对一本小说插画小声讨论，见齐颜上楼，她们一怔。也许是自己的贸然到来打扰到她们的雅兴了，齐颜这么想着。

看到女生身上天蓝色的校服，齐颜有些感慨。他以前在学校性格开朗，武能踢足球、打篮球，文能考第一。但在高二下学期，他迟来的叛逆期过于激烈，成绩直线下滑，性格也变得有些孤僻易怒。每堂课四十五分钟感觉像四十五个小时，坐一会儿都觉得煎熬。终于在高三开学那天他翻墙离开学校，从那之后便休学在家。

休学一年他学会两件事，一是写武侠小说，二是安静下来思考一些从未考虑过的问题，俗称发呆，大有格物致知的架势。结果实践让他明白一个道理：在家比在学校更无聊。

他拿一本《霍乱时期的爱情》坐在书桌边，舷窗外大海暗下来，海那边只剩一片淡红色余晖。

脚下的船微弱地起伏着，听到拖沓的海浪声，他有些恍惚，感觉自己正坐在这本小说开篇的那艘船里，可令他感到心烦的不是霍乱，也不是爱情，而是他说不清道不明的一种迷惘，也许那就是青春？

第二节

齐颜十九岁了，再过两个月就满二十周岁。他渴望自己能有决定命运的权利，可他发现自己根本没有想象中那么强大，弱到断一个月零花钱他都会缴械投降。

他叹口气，起身回到书架边，又拿了《百年孤独》和《卡拉玛佐夫兄弟》。纯文学的书他其实不喜欢读，哪怕是名著。他是一个很难静下心读几页文字的大孩子，毛手毛脚，心浮气躁，但他试图改变这点，算是回报这个书屋带给他的欣喜。

“老板，有武侠小说吗？”齐颜问楼下的老板。

“有。薇薇，你帮找一下。”老板说。

楼梯传来脚步声,齐颜知道有人上楼,随口说:“最好老一点的版本。”

“有，要找找。”

齐颜听声音有点熟悉，侧身看向楼梯口，只见一个梳双马尾的女孩走上来。

竟然是她。

“这么巧？”齐颜呆呆地站在原地。

上楼找书的人正是唐薇，那个在海边遇见的漂亮女孩。

齐颜怀抱两本书，难得矜持：“这是你家的书店？”

“嗯，好巧。”唐薇有点尴尬，“齐……”

“齐颜。上午的事别介意。”

唐薇做出无所谓的表情，想起正事，走向靠里面的书架说：“我给你找书。”

齐颜跟在她后面，来到书架前。唐薇指着书架最上面那格，吩咐齐颜：“小凳子帮我拿一下，好像在上面。”

齐颜连忙把凳子拿来，试探着问：“用我帮你吗？”

“不用，你是顾客。”唐薇站在凳子上，踮起脚在书架上翻来翻去。

齐颜又见到那条绿色的花裙子，莫名地心跳加速，移开目光，胡乱地从书架上拿起一本书，定定神。

“就这几本，你看要不要？”唐薇抱起几本书。

齐颜接过来，连封面都没看就说都要了。

“你看那么多？”唐薇问。

齐颜回到书桌边，桌上的书加起来共十一本。他掸掸灰尘说：“本来只想买几本，不过我很喜欢你们家书店，加上咱们再相遇也算缘分。”

唐薇皱眉：“萍水相逢，这么客气？”

“萍水相逢也是缘分。”齐颜不想把话说得太油腻，只怕唐薇会反感。

唐薇会心一笑：“你家是宁南的？听口音不像。”

“我小姨家住这里，我是北方人。你多大了？我十九岁。”

“十八岁。”唐薇感觉气氛有些怪，岔开话题，“这么多书你怎么拿回去？有书包？”

齐颜怔了怔，问：“你们有袋子吗？”

“方便袋装不下，我有书包，先借你拿回去，哪天你送回来就行。”

齐颜求之不得，连忙答应。

唐薇说书包在甲板上，告诉齐颜在这里等她，想了想又让齐颜直接把书抱到甲板上。

海岸上灯光连成一片，不远处有个游乐场，唐薇说附近酒店宾馆下榻的多半是旅游团，夜里会出来玩，很晚才回去。

甲板上两层船舱修葺一新，是唐薇一家人住的房子。船舷边栽种许多花草，靠近大海那面摆放着电子琴、吉他等乐器，一架小天文望远镜正仰望星空，旁边还支着一个画板，吊篮和灯饰都很应景，很多小细节设计得精巧别致，所有东西几乎用一个固定的遮阳棚罩起来，遮阳棚是蓝色塑料材质，很是美观。

齐颜坐在桌边等候，唐薇推门出来，手里拿一个浅蓝色书包：“这是我初中背的，你别嫌幼稚。”

齐颜一笑：“正好。你家这房子是我见过最好的。”

“那你也没见过什么好房子啊？”唐薇打趣。

齐颜整理书包：“这你可说错了，什么别墅、庄园我都见过，我大伯家还有高尔夫球场呢。”

“那么好？”

“那房子可比不上你这里，他家有草原，你家有大海啊。”齐颜开个玩笑，“问你个技术性问题。”

“什么？”

“这船能开吗？”

“能，我还出海捕过鱼呢。我爸很少带我出海，再说要开书店，里里外外动一次很麻烦的。”唐薇说。

“也是，但这感觉真好。我太喜欢这船了。”

唐薇和他相视一笑：“你来宁南做什么？旅游？”

“上学。”齐颜叹口气，一想到开学就觉得心里发堵。

“你读大学了？”唐薇又问，宁南有一所很普通的师范学院。

“高四，复读班。”齐颜回答。

唐薇指着他问：“班主任杜亚娟？”

“对，我小姨。”齐颜回答。

“同学你好哇，正式介绍下自己，唐薇，你好！”唐薇很仪式性地伸出手。

齐颜这才反应过来：“你和我同班？”

两人轻轻握手。唐薇情绪终于恢复平静，坐下来自顾自傻笑两声：“宁南可真小，现在更小了。也对，就那么几个学校。”

齐颜也忍不住感叹：“这么说我们以后会在一个班上课？”

“嗯，还有时越。”

“就是上午你那个朋友？”齐颜记得唐薇说过他有自闭症，不确定他能不能读高中。

“时越家离这里不远，他小时候就被发现有自闭症，还好不严重，加上药物干预，跟我们没什么区别。他智商很高，就是情绪受刺激后会不稳定，不喜欢和陌生人说话。”

齐颜想了想说：“就像《雨人》里的达斯汀·霍夫曼？”

“我一猜你就能想到他。”唐薇默契一笑，“时越真的很聪明，他高三有几次模拟能考进年级前十。”

“那为什么还要复读？”齐颜诧异。

唐薇轻叹：“他太紧张了。那些题对他来说不难，如果正常发挥，重点学校不成问题。”

“所以他想再考？”

“嗯，他要克服紧张，多考试，多做试卷，多和同学相处，下次高考应该能稳定一些。”唐薇拿起保鲜柜里一瓶饮料丢给齐颜。

齐颜拧开说声谢：“你呢？想考更好的学校？”

唐薇走到船舷边的画板前面，拿起画笔说：“我啊，美术生，上学期出去学画，这学期不想参加集训，我觉得文化课更重要些，回来后不想跟班，就报了复读班。”

“因为时越？”齐颜起身来到画板前，仔细看上面的画。

唐薇犹豫两秒钟：“有这方面原因。我当他是哥哥，他有时情绪不稳定，我能帮他。”

“看出来了，有你这样的朋友真好。”

齐颜淡淡说一句，弯腰齐视唐薇那幅画。那是一幅油画，上了一半颜色，内容就是眼前的大海和天空，还有落日和渔船。

“你画的？”

“怎么样？”唐薇挑眉看他。

“值得收藏。开个价。”

“我随便画的，水平一般。你喜欢？”唐薇笑着问。

“喜欢啊。我刚才特意回海边，就是想看看传说中的彩云之城，你这幅画虽然没画完，但真能感觉到意境，很传神。”

唐薇抿嘴笑，大眼睛眯成一条缝：“嘴这么甜？你是不是对女孩子都这么说啊？”

“怎么可能？我这人出了名的嘴毒，尤其对女生。我真觉得你画得好，虽然是油画，可你画出了国画的意境，这笔法用色，啧啧啧，绝了。”

听齐颜一通乱夸，唐薇忍不住笑：“你懂画？”

“刚才不懂，现在懂了。我不和你开玩笑，这画多少钱？我真买。”齐颜一脸诚意。

“你喜欢就送给你。”唐薇摸着画板说，“要等我画完再给你。”

“这怎么好意思？”

“有人喜欢总比压在一摞摞画稿下面好。”唐薇手搭船舷看向远处，“除了我爸和时越，你是第一个说喜欢我画的人，虽然有点假。”

“怎么可能？”齐颜来到船舷边，“那肯定是他们鉴赏能力不够，好作品需要用心看。”

唐薇侧身看齐颜一眼，海风吹动长长的马尾辫，灯光下的她笑起来比刚才还甜：“谢谢你欣赏拙作，画好就给你。”

“一言为定。”

“对了，你为什么读复读班啊？”

“答案很明显，差等生。”齐颜自嘲。

“不像。”

“哪里不像了？”

“感觉。”唐薇看着海面。

“我感觉我还可以啊。”齐颜半开玩笑。

“你那么想当差等生？我看你挺聪明的。”

齐颜苦笑：“不是想当差等生，实际情况就那样。我是挺聪明，可聪明未必只能用在课堂上。”

“我懂。但你既然选择复读，最好珍惜机会，考上个好大学。”

两人正说着，船舱门打开，唐薇爸爸，也就是“时光号”的船长兼店长走上甲板。他看到船舷边的唐薇和齐颜，脸上露出和善微笑，问：“薇薇，同学来了？”

第三节

“叔叔好，我叫齐颜，从明天开始就是您女儿的同学。”齐颜站起来打招呼。

唐薇解释：“我们刚认识，齐颜也在二中复读班。”

“哦，好，那你们聊，我拿点东西。”

话刚说完，齐颜手机铃声响起，是小姨打来叫他去吃饭。他看看时间，把买书的钱交给唐煜，提着书包走出书店。

齐颜打开锁，背上书包骑上车，很嘚瑟地转身看唐薇：“大画家，开学见。”

“开学见。”唐薇拧着手指，似笑非笑地看他。

齐颜骑出几步，用脚刹住车，转回身说：“那幅画别忘了，怕你一想到给我的，就不用心了。”

“我可没你想的那么坏。快回去吧，把班主任等急了，有你好受的。”

齐颜挥挥手，潇洒地骑出海港，按照地址几经打听，时间刚过七点半，来到小姨约定的那家酒店。

酒店门前停着成排的车，人来人往很热闹。齐颜在犄角旮旯锁好山地车，暗想和小姨、姨夫吃个饭用这么大排场，找个大排档就挺好，看来其中另有玄机。

等他来到包间，还没进门就听里面传出喧闹声，推门一看，包间竟然坐了十几个人。

齐颜连忙在灵魂深处拷问自己，最近有没有犯什么错误。他拎着那个蓝书包站在门口愣了两秒钟，视线一扫，看到桌边的小姨和姨夫。

“齐颜啊，坐那里。那是你两位同学。”

小姨杜亚娟站起来给齐颜指路，靠空调那边有个空座，座位两边是一个男生和一个女生。男生斯斯文文，戴圆框眼镜，一举一动像个大家闺秀，从镜片反光中都能看出他的腼腆紧张，就差在脸上贴个“好学生”标签。

“这家伙学习一定很好。”齐颜以貌取人，转眼再看那个女生，梳着一根高高的马尾辫，脸上化着淡妆，虽然穿校服，可行为举止给人一种少年老成的市侩感。

女生正摆弄手机，百忙中抬起眼皮看齐颜，也是一愣神，冷漠的脸上浮现笑意，热情地招呼齐颜过来坐。

“还拿书包来的？这孩子挺好学啊。”

“干干净净，清清爽爽，杜老师这外甥真招人喜欢。”

……

在场的老师对齐颜夸个不停。齐颜不是腼腆的人，很快调整到大型聚餐应有的状态，礼貌地向那些老师微微鞠躬打招呼，坐到男生和女生中间，和两人攀谈起来。

男生叫程元熙，上一届的优等生，高考分数已经过重本线，但没考上心仪的大学，决定重考。去年小姨没当班主任，但教过他两年英语，师生间关系很好，是小姨这届复读班的重点培养对象。

女生叫易欣，和程元熙的情况恰恰相反，学习成绩向来垫底，按她自己话说，她去哪班就是拯救哪班的倒数第一。

她高考三百分多一点，本来也能上个专业院校，通知书都拿到了，可她看到姐妹们都考上差不多的学校，而那所学校经过她实地考察，连宁南二中的规模和风景都比不上。成绩可以落后，面子不能不要，为了

以后聚会时不被嘲笑，她励志洗心革面，一定要考个风景好的大学。

这次聚会是杜亚娟组织的，参加聚会的基本都是老师。她之前做过一次班主任，但带复读班是第一次，聚会是为了更好地开展教学工作。

语数外，政史地，各科老师和几个主任都坐在桌边，三个学生夹在中间，齐颜天性好动，像只小野兽被一群猎人围观，觉得哪哪儿都别扭。

席间杜亚娟把三个孩子的状况都摆在饭桌上数落一遍，齐颜感觉成了透明人，毫无隐私可言，可又要强颜欢笑。

易欣不拘小节，边吃边玩手机，别人说什么她也不在意，偶尔提到她名字，她就哼哈答应，敷衍得不能再敷衍。

“喂，你是杜老师亲外甥？”易欣问旁边神游的齐颜。

“怎么了？”齐颜回过神。

易欣示意要和齐颜“建交”：“幸会幸会。以后多多关照。”

“我多希望班主任是你小姨，这种痛苦你体会不到。”

易欣设身处地一想：“好像也是，自己亲姨是班主任，那你每天都要被重点关照啊。”

对面杜亚娟看到两人在说悄悄话，问：“说什么呢？这么快就熟悉了？”

齐颜急忙闭嘴，在小姨面前他不敢造次，随便和女生搭讪。

易欣笑着说：“杜老师，你外甥这么帅，你就不怕他早恋？”

众人一愣，在座都是老师，对“早恋”二字格外敏感，何况是复读班？

齐颜一哆嗦，暗想这个易欣可真不靠谱，原本他想隐藏在角落里等聚会结束，做个隐形人，可易欣这么问，又把他推到风口浪尖。

杜亚娟尴尬地咳嗽一声，笑说：“我外甥还真不会早恋。”

围桌的老师们笑起来，齐颜红着脸不想说话，悄悄斜睨易欣，让她开玩笑有个分寸，别拿这些问题哗众取宠。

宴会还没结束，齐颜说吃饱了想出去转转，杜亚娟他们要讨论教学工作，让齐颜别走远在酒店附近闲逛就好。

走出包间，齐颜如释重负吐口气。早知道是这样的场合，他真该找个借口不来参加。他虽然没有社交恐惧症，但和陌生的长辈实在找不到什么共同话题。

他转过走廊刚要下楼，易欣这时也从包间出来：“齐颜，等我一下。”

齐颜转身看她。

果然漂亮女生很少有腼腆的，这个易欣真是自来熟。

“你有事？”齐颜问。

易欣蹦蹦跳跳地追上来：“和你一样，不想听他们唠唠叨叨，我最烦老师，当然不包括杜老师，你小姨对我可好了。”

两人一起下楼，齐颜好奇道：“我小姨为什么对你好？”

易欣不假思索：“和你一样，招人喜欢呗。”

“你还真会夸自己。”齐颜问，“你为什么来聚餐？”

“学生代表啊。”

“学生代表？你？”齐颜毫不掩饰对易欣的质疑。

易欣虽然穿的校服，但她这件校服显然经过改造，裤腿收紧，腰身变窄，衣领下调，搭配她高挑匀称的身材，比普通女生穿的校服要好看很多。

她走路时故意跟齐颜靠得越来越近，脸上洋溢灿烂笑容：“那个程元熙是好学生代表，可世界上有好学生就有坏学生，总不能让他一个人代表。”

“所以你是坏学生代表？”齐颜笑着看她。

易欣很自然地拍他胳膊一下：“算你有眼光。你手机号多少？加一下。”

“我小姨不让我加女生电话号码。”齐颜故意这么说，其实杜亚娟可没限制他交友自由。

易欣半信半疑：“果然是亲外甥。”

两人走出酒店大门，易欣指指前面花园：“我们到那里转转，等会儿有人来接我。”

“你爸妈？”齐颜问。

易欣冷笑：“他们才懒得管我。我朋友，也是咱们班同学。”

两人走向喷泉，齐颜暂时还找不到什么可谈的，终于费力想到一个，问：“你跟程元熙很熟？”

易欣笑得有些冷：“你猜呢？我们可是两个平行世界的人，他是个书呆子，他两个姐都是二中状元，一个考到清华，一个在国外，就数他学习差，但也是我们学校前几名。”

“真学霸啊。他怎么想的？成绩那么好还复读，直接上大学多好，自由自在。”齐颜忍不住吐槽。

“我等学渣岂知学霸之志哉？别琢磨他了，说说你，你打算怎么熬过两个学期？”易欣坐在花坛边，边说话边挪动身子靠近齐颜。

齐颜不动声色地向外挪，笑了笑说：“什么叫熬过两学期？我真心实意来学习的。”

“真的？”易欣嘴角一弯，神情有几分戏谑。

“我要是敢在这里混，我小姨能剥了我的皮。清华北大我是考不上，过个一本线应该没问题。”

“这么自信？”易欣把齐颜当成学渣来着。

齐颜很浮夸地撩起刘海：“没错，齐哥就这么自信。”

“那……和你商量个事？”易欣凑近他。

“什么？”齐颜警觉地说。

易欣冷哼一声：“瞧你紧张的。我是说你学习那么好，以后借我抄抄怎么样。”

“不怎么样。”齐颜一本正经，“借你抄就是害你，再说让我小姨知道，可就完了。”

第四节

这时，几束刺眼车灯从不远处照过来，齐颜正想指责谁这么没礼貌，却听易欣说：“我朋友来了。”

齐颜压下嘴里难听的话，对易欣说：“你过去吧，叫你朋友下次别对着人打远光。”

易欣听出齐颜不满，笑说：“他们习惯了，你别介意。我朋友叫周海洋，在二中是这个。”

易欣竖起拇指。

齐颜冷笑着没回答，易欣朝周海洋走过去，一边转身对他说：“你这人我喜欢，明天见。”

齐颜耸耸肩答应一声，挥手再见，转身朝酒店门口走，身后响起同样不怎么礼貌的车笛声。

来接易欣的人叫周海洋，牛仔裤，皮夹克，完全看不出学生样，身边几个人的也差不多打扮，都是社会闲散人员，只有他还是个学生。

“那小子谁啊，看着挺拽的？”周海洋问易欣。

易欣嚼着口香糖：“咱班同学。杜老师外甥。”

“班主任的外甥？难怪那么拽。”周海洋啐一口，吐掉口香糖，“你跟他说什么了？”

“不告诉你。”

周海洋从后视镜看她一眼：“真不告诉我？”

易欣捶他一拳：“真没什么好说的。”

周海洋冷哼：“希望如此，别让我知道一些别的。”

“你别动他，班主任外甥可不是开玩笑的。”易欣轻描淡写地说。

周海洋笑了笑：“我就是过过嘴瘾，他不惹我，我动他干什么？你回家？”

“不回，懒得看他们，我这个女儿就是捡来的，可有可无。随便去个地儿。”

周海洋笑说：“辉煌，饭局，兄弟们知道咱们明天开学，吃个升学宴。”

“屁的升学宴，你见过高三留级读高四吃升学宴的？还不够丢人？”

周海洋无所谓地笑了笑：“图个乐，开学后就没自由了，珍惜最后的疯狂。”

他说着用力一拧油门，摩托车像野兽呼啸而去，尾灯在夜色中画出两条猩红色的虚线，载着两个年轻身影向前飞驰。

齐颜跟姨夫和小姨回到家，晚上十点，小姨杜亚娟让齐颜赶紧洗漱上床，早睡早起，明天第一天上学要拿出最好状态，千万别在各科老师面前给她丢脸。

齐颜穿好睡衣躺在床上，小姨刚才的嘱咐难免给他带来一些心理压力，所谓“别在各科老师面前给她丢脸”，这简直就是道德和亲情绑架，可他想改过自新考个好成绩，只能选择逆来顺受。

他盯着天花板发呆，辗转反侧睡不着，想到开学，万念俱灰，忽然转念想起唐薇，宛如死水般的心池竟荡起一丝涟漪。

他急忙下床把卧室门锁好，爬回床上拔下充电的手机，找到唐薇的

QQ。

唐薇的 QQ 名叫“薇薇薇”，头像图片是草原上漂浮一艘小船，署名“唐薇”两个字。齐颜会心一笑，越发感觉这个女孩总是有与众不同的想法。

齐少侠：哈喽，睡了？

薇薇薇：刚洗漱，怎么了？

齐少侠：今天吃饭那阵仗跟开学典礼一样。

薇薇薇：讲讲。

齐少侠：咱们班的任课老师，还有几个主任，我小姨都给找来了。

薇薇薇：这么夸张？

齐少侠：我小姨可真不把他们当外人，我的基本资料都已被敌方掌握。

薇薇薇：［偷笑］那你岂不成了重点目标？

齐少侠：高处不胜寒［无奈］。

薇薇薇：就你一个学生？

齐少侠：还有两个，一个代表好学生，一个代表坏学生。

薇薇薇：［惊讶］这是什么奇葩制度。

齐少侠：学习好那个叫程元熙，你知不知道？

薇薇薇：程元熙复读啊？他可是二中学霸之一。

齐少侠：他两个姐都是状元，就他不行，真给我们男生丢脸。

薇薇薇：谁跟你说的？杜老师？

齐少侠：一个叫易欣的女生

薇薇薇：［惊讶］易欣？

齐少侠：怎么了？她欠你钱啊？

薇薇薇：还真是好学生和坏学生代表。我不是给她贴标签啊，易欣真的……

齐少侠：真的什么？还有她一个朋友叫周海洋，也来复读。

薇薇薇：周海洋也来咱们班？［震惊］

齐少侠：你怎么一惊一乍？谁踩你尾巴啦？

薇薇薇：总之你离他们远点，都不是好惹的角色，别影响你学习。

齐少侠：［傻笑］不良少年少女？

薇薇薇：他们就是经常违反校规，通报批评什么的，二中大名人。

齐少侠：你们二中名人堂啊？

薇薇薇：我是为你好。

齐少侠：这么关心我？

薇薇薇：［嫌弃］不跟你说了，我要睡觉了。

齐少侠：好吧，晚安，开学见。

唐薇头像瞬间暗下来，齐颜的心跟着一沉，也把状态改成隐身。

他放下手机，心满意足地拿出小书包里的几本书，正要趴在床上翻阅，敲门声响起，杜亚娟问："齐颜，睡了吗？"

齐颜吓得急忙把书塞进书包，懒洋洋答一句"刚睡"，心中窃喜，还好刚才把门反锁，要不然小姨说不定来个突击检查，他这当外甥的从小在小姨面前就没什么隐私可言。

"睡吧，定个闹铃，别起晚了。"杜亚娟再次嘱咐。

齐颜答应一声，不敢再熬夜，把闹铃调到早晨六点半，关灯睡觉。

第二天早起，齐颜情绪一反常态，好久不上学的他竟然有些激动，站在卫生间镜子前颇为细致地整理着装，穿上那件新买的浅蓝色运动装，特意用啫喱水捏发型，直到满意才出门。

杜亚娟在车上等他半天，见外甥打扮得神采奕奕，她似笑非笑地盯着他，看得他毛骨悚然。

"怎么了小姨？是不是你外甥我太帅了？"齐颜厚着脸皮问。

杜亚娟咳嗽一声："捯饬这么精神干什么？你是上课还是耍帅去？"

"没办法，天生丽质难自弃……"

杜亚娟板着脸："跟你说正经的呢。"

齐颜尴尬一笑："有个好状态，学习有精神。小姨，你不会连我穿什么都管吧？"

杜亚娟启动汽车，驶向两公里外的宁南二中："倒没那么严格，你也成年了，不是小孩子。"

齐颜刚要夸她开明，却听她继续说："但是你爸妈把你送到我这里，我必须尽到责任和义务。"

齐颜暗中叹气，转脸送上一个甜到发腻的笑："小姨，你别那么严

肃，我们就是亦师亦友对不对？”

“谁跟你亦师亦友？你来我这里就是我学生，我的责任和义务就是让你改掉那些臭毛病，这两个学期给我好好学习，考上好大学，这是你一辈子的转折点。”

齐颜哑口无言。三年前他中考过后的假期来到小姨家学习，当时就体验过小姨的凛凛师威，庆幸自己不是小姨班里的学生，哪想到现在羊入虎口，只能感叹造化弄人。

“你叹什么气？”杜亚娟见齐颜情绪低落，暗想对付这个不省心的外甥要恩威并施，安抚道，“等你考上好大学，找到好工作，以后感谢我的时候多着呢。”

“我现在就感谢你，来宁南挺高兴的。”齐颜言不由衷。

“真心话？”杜亚娟问。

齐颜看向窗外，正不知回答什么。杜亚娟抢先说：“我要跟你约法三章，只要你答应，其他条件可以放宽松一些。”

“搞这么正式？哪三章？”

“不逃课，不打架，不谈恋爱。这三条不过分吧？”杜亚娟盯着他问。

齐颜顿了一下，说：“不过分是不过分，可我总觉得这是在限制我人身自由。”

杜亚娟脸色一沉，齐颜吓得立刻改口：“当然这三条都很合理，我一定遵守，但你答应过每天给我两个小时上网时间，也算数吧？”

“你上网干什么？打游戏？”杜亚娟警觉地问。

“游戏早玩腻了，肯定不玩。”齐颜举起右手发誓，“我自有用处，保证都是课余时间，不耽误学习也不耽误休息。”

“两小时太多，最多一个小时。”杜亚娟思前想后。

“一个小时太少了，我做那件事不够用。”齐颜据理力争。

杜亚娟见他一脸诚恳，说：“你先跟我说你要做什么，如果合理，可以商量。”

齐颜正在某网站连载一本武侠小说，他天生爱面子，总觉得功成名就之前，这事不能轻易跟亲朋好友说，以免被扣上“不务正业”的帽子。

“先不能告诉你，但肯定不会耽误学习，我跟你保证。一个半小时，不能再少了，其他什么都听你的。”

齐颜现在住表哥卧室，卧室里有一台电脑，但杜亚娟早就把网线拔掉，用胶布封好，连电源线都藏起来。

杜亚娟想想齐颜已经答应约法三章，作为交换条件，每天让他用一个半小时电脑也算合理，现在孩子都上网，一味强硬管制，说不定当初逃学成瘾的外甥会重蹈覆辙，偷偷跑去网吧。

“好。还有一点，你平时少用手机，那东西最影响学习，既然我答应让你用电脑，手机也需要限制。”

齐颜感觉中了圈套，正要辩驳，杜亚娟补充说：“现在高三学生都不允许带手机，你们复读生条件已经很宽松，所以你必须自我约束，手机和电脑都要限制使用，可以吗？”

齐颜想说不可以，却没那个勇气，只好妥协，乖乖把手机关机上交。

杜亚娟把手机塞进包里，第一次和外甥的谈判算是小胜。看到齐颜还算乖巧的态度，她很满意，承诺每天让齐颜分别用一个半小时电脑和手机，这已经是她的极限。

第二章 齐小侠行侠仗义

我这人爱管闲事，再说你是我同桌
有人影响你学习，那就是间接影响我学习
Z H I R E X I N G H O N G

第一节

宁南二中全校师生加起来有五千左右，规模不小，校园内风景秀丽，新建的教学楼和绿化带也规划有序，环境比齐颜在照片中看到的还要好一些。

车停到办公楼前，杜亚娟让齐颜先去教室，她要上楼开个会，正好让齐颜到班里熟悉一下氛围。

这届复读班共有四个，一个文科班和三个理科班，齐颜所在的高三（18）班是文科班，学生只有三十几个，相比于往年着实不多。

他漫步在校园内，很久没上学，看什么都觉得新鲜，再次融入这样的环境，心情需要调整才能适应。他徘徊足有五分钟，终于提着书包走进教学楼，潮水般的学生穿着整齐干净的校服涌进门，放眼望去，到处都是青春洋溢的笑脸。

齐颜身上穿的也是一套运动装，但颜色和款式略显张扬，混在整齐划一的人群中有些格格不入，过于惹眼。

正走着，右肩不知被谁拍一下，齐颜转身看，左后方有人笑着说：

“齐少侠，穿这么随便？”

是唐薇。她依旧扎着俏丽的双马尾，穿一件宁南二中的秋季校服衣裤，水蓝色，和易欣那件款式相同，只是没擅自加工改造，但穿上去还是很漂亮乖巧。

齐颜脸上露出笑容，漫不经心地说：“我小姨说复读班可以不穿校服，再说想穿我也没有。你怎么来的？”

“公交车。你呢？”

“我坐小姨的车来的。”

唐薇身边跟着时越，时越也穿校服，脚上穿着和唐薇同款的白色帆布鞋，像一对龙凤胎。

时越身高足有一米八五，比齐颜还要高一点点，以至于他那件校服被身躯撑得笔挺。他背一个大如登山包的书包，两只胳膊抱孩子一样夹一本数学书，走路规规矩矩，仿佛连步幅都要精心测量，眼睛直勾勾盯着脚下，像个没充满电的机器人。

“时越你好，我叫齐颜，唐薇跟你说了？”齐颜小心翼翼试探。

时越轻轻侧脸看齐颜一眼，路上唐薇跟他说了齐颜昨天买书的事情，他因为自闭症有些社交障碍，但只要情绪稳定，智商情商都没问题，这时点头向齐颜表示友好。

开学第一天，走廊里满是欢声笑语和嬉笑打闹的活泼身影，乱哄哄的，像游乐园。

三人爬楼梯来到六楼，果然高三教室这边安静许多，从路过的门窗向里面看，很多学生刚放下书包就开始看书做题，搞得像明天就要高考一样，齐颜不喜欢这种紧张兮兮的氛围。

走廊尽头的高三（18）班越来越近，教室有两个门，后门关着，门上有个长条形玻璃小窗，透过玻璃向里面看，偌大的教室内零零散散坐着十几个人。

“本以为再也不用上学，想不到又回来了。”齐颜忍不住吐槽自己。

唐薇听到，扭身轻轻一拍他肩膀：“浪子回头金不换。好好加油，你能考上好大学。”

齐颜笑着看唐薇和时越：“你们也是，尤其是时越，你这次一定可以。”

时越愣了一秒钟，延迟接收到齐颜传递给他的善意，脸上露出腼腆的微笑，依旧没说话。

崭新的“高三（18）班”门牌仿佛在发光，三人走进门，教室中弥漫清香剂混杂消毒液的淡淡香味，三扇大大的窗擦拭得干净明亮，窗外的爬山虎懒洋洋在朝阳中缱绻，将阳光裁剪成一片片。

新采购的桌椅整齐摆放在暖色地砖上，早风吹进来有些清凉，裹挟着花草芬芳，温馨惬意。

讲台上一位同学正在擦黑板，墨绿色的黑板已经干净得不能再干净，可那个穿校服的女生还在很认真地用抹布继续擦拭。

看到三人进门，女生一脸欣喜地迎过来，打招呼：“薇薇，时越，来这么早？”

这女生很瘦，和唐薇差不多身高，却比苗条的唐薇还要单薄一些。她眉宇间很文静，皮肤也白，像地窖里刚发出的土豆芽，是那种近似营养不良的羸弱的白，让人莫名感到心疼。

“刚来就劳动，你想当劳动委员？”唐薇开个玩笑，很随意地拍那女生手臂一下，想起身边傻站着的齐颜，“给你介绍一下，他叫齐颜。”又对齐颜说，“这是姜小余，我们一起学过画，以前和时越同班。”

“你好。”齐颜礼貌地伸出手。

姜小余看着高高帅帅的齐颜，怔了怔，有些胆怯地伸出手，齐颜感觉她手冰凉，仿佛冬天放在室外的一块玉雕。

“小余离一本线只差几分，想想就可惜，要不然现在都上大学了。”唐薇拉着姜小余的手，继续跟齐颜介绍。

姜小余连忙说：“过去的事不要提了。你们坐哪里？”

“我跟时越坐后面。”唐薇说着看向齐颜，“你呢？”

齐颜一笑，瞄向教室里面：“我坐哪儿都行，后面挺好的，安静。”

“那正好我们挨着坐，杜老师说可以自由选座。”姜小余指了指后排两张课桌，“我知道你和时越喜欢靠窗，那张留给你们。”

时越喜欢后排靠窗的座位，这是同学们都知道的事，同学们也都知道他有自闭症，大多数人对他报以怜悯性的关怀，很迁就。

姜小余的热心让唐薇和时越颇为感动，连齐颜也觉得这个纤瘦女生如此善良体贴，刚见面就增加几分好感。

“齐颜，你和小余同桌怎么样？”唐薇忽然提议。

齐颜和姜小余对视一眼。姜小余看着齐颜清澈的眼眸，脸色微有红润，她高中三年都没有跟男生同桌的经历，以前那个班主任不允许男女生同桌。

齐颜见她神色矜持，连忙笑笑化解尴尬：“千万别勉强，我坐哪里都行。”

姜小余急忙解释：“不是，你误会了，我是怕你不愿意，我都可以。”

“好，那我们重新认识一下，以后我就是你同桌齐颜。”齐颜笑得有些憨。

姜小余抿嘴一笑，让他们回座位收拾整理一下，十分钟后就要上早自习。

宽敞的教室原本可以摆放四排桌椅，两两一组也就是八张桌，但复读班学生少，摆三排桌椅正好，空间更显充裕。

三人来到教室后面，桌椅已经被姜小余擦干净，她早早来到班级，把教室从内到外打扫一遍，一直忙到现在。

时越坐在南面靠后窗的角落，唐薇跟时越同桌，坐在外侧，齐颜本想隔着过道紧邻唐薇，可那张桌已经被姜小余占了，他只好坐在姜小余右边。

阳光从窗玻璃反射进来，正好照在齐颜桌上，斑驳细碎。他把课桌整理好，拿出杜亚娟为他筹备的全套课本和辅导书，观察新教室，感慨良多。

时间刚过七点，教室门口陆续走进更多学生，这些复读生熟面孔有很多，进门就开始交谈起来。

齐颜数了数，有四分之三是女生。文科班男生本就少，文科复读班男生更少得可怜，连个足球队都凑不齐。

踩着早自习上课铃尾巴，教室门被很不礼貌地推开，一个男生和一个女生风风火火地走进门，教室立刻安静下来。

压哨进来的两个人正是周海洋和易欣，他们大摇大摆地向后面走，其他学生噤若寒蝉，姜小余脸色更是如临大敌般凝重起来，抓着英语书的手似乎在发抖。

“齐颜，你也坐后面？”易欣第一眼看到齐颜，旁若无人地笑着问。

齐颜知道她是个不懂得低调的人，压低声音答应，让她有什么下课再说。

易欣跟周海洋坐在另一个墙角，那张桌紧靠后门。周海洋看到易欣跟齐颜打招呼，很不屑地瞥齐颜一眼，放下书包，让易欣坐到墙角，不想让她挨着齐颜那边坐。

易欣却一把将周海洋的书包推到里面，示意自己就要坐这张桌。

周海洋虽然不情愿，但易欣的面子他不敢不给，只好坐到里面，教室中只有他踢弄桌椅、摔打书本的噪音。

易欣吹着口哨坐下来，一边整理书包，一边朝齐颜做个鬼脸。

齐颜微微耸肩算是回应，也看出周海洋对自己的敌意，莫非是误会自己对易欣有什么想法？

齐颜目不转睛地盯着语文书，嘴里小声念课文，不给易欣搭讪的机会。

“齐颜，你喜欢什么运动啊？打篮球你会不会？”

易欣象征性地压低声音问齐颜，可教室里还是有很多人听到。

齐颜不得不转脸看她，轻轻点头答应。

易欣拍手笑：“周海洋也会打篮球，你们谁打得好？”

齐颜颇为无奈地看着易欣，也不知道她是不是故意的。

周海洋斜眼看过来。

齐颜虽然没做亏心事，可被人这么盯着，总有种做错事的错觉，却又没法开口解释什么。

见齐颜一脸吃了苍蝇的神色，周海洋以为他在嫌弃和挑衅自己，侧过身盯着他说：“你会打篮球，哪天比比？”

齐颜虽然不想惹事，可这么多人在听，面子上不想输，回敬一个冷笑：“你也会打篮球？比比就比比。”

易欣闻到一股火药味，看看左右认真严肃的两张脸，连忙说：“一个游戏，那么认真干什么？”

“就是游戏才要分输赢，在二中打篮球，我就没输过。”周海洋自信满满。其实他和大多数人一样记吃不记打，输的时候都选择性忘了。

第二节

齐颜不甘示弱，正想回一句狠话，可话刚到嘴边，教室门被轻轻推开，杜亚娟走进来，齐颜像老鼠见了猫，吓得急忙端起课本，不敢看小姨的眼睛。

实际情况是杜亚娟在后门观察了好一会儿,周海洋和易欣刚进教室，她正好跟在后面，齐颜和两人的对话她都看到和听到，但开学第一天她不想多说什么。

学生们正要起立，杜亚娟却摆手让他们坐下，说自习课没那么多规矩，以学习为主，她进进出出尽量不要打扰大家。

杜亚娟今年四十二岁，但穿衣打扮都很年轻，今天特意化了妆，穿着修身的蓝色西服，端庄得体，看上去少说年轻十岁。

她站在讲台上环顾三十几个学生，学生们也盯着她。

“班里同学有很多我以前教过，也有其他学校转来二中复读的，老师做一下自我介绍。我叫杜亚娟，是你们的英语老师，很荣幸做咱们高三（18）班班主任。”

掌声响起，齐颜跟着鼓掌，暗想小姨这几句话说得还挺像那么回事，在家里可没见她这么一本正经。

“希望同学们把精力都用在学习上，其他班级活动从简。咱们班只有三十几名同学，你们选择复读，目的就是考上更好的学校，你们应该比其他学生更懂得自律。”

杜亚娟边走边说，来到齐颜身旁，用手指轻轻一点桌角，转过身又看易欣和周海洋。虽然没说什么，但作为三个经常被老师点名批评的学生，他们心领神会，知道杜老师在提醒他们不要惹事。

“我们班委会只有一个班长，协助我管理班级一些事务，你们谁想当，可以举手。”

齐颜对整个教室一览无余，看到只有三个人举手，一个坐在前排中间的男生，另外两个竟然是周海洋和易欣。

齐颜拧拧鼻子，心想这两个家伙跟着瞎凑什么热闹？他们要是能当班长，自己都能当校长。

杜亚娟和外甥的想法不谋而合，看到只有他们三人举手，确定别人再无举手的意念，对前排那个男生说：“好，陆明宇，班长你来当。”

周海洋和易欣似乎对这个决定颇有微词，尤其是周海洋，一脸不屑看着前面那个叫陆明宇的男生，嘴里嘀咕："当班长还当上瘾了？"

杜亚娟叫陆明宇起立自我介绍。

陆明宇刚站起来，周海洋忽然说："杜老师，班长我也想当，要不然我们每人当一天？"

杜亚娟知道他是个刺头，随便开口打断老师训话虽然不礼貌，但还没到需要镇压的程度，只好说："老师有老师的打算，你们遵守校规，好好学习就行。"

"杜老师，班长当不上，有没有体育委员给我当一下？"周海洋不依不饶。

齐颜早就看他不爽，正想说句话为小姨打抱不平，却听杜亚娟说："我再强调一遍，复读班一切以学习为主，我只选一个班长协助我管理班级事务，其他形式上的东西一律不搞。"

周海洋见杜亚娟脸色严肃，不敢再当面顶撞。

杜亚娟示意陆明宇开始自我介绍。

"大家好，我叫陆明宇，以前是宁南二中高三（3）班班长，很荣幸在咱们十八班也能当班长，我一定会好好配合杜老师为同学们服务，跟大家一起在新学年取得更好成绩。"

班里一共三十六个学生，杜亚娟让他们分成九个小组，轮流负责值日一天。齐颜和唐薇、时越、姜小余一组，周海洋和易欣没人敢选，班长陆明宇和另一个叫徐云峰的男生只好自告奋勇，接下这苦差事。

早自习下课，齐颜一个人去卫生间，刚回到教室门外，忽然看到姜小余从班里飞奔出来，边跑边捂嘴，不经意间撞了齐颜胳膊一下，跑到楼梯口弯腰干呕起来。

齐颜愣在原地，莫名其妙地盯着姜小余，这时唐薇从门口追出来，跑去给姜小余拍打后背。

"她怎么了？"齐颜走过去问。

唐薇脸上有一点怒色："不知道谁往小余桌堂里放脏东西，好像还有一只蛐蜒，小余最怕虫子。"

姜小余扶着墙擦汗，来来往往的同学议论纷纷，小半分钟后她终于直起身，气喘吁吁地擦嘴。

“谁往你桌堂里放虫子？”齐颜语气严肃。

姜小余一脸菜色：“没谁，应该是虫子自己爬进去的。”

“这么干净的教室怎么会有蚰蜒？”齐颜觉得姜小余一定有难言之隐。

唐薇也觉得奇怪：“到底怎么回事？是不是他们干的？”

“他们是谁？周海洋和易欣？”齐颜问。

听到这两个名字，姜小余变得更紧张，连忙说：“不是他们，是虫子自己爬进去的。我们回去吧。”

姜小余说着向教室门口走。

齐颜和唐薇面面相觑，总觉得她没说真话。

“是不是那两个人？”齐颜问唐薇。

唐薇皱眉：“我刚才在前面和同学说话，没看到。”她压低声音趴在齐颜耳边说，“但一定是他们，他们之前就喜欢欺负老实同学。”

“他们怎么敢的！”齐颜脱口而出。

唐薇用眼神暗示齐颜小点声，悄悄说：“你千万别跟他们冲突，杜老师知道肯定会批评你。”

齐颜攥紧拳头：“我同桌还没人敢欺负，往她书桌里扔虫子，跟扔我书桌没区别。”

唐薇急忙拉住齐颜：“你想帮助小余也得看时机，硬起冲突不是明智选择，你还想考大学呢。”

齐颜见她苦口婆心，心中感激，调整情绪把愤怒压下去：“你说得也对，我又不是来混的，只要他们不让我抓到就好。”

回到班级，齐颜瞟一眼角落里得意扬扬的周海洋，看神色就知道，整蛊姜小余的十有八九是他。

齐颜坐回座位，旁边的姜小余在默默整理课桌，她刚才看到一条足有十厘米长的大号蚰蜒，吓得差点直接晕过去。

她知道偷偷把虫子放进她课桌的正是周海洋，可知道有什么用，她根本惹不起这些人，何况周海洋并不是善茬。齐颜刚转过来，没有理由掺和这些乱七八糟的事情。

“你没事吧？”齐颜问。

姜小余红着脸，确定那条虫子已经爬走，心还是跳得厉害："没事，谢谢你啊。"

"谢我干什么？我就是看不惯有些人欺软怕硬，欺负老实人。"

齐颜这句话显然不是说给姜小余听的。一旁的周海洋听到，正要问齐颜什么意思，易欣却掐一下周海洋的胳膊，提醒他刚开学别惹事。

齐颜和周海洋瞪彼此一眼，这梁子算是结下了。

"虫子！"

教室前面一个女生忽然大叫起来。

那条虫子在地上乱爬，悄然爬到女生脚下，那么大一条蚰蜒，就是男生看了也觉得怕。

教室中一阵骚乱，上课铃正好响起，几个女生吓得乱叫，班长陆明宇急忙英雄救美，四十五码的大鞋一脚把虫子踩死。

"谁带进来的？"陆明宇转身问。其实他早就知道是周海洋在搞鬼，周海洋经常带稀奇古怪的东西来班里吓唬女生，已经是个"惯犯"。

周海洋一拍桌子："喊什么喊？是我带进来的，怎么了？"

放在以前，陆明宇也不想轻易招惹周海洋，可他新官上任三把火，这么多同学看着，他当班长的如果被一句话震慑住，以后就别想在班里立威了。

"谁带来的也不行，以后别再往班里带杂七杂八的东西。"陆明宇盯着他说。

周海洋拍案而起："你什么意思？"

易欣也跟着咳嗽一声，算是给周海洋助威。

陆明宇毫不退让："没什么意思，就是叫你遵守纪律，别影响其他同学学习。"

易欣对着小镜子涂口红，阴阳怪气地说："陆班长挺有责任心啊，三年班长当不够，到复读班还发威？"

陆明宇以一敌二，阵势上显然弱了一截。齐颜终于逮到时机，帮班长维持课堂纪律总没错，就算争执起来，小姨也不会责怪他。

他正要开口，这时教室门推开，一个中年男人大步流星走进来，目不旁视走上讲台。

"上课。"

中年男人是高三（18）班的语文老师，叫严粟，二中学生都认得他，他是语文教研组组长，更是省作协会员，出版过几本小说和历史类书籍，是宁南二中的文化骨干。

严粟人如其名，为人严肃刻板，自有一身刚正不阿的文人风骨，很少有学生敢在他的课堂搞小动作，哪怕周海洋也要收敛。

陆明宇和周海洋、易欣的战斗偃旗息鼓，同学们站起来说声“老师好”。

严粟在黑板上写下名字，字体干净规整，像他那张深沉大气的国字脸。他扶了扶眼镜，折断粉笔：“同学们好，我叫严粟，今年四个复读班的语文都由我来教。”

第三节

严粟不苟言笑，简单几句话介绍完毕，转身擦掉名字，又在黑板上奋笔疾书。

“同学们对高一高二高三课本中的重点课文已经很熟悉，这两学期我们以课本为主，黑板上都是重点篇幅，我要求很简单，这些文章你们一字不落背诵下来，连注解也是，这是我对你们最基本的要求。”

严粟声音洪亮，像自带扬声器，听到他这个“最基本要求”，教室里传出此起彼伏的惊叹声。

严粟的粉笔在《滕王阁序》的阁字上一顿，转身看向学生们，板着一张文臣进谏不怕死的脸：“有什么可惊讶的？这些你们都学过一遍，再学一遍就应该滚瓜烂熟。”

教室瞬间安静下来，同学们大眼瞪小眼，显然这位严粟老师不是可以讨价还价的角色。

“老师，背不下来怎么办？”一片寂静中，周海洋不甘寂寞。

“站着。”严粟不转身，继续写。

“我不想站着。”周海洋轻描淡写。

易欣急忙在桌底踢他一脚，提醒他别跟严粟顶嘴。旁边的齐颜看热闹不嫌事大，心想这个周海洋可真不是省油的灯，哪个老师他都敢顶撞几句，真可谓害群之马。

严粟皱眉，刚开学他也不想发火，转过身问：“周海洋，你为什么

复读？”

“分太低，想考个差不多的大学。”周海洋直言不讳。

“你这个态度怎么提高分数？”严粟质问。

周海洋笑了笑：“老师，我就是觉得你这办法太过时，死记硬背只能消耗精力，没什么效果。”

严粟听他敢质疑自己的教学方法，脸色沉下来：“那你有何高见？是想搞学术研究吗？”

“我……”

周海洋正想发表高见，严粟加强语气说：“高中课文重点篇幅，背诵是最基本要求，只有熟能生巧，你们才能理解其中意义。还有一点我要强调，语文不止为了考试，书本中的道理能让你们受用一生。还有谁有意见？”

严粟环视课堂，像城墙上的将军俯视敌军：“每堂课开始，我会抽查一名同学背诵，不达标的人站着听课。周海洋，你是重点考察对象。”

周海洋用力一靠椅子，没好气地把语文书扔进桌堂。

易欣斜睨他一眼：“大哥，第一天上课，你能不能装装样子？你这态度都影响我学习了。”

周海洋无奈摇摇头，只好拿出课本，心不在焉地翻阅起来。

严粟在黑板上密密麻麻写了很多字，拍拍手上的粉笔尘：“这二十几篇谁能背下来？一字不差。”

教室里一阵沉默，坐在前排靠门的程元熙很低调地举起手。

“还有谁？”严粟问。

齐颜环顾左右，见没人举手，心一横也把手举起来。

班里大多数人还不认识齐颜，见他举手，都觉得惊讶。唐薇侧过脸盯着他，脸上写着大大的不可思议，所有古文都背下来，还要一字不差，对于在家休学一年的齐颜来说，难度可想而知。

“齐颜，你能一个字不差背下来？”严粟昨晚也去参加了杜老师的宴会，对齐颜印象深刻。

齐颜站起来笑着回答：“严老师好，您黑板上那些我都能背下来。”

“吹牛谁不会？”周海洋在一旁嘀咕。

齐颜余光扫他一眼，强调说：“一个字不差。”

严粟打开课本：“好，那你把《岳阳楼记》背诵一遍，其他同学打开书，跟着复习。”

唐薇小声问齐颜：“你行不行啊？别逞强。”

齐颜偷偷做个“OK”的手势，等同学们把书打开，他开始背诵课文，声音抑扬顿挫像在朗诵，终于有个不用去海边就能“抒发心中豪迈”的机会。

周海洋看不惯齐颜那副得意模样，他从未如此认真看过课本，一个字一个字看，就是为了能找到纰漏。可齐颜一口气把《岳阳楼记》《滕王阁序》《梦游天姥吟留别》背下来，字正腔圆，别说错字，连发音都找不到缺点。

严粟让齐颜坐下，示意同学们鼓掌：“以后就按这个标准，我会随机抽查同学来背诵课文，其他同学跟着看书，错一个字罚写一遍课文。”

教室里鸦雀无声，严粟又说：“齐颜，你当语文课代表。”

齐颜愣神，指着自己问：“我？”

“对，你。愿不愿意？”严粟问。

“愿意。”齐颜高一当过学习委员，可那都是老皇历了，现在让他当课代表，他本想婉拒，可想想小姨的面子，只好勉为其难地答应。

第二节下课，课间操有一场小型开学典礼，齐颜他们小组正好值日，可以不去参加。

齐颜从书包里拿出一本《笑傲江湖》，唐薇和姜小余边扫地边聊天，不经意看他一眼：“少看课外书，刚当上课代表就飘了。”

齐颜把书塞进课桌，拿起拖布跟着打扫卫生，问唐薇：“大画家，那幅画怎么样了？”

“工程进行中，放心，好好给你交工。”

齐颜打个哈欠：“艺术品怎么能说工程？你要用心创作。”

“好好好，艺术。”唐薇嘟起嘴。

时越这时打水回来，跟唐薇一起出去打扫走廊。

齐颜和姜小余在教室里拧拖布，他思来想去忍不住问：“小余，他们为什么欺负你？”

姜小余嗫嚅着不想回答，齐颜压低声音说：“你告诉我，我不告诉别人，我能保护你。”

“你保护我？”姜小余诧异。

“杜老师是我小姨，他们再敢欺负你，我就告诉她。”

见齐颜一脸真诚，姜小余犹豫片刻，叹口气说：“其实也没什么，他们就是喜欢欺负同学，也不多我一个。”

“欺负人总有个理由吧？”齐颜刨根问底。

“他们欺负人从来不需要理由，尤其是我这种从小被欺负到大的，也许身上就有被欺负的气场吧。”

齐颜被气笑了，拖布在地上一撴：“什么叫被欺负的气场？他们是学生，你也是学生，众生平等，凭什么欺负你？”

“你说得有道理，可现实跟想象有很大区别。”姜小余苦笑，无奈地摇摇头。

齐颜不知道怎样安慰，毕竟他从小到大也没遇过这样的经历，敢欺负他的人都被他教训了，可姜小余只是个柔弱的小女生，自然不像他这般强悍。

“他们一直都这样对你吗？”齐颜又问。

姜小余稍做思考，凑近齐颜耳边说：“其实也不是，我高二喜欢画画，但家里不让，我偷着报了艺术班，好不容易凑够学费，又买不起画笔画纸。”

“这跟他们有什么关系？”

“那时易欣也学画，有一次我看她把一套很好的画笔扔进垃圾箱，我就……”

“你就捡来用了？”

姜小余拧拧手指：“嗯，我是觉得那套画笔太可惜，她新买的说扔就扔，我当时想反正她也不要了，就捡来用，哪想到才用一天就被她发现。”

齐颜想想以易欣张扬的性格，抓到这样的把柄，肯定不会轻饶了姜小余。

“他们就因为这个欺负你？”

姜小余红着眼，脸上写满委屈：“他们说我手脚不干净，说多了，连带着我自己都觉得这事情我从一开始就是错误的。”

齐颜听得直皱眉，感觉一口气憋在心口："这怎么能怪你自己，是他们太过分了。你是怎么忍下来的？"

"不忍还能怎么办？我又不是你。"姜小余紧张地摸摸鼻子，"我也想过转学，可二中离我家近，家里不可能同意转学。"

"你跟老师家长说过？"齐颜愤愤不平。

"说了有什么用？我家里人也不会帮我的。"姜小余神色落寞，"哪想到他们也复读，早知道我就去其他学校了。"

齐颜安慰说："别这么想，总有办法。有我在，他们不敢。"

"你为什么帮我？"姜小余怔怔盯着齐颜。

齐颜一笑："我这人就爱管闲事，再说你是我同桌，有人影响你学习，那就是间接影响我学习。"

姜小余被他这个牵强的理由逗笑，抿着嘴唇害羞地说："齐颜，你人真好。"

齐颜皱眉抓抓脖子："你们怎么都夸我？说得我都不好意思了。"

"你们俩说什么呢？"唐薇走进教室。

齐颜给姜小余一个眼神："没说什么，小余给我讲二中风土人情。时越呢？"

"跟你说个恐怖故事，杜老师刚才在门外，趴在后窗看你半分钟，然后把时越叫去办公室了。"唐薇偷笑。

"我小姨刚才在门外？"齐颜下意识地缩起脖子看后窗。

"还好你没看课外书，要不然肯定把你叫去办公室。"唐薇自顾自整理那两根马尾辫，洗发水芳香冲得齐颜有些晕。

齐颜擦擦汗，抱怨说："我小姨也太吓人了。"

唐薇瞧好戏一样笑他:"那你就乖一点,别让杜老师抓到你开小差。"

"变态。"齐颜吐槽。

第四节

语文、数学、英语、历史，四节课上完，齐颜经过一上午磨合，终于找回当初上学的状态。

中午放学，姜小余回家吃饭，唐薇、时越家离学校较远，中午偶尔在学校食堂吃，然后在教学楼洗漱、午休。

杜亚娟想叫齐颜跟自己一起吃，齐颜果断谢绝，他可不想二十四小时都被小姨钳制，连每天吃什么饭都要发照片到父母那里。

齐颜跟唐薇、时越共进午餐。复读班在六楼，等他们夹馅包子一样跟随人群走出教学楼，穿越人山人海来到食堂，窗口前面已经排了很长的队。

三人规规矩矩地站在队尾，一点点向前挪。时越站在两人中间，他不喜欢人多的场面，战战兢兢像个随时要找掩体藏起来的逃兵。

正要排到窗口，班长陆明宇端着餐盘路过，看到三人停下来打招呼。

齐颜自来熟："陆班长，这么快？"

陆明宇是个有小麦肤色的高个子，家住乡下，来宁南二中求学只能住校，每月回一次家，平时省吃俭用，自有一份农村学生的懂事和好强。

他餐盘里的饭菜很简单，二两米饭加一个番茄炒蛋，对他这样的大身板来说，像大车加小油。

"我走路快。"陆明宇笑着回答。

齐颜想了想："你找个座位，我们一起吃。"

陆明宇答应一声，转身去找座位。学校里只有两个公共食堂，每到中午人满为患，来晚的想找个餐桌都难。

齐颜买了满满一大餐盘饭菜，又买几瓶鲜奶，三人跟陆明宇在墙角会师。齐颜把一瓶牛奶给陆明宇，陆明宇推却几次才收下，矜持地说声谢谢。

齐颜又让陆明宇夹自己餐盘里的菜吃，他特意打几个肉菜，直说自己买多了吃不了，不想浪费。

唐薇当然看出齐颜是故意买给陆明宇吃的，顾及陆明宇自尊心，只好用这样的办法，想不到这个表面大大咧咧的男生还挺细心。

"你真是杜老师亲外甥？"陆明宇和齐颜熟络起来，禁不住问。

"你们怎么都问这个？学校里没有姨和外甥，只有老师和学生。"齐颜可不想搞什么特殊待遇。

陆明宇一笑："是我多嘴。你觉得二中怎么样？"

"挺好的，就是我小姨当班主任，我受的痛苦是双倍的。"说着齐颜下意识抬头扫视一圈周围。

唐薇却说："不做亏心事，不怕鬼叫门。你心虚什么？"

“谁心虚了？我就是不喜欢被束缚。

唐薇忍不住笑：“不是讨厌这个就是伸张正义那个，我看你是来我们二中当大侠的。”

两人唇枪舌剑，时越充耳不闻，一直在吃。

陆明宇笑起来：“你们怎么认识的？”

齐颜嘴角一弯：“海边艳……啊不，是偶遇。”

唐薇斜睨他：“嘴一天天都没把门。”

“开玩笑，别生气。”齐颜讪讪一笑，岔开话题，“我想问你们一件事。”

“什么？”陆明宇搭茬。

“周海洋和易欣是不是经常欺负别的同学？”

唐薇和陆明宇对对眼神，陆明宇说：“我跟他们同班三年，这是第四年，本以为到复读班他们能收敛点，看情形……”

“狗改不了吃屎？”齐颜问。

唐薇用筷子敲下餐盘：“吃饭呢，注意措辞。”

齐颜连忙道歉，愤然说：“还真是一群浑蛋。他们再敢欺负姜小余，我肯定给他们点颜色。”

唐薇问：“你打算以暴制暴？”

“我可没那么蠢，对付他们那样的笨蛋，略施小计就可以。”

“什么小计？”陆明宇问。

齐颜拿出手机晃了晃：“拍几张照片，几段视频，发到校长邮箱，不信他们不管。”

唐薇却说：“办法是好办法，他们要是报复你怎么办？”

陆明宇跟着说：“唐薇说得对，他们不管不顾，尤其周海洋，什么都做得出来。”

“邪不压正，我怕他们？”齐颜撇撇嘴，“今天就把他们罪行告诉我小姨，不对，是告诉杜老师，就不信他们还敢放肆。”

“不提他们了。齐颜，你喜欢踢球还是打篮球？”陆明宇问。

“都行。”

“下午放学有一场足球赛，高三和高四，我们四个复读班凑一队，你要是想踢我帮你联系。”

“我踢我踢。”齐颜休学在家经常去体育场踢野球，这几天来宁南一直处于挂靴状态，还真有些脚痒，“球鞋我都带了，在我小姨家，我放学就去拿，就怕她不让我踢。”

“杜老师管你那么严？”

齐颜尴尬一笑：“还好，应该能同意。”

“那就好。你踢什么位置？”陆明宇兴致盎然。

“前锋，我踢前锋必进球。你呢？”

“我踢中场，正好给你传球。”

唐薇见两人越说越开心，暗想男生的快乐可真简单。她对篮球足球都不感兴趣，偶尔打打羽毛球已经算剧烈运动。

齐颜看向发呆的唐薇：“你给我们当啦啦队加油怎么样？”

“我？我又不喜欢踢球。”唐薇用手托腮。

“男生踢球女生看球，有你在场边，战斗力加倍。”齐颜两眼放光盯着她。

“不加倍。”唐薇开个玩笑。

陆明宇说：“比赛是高二高三为欢迎咱们组织的，很多人去看，唐薇你带时越一起去，就当团建了。”

“时越，你说呢？”唐薇趴在时越耳边问。

时越低声答应，继续细嚼慢咽口中的食物。

下午第四节自习课，为了不耽误比赛，齐颜冒着挨骂风险去找杜亚娟，打算请十分钟假，打车回家拿球鞋。

办公室内有六七个老师，对于齐颜上学第一天就来请假的行为，杜亚娟心中当然恼火，可想想齐颜毕竟来请假了，没有擅自翘课，而且是为踢一场欢迎赛，见外甥这么快融入新环境，她很欣慰，告诉齐颜路上注意安全，比赛时小心别受伤。

齐颜撒腿跑出学校，打车回家，从旅行箱中拿出球鞋和一套队服直接穿好，立刻打车返回。

宁南二中体育场是上学期新修建的，崭新的草坪和看台，傍晚的霞光，足球场上奔跑追逐的身影，看台上欢呼雀跃的人群，在远处山脉和大海的衬托下，美得令人心旷神怡。

唐薇和时越、姜小余关注的焦点自然是齐颜，比赛开始前，齐颜特意跑到看台，信誓旦旦地说自己一定会帽子戏法，三个进球送给他们。

唐薇不信，打赌说齐颜如果能进三球，她明天就请吃午饭，反之齐颜请她吃饭。

这个赌约让齐颜本就高昂的斗志又增强一大截，他球技高出同龄人很多，半场就进了三个球，每进一球便朝看台上做吃饭的手势。

唐薇无暇感叹齐颜球技的出色，每次齐颜朝她做手势，她嘴上都忍不住嘀咕“幼稚”，却又悄悄用手机拍照，打算回去画一幅画。

下半场开始，吃完晚饭的杜亚娟来到球场，看到齐颜生龙活虎、健步如飞，她抱着肩膀看了好一会儿热闹。外甥从小好动，她抱在怀里就不老实，转眼间小屁孩长成大男孩，她当小姨的自是欣慰。

可欣慰之余，杜亚娟心中又蹦出一个想法，外甥这么喜欢玩肯定会分心耽误学习，这次复读是他考上好大学的最后希望，放纵着疯下去可不是办法，必须要克制一下他的玩心。

晚自习下课，齐颜想步行回家，这样可以和唐薇、时越同行一段路程，杜亚娟却没答应，直接把他塞进车里。

“第一天上学感觉怎么样？”杜亚娟问，一边提醒齐颜扎安全带。

“挺好的，比我想的好。”齐颜笑着回答。

“我跟各科老师都打听了，你表现还不错，再接再厉，保持态度，坚持就是胜利。”

齐颜见小姨笑得开心，心中却五味杂陈，感觉小姨不像老师，更像个监工，自己像个喜欢偷懒磨洋工的打工仔，这种感觉让他由内而外不适应。

“有什么想说？”杜亚娟看出他脸色不对。

齐颜稍做犹豫，说：“小姨，你不觉得咱们班里有些同学太……太不合群了？”

齐颜思来想去，用“不合群”三个字形容周海洋和易欣还挺贴切。

“谁？”

“周海洋和易欣，听其他同学说，他们经常欺负别人……”

“Stop（停止）！”杜亚娟拿出英语老师的范儿，“明确你的身份，

你只要把学习成绩搞好，其他事情交给老师。”

杜亚娟几句话把齐颜嘴堵上，他想说的只好咽回肚子里，小声嘀咕一句：“但愿你能处理好。”

“每个学生来复读都想考更好的成绩，他们也不例外，我会找他们谈。还有什么想说的？”杜亚娟盯着前面拥堵的路。

齐颜思考片刻，说：“以后我想骑车上学。”

“坐车不舒服？”

“来的时候我就打算骑车。我整天坐你车上下学，全学校都知道你是我小姨，我看还是低调点好。”

杜亚娟斟酌一番，看外甥这状态，让他骑车消耗一下运动精力也好，省得精力太过旺盛，在学校里乱跑乱跳。她同意了，还告诉他路上骑车一定要注意安全，但凡有一次磕磕碰碰，立刻回来坐车。

第三章 多想天高任鸟飞

你像鸟一样张开翅膀，朝风的方向闭上眼睛

Z H I R E X I N G H O N G

第一节

回到卧室，齐颜火速把作业写好，打开电脑开始更新小说。

他连载的这本武侠小说成绩平平，但怎么说也是处女作，他当成初恋女友般呵护，加之他强迫症属性，每一段落、一句话、一个字都要修改到满意为止，因此一个半小时勉强够用。

入睡前，唐薇给齐颜发来一张图片，是那幅画的进度，齐颜想跟她多聊几句，杜亚娟忽然敲门进来收缴手机，一分钟都不让他多用。

约法三章在先，齐颜无可奈何，只能乖乖关机交给杜亚娟，明天见面再跟唐薇解释。

早起，齐颜又精心梳洗打扮一番，姨夫陈建军每天下楼晨跑买早餐，他简单吃几个包子，喝一杯豆浆，刷了牙，抱起山地车匆匆下楼，后面传来杜亚娟的嘱咐，嘱咐他路上慢点骑。

杜亚娟有些后悔，和陈建军抱怨，哪天非得找个理由把那辆山地车

处理掉，让齐颜乖乖回来坐车。

朝阳正暖，秋风和煦，齐颜看看时间充裕，不想那么早进学校，放慢车速边骑边欣赏风景。

“齐颜。”

后面传来熟悉的声音，齐颜转身看，是姜小余。

“这么巧。你家住这边？”齐颜停下车，等姜小余一路小跑追上来。

“就在那边。你不坐杜老师车了？”姜小余整理书包背带，有些沉。

齐颜慢悠悠骑着：“坐车哪有骑车有意思？我可不想听她唠唠叨叨。你坐我车怎么样？”

齐颜原本觉得表哥这辆山地车改装加了后架，一点也不酷，现在看来表哥应该另有所图，这后架载女生真是太方便了。

姜小余愣神看他：“这不太方便吧。”

“有什么不方便？车是我的，我喜欢让谁坐就让谁坐，除非你不想坐。”齐颜展颜一笑，拍拍后架。

姜小余环顾左右，这条路上有一些宁南二中的学生，偶尔也会有老师开车路过，便说：“我怕让别人看到，你小姨也从这里走，如果误会……”

“误会谈恋爱？”齐颜叹气，“坐个车就谈恋爱？别那么封建，上车。”

姜小余犹豫片刻，只好坐上后架，手却不敢碰齐颜衣服，抓着车座边。

齐颜把瘪瘪的书包挂在车把上，载着姜小余上路，时不时吹起口哨。

路两边的梧桐枝繁叶茂，阳光正在加温，海风吹得姜小余一阵阵心弦荡漾——她第一次坐男孩子的车，虽然是辆单车。

“你以后每天都骑车上学？”姜小余讷讷地问。

“我可以每天都载你一起上学。”齐颜承诺。

姜小余连忙说：“不用了，要是让杜老师看到，会给你添麻烦。”

齐颜想想也是，自己大大咧咧不在乎这个不在乎那个，可姜小余谨小慎微，心中很多顾虑也在情理之中，还是不要勉为其难好。

这条路不宽，再向前直行几百米就是宁南二中。离学校越近，路上学生越多，姜小余如坐针毡，她以前和男生多说几句话都会脸红，如果今天的不是齐颜，她肯定不会坐男生的车。

她正想开口，要在离校门一百米左右下车，耳边忽然传来摩托声，她抬起脸一看，竟然是周海洋骑车载着易欣。

“哟，单车少年。”周海洋放慢车速，语气轻蔑地调侃。

齐颜斜睨他一眼，懒得搭理，加快车速。周海洋拧拧油门追上来，两辆车并排行驶在路上。

周海洋用审犯人的目光打量姜小余：“行啊姜小余，一天就找到靠山了？”

姜小余吓得不敢说话，两只手紧紧握住后架，想从车上跳下来，却又没那个决绝的勇气。

齐颜皱起眉，想不到这家伙如此胡搅蛮缠，要不是和杜亚娟约法三章，他现在就想动手。

易欣见齐颜脸色难看，拧周海洋后背一下：“有完没完？赶紧去学校，我还要补作业呢。”

周海洋拧下油门，摩托车向前一蹿，吓得易欣“啊”一声叫出来，急忙扶住周海洋。

“有病啊你周海洋？”易欣捶他一拳。

周海洋抱怨：“你怎么总帮这小子说话？”

“我愿意！”易欣没好气地瞪他。

齐颜见两人吵起来，正好加快车速，几步骑到学校门口。刚刹住车，姜小余立刻从后架跳下来，说声“我先回班了”，匆匆混进人群向教学楼走去。

周海洋从成年开始骑车上学，当然他这辆二手仿哈雷摩托车不敢随便骑进学校，只能停在外面停车场。

摩托车刚停好，他转身一看，易欣竟然蹦蹦跳跳跑到齐颜身边，像丫鬟围着公子打转，他心里窝火，立刻攥紧拳头跟上去。

“齐颜，你别介意，他人就那样。”易欣跟齐颜解释。

齐颜没说什么，推车继续向前走。

两人刚走到停车棚，周海洋追上来拉过易欣的胳膊：“你跟这小子走什么？”

易欣甩开他的手：“你是不是管得太宽了？我跟谁说话还用你批准？”

齐颜弯下腰锁车，不想听两人在耳边叽叽喳喳，可车刚锁好，周海洋把怒火发泄在他身上，竟然一脚踹向车座。

半个脏兮兮的脚印像狗皮膏药贴在亮黑色的车座上，实在有些扎眼睛。

齐颜忍无可忍，口袋里的拳头握得比石头还硬，冷冷地盯着周海洋。

“你什么意思？”齐颜语气平和中带着强硬。

周海洋歪头看他：“没什么意思，就是看你不爽。”

齐颜一笑，指着车座上的鞋印：“擦干净，就当什么都没发生。”

易欣急忙劝周海洋：“周海洋，你踹人家车座干什么？”

“不关你事，我今天非得教训这小子，二中还没人敢惹我……”

周海洋狠话还没说完，齐颜一把揪住周海洋的衣领，用力一推，周海洋没站稳，踉跄几步险些摔倒。

旁边围观的学生大多数都认得周海洋，正如他所说，宁南二中还没有学生敢对他这样“无礼”，他怒火中烧，立刻冲上来要跟齐颜动手。

齐颜不甘示弱，心底对周海洋的怒火隐忍多时，眼看要升级成比武，急得易欣大喊大叫。

就在这时，围观学生忽然被分开，一个挺着啤酒肚的中年男人走进来，边走边嚷嚷：“看什么？看什么？都回班上自习。”

“是徐主任，快走。”

那些学生见到此人，吓得不敢逗留，匆忙离开案发现场，只剩斗鸡一样对峙的齐颜和周海洋，以及旁边手足无措的易欣。

徐主任名叫徐立鑫，这个有些发福的中年男人是宁南二中教导处主任，无论春夏秋冬，手中都喜欢摇一把亲笔画的折扇，说话拿腔拿调，但办事雷厉风行，二中学生谈之色变。

“徐主任，他们……”

易欣正要解释，徐立鑫摆手让她闭嘴，面无表情地盯着两人：“复读班的？”

“嗯。”齐颜答应。

徐立鑫摇着扇子对易欣说：“叫你们杜老师过来。你们二位少侠请移步，跟我来办公室。”

徐立鑫办公室在办公楼顶层，不远处就是校长室。走进门，装修古色古香，不算宽敞，但很雅致，和他手中那把扇子相得益彰。

徐立鑫坐到办公桌后，齐颜和周海洋规规矩矩地站在他面前，彼此相距两米，谁也不想挨着谁。

“打架，开学第二天，还是两个复读生，可以啊。谈谈吧，二位有什么感想？”徐立鑫拿起炮弹大的茶壶，泡了一壶碧螺春，他语气不温不火，就像壶里的凉茶一样。

“老师，他先踹我车座，还说看我不爽，故意找碴儿。”齐颜先发制人。

周海洋急忙辩解：“徐主任，他先动的手。这次我是受害者。”

齐颜余光扫他一眼，暗想这家伙可真够不要脸。

“你别恶人先告状，你踹我车座不道歉，我凭什么不教训你？”

“我踹你车座你不会踹回来？我车就在校门外，你凭什么推人？”

徐立鑫用扇骨一敲那张大办公桌，大有县官老爷敲惊堂木的架势，齐颜和周海洋都不敢再争执。

徐立鑫瞪起眼睛：“要不然二位再打一场？火力这么旺，千万别憋出内伤。”

齐颜和周海洋不敢看徐立鑫眼睛，但脸上都写着大大的不服。

徐立鑫喝口茶，脸色像茶水一样沉下来：“周海洋，高三升高四，翅膀硬了，是我徐立鑫震慑不住你了？”

周海洋低下头：“不是。”

“大点声！”徐立鑫一拍桌案。

周海洋跟着一抖：“不是。”

徐立鑫用扇子指他：“你照照镜子看看你什么德行，牛仔裤，小夹克，骑个破摩托，整个宁南有第二个学生像你这样？有没有？”

“没有。”周海洋鼓起腮。

“大点声。”

“没有！”

“知道就好。明天把你那黄毛染回来，哪个老师看着不闹心？”徐立鑫瞪他一眼，目光落到齐颜身上，语气稍微温和点，“齐颜是吧？杜老师外甥，幸会。”

齐颜听他阴阳怪气，知道他笑里藏刀，回敬一个假笑：“徐主任，您要批评就批评，我虚心听着。”

“原来你认识我是谁。”

“认识，教导主任徐老师。”

徐立鑫也来个职业假笑：“我念你刚来二中，初犯，不想多说你什么，还是把你交给杜老师处理更好。”

正说到这里，一阵敲门声，徐立鑫说声进，门打开，果然是杜亚娟。

杜亚娟刚在办公楼停好车，易欣堵在车门外，告诉她齐颜和周海洋打架，被徐立鑫叫到办公室，她心弦一颤，高跟鞋差点卡在石头里，马不停蹄赶过来。

“徐主任，他们打架了？”杜亚娟脸色有些难堪。

徐立鑫微笑：“杜老师来得正好，我刚教训了周海洋，你外甥认错态度挺好，你把他领回去说一说，告诉他下不为例。”

“好，徐主任，你以后不用看我，他有什么错误你直接批评教育就好。”

杜亚娟说着拍齐颜肩膀一下，冷厉的眼神看得齐颜不寒而栗。她把齐颜领出门，来到办公楼外侧一个人迹罕至的楼梯拐角。

第二节

“行啊，刚开学就敢打架，刚让你骑车上学你就作妖？把我话当耳旁风是不是？”

杜亚娟说着要揪齐颜耳朵，齐颜急忙扭腰，一脸委屈地看她。

“小姨，我知道打架不对，可周海洋他……”

“周海洋怎么了？来来来，我听你狡辩，说吧，怎么回事？”

齐颜简单描述事情经过，停车棚那里有监控录像，杜亚娟知道外甥不敢说谎，作为上一届教过文科班英语的老师，她当然清楚周海洋的脾气。

“小姨，我知道错了，可那个周海洋是真的很过分。”齐颜两只手勾在身后，站得笔直，只求杜亚娟念在他态度好，别把这事告诉他爸妈。

杜亚娟见他认错诚恳，想了想说：“约法三章你还记不记得？”

“不逃课，不打架，不谈恋爱。小姨您定下的规矩就是圣旨，我一定遵守。”齐颜满脸堆笑。

“你就这样遵守的？”

“情况特殊，下不为例。徐主任都说原谅我这次，我保证不再犯错。”

“少跟我嬉皮笑脸。”杜亚娟终于抓到机会，一把揪住齐颜耳朵，“我非得给你点教训，说，还打不打架了？”

齐颜歪着脖子，眼睛鼻子拧到一起，连忙求饶：“不打了不打了，小姨，我真知道错了。老师不能打学生。”

“老师不能打学生，当姨的可以修理外甥。我告诉你齐颜，再有一次，肯定让你爸妈过来亲手修理你。”

齐颜不敢忤逆长辈，老老实实地认错，周海洋那边也被徐立鑫狠狠教训一顿，两人按要求各写一份八百字检讨，暂时不做通报批评和扣分处理。

回到教室，早自习已过大半，齐颜和周海洋摩擦的事在学校里传开，见两人被杜亚娟押送进来，灰头土脸地走回座位，其他同学都用眼神偷瞄，像看两个从斗兽场拖回来的角斗士。

齐颜无精打采地坐回姜小余身边，唐薇投来复杂的目光看他，齐颜不知道该说什么，耸耸肩垂下头，自顾自摆弄课桌里的书本。

这一刻，齐颜害怕唐薇真把他当成和周海洋一样的坏学生。

杜亚娟转身在黑板上写下大大的“纪律”二字。齐颜是她外甥这件事，班里尽人皆知，她面子上有些挂不住，更不想让别人说她对齐颜搞特殊待遇，只好点名批评两人一顿，各打五十大板，以正师威。

午饭时间，食堂依旧拥挤，齐颜和唐薇、时越坐在一张桌。唐薇履行昨天在足球场许下的承诺，给齐颜买了午餐，齐颜却食不甘味，想起早上的事就觉得郁闷。

“检讨写好了？”唐薇问。

齐颜撇撇嘴：“还差一百字，实在编不出来。八百字检讨，比高考作文都难。”

唐薇忍不住笑：“高考作文题目如果是检讨，你可押对题了。”

齐颜不好意思地抬头瞄了眼天花板：“借你吉言，让你们这些乖学生也尝尝八百字检讨的威力。”

“算了，我可不想尝这个新鲜。你这回彻底进二中名人堂了，刚来就和周海洋切磋，难怪杜老师生气。”

齐颜释然一笑：“本来我和你们杜老师约法三章，不逃课，不打架，不交女朋友，这家伙刚来就让我破功，我也很无奈。”

“徐主任怎么说？”唐薇问。

“下不为例。”齐颜皱眉，“听别的同学说，徐主任和周海洋是亲戚？”

“不是亲戚，徐主任好像是周海洋他爸的朋友，我也是听人说的。反正周海洋在学校里最怕徐主任，要不是徐主任，他应该早被开除了。”唐薇压低声音。

“原来这小子才是关系户，难怪那么嚣张。”齐颜用筷子戳餐盘里的红烧肉。

唐薇摇摇头：“你下次别跟他纠缠，有什么事直接找杜老师，找徐主任也可以。”

齐颜会心一笑，多谢她关心开解，正说着，身旁忽然有人打招呼，他转身看到一个身材中等戴眼镜的男生，是那个学霸程元熙。

“你吃完了？”齐颜问一句，叫程元熙坐下来谈。

程元熙性格内向不善交际，但还没达到社恐的程度，应邀坐到齐颜身旁，厚厚的练习册放在桌上：“刚吃完。我昨天看你踢球，踢得真好。”

齐颜万万想不到学霸会因为球技夸自己，连忙笑着说：“随便玩玩。你也喜欢踢球？”

“我喜欢看球，世界杯什么的。以前踢过几次，跑不动，老师和我妈也不让我踢，怕受伤。”

程元熙很斯文地推一下眼镜，微笑时露出两排仪仗队般整齐的牙齿。齐颜感觉他和时越面对面像在照镜子，像两个“呆”字合在一起，很是可爱。

唐薇笑说：“你可是二中重点保护对象，踢球多危险。”

程元熙尴尬一笑：“其实我也想玩，看来只能等上大学再说了。”

齐颜问：“你复读是想考清华北大？”

程元熙揉搓练习册封面一角：“虽然有些发挥失常，但分数我还挺满意，可家里一直让我复读，我姐她们考那么好，我不能掉链子。”

齐颜拍拍他肩膀：“你这就叫高处不胜寒。压力别太大，正常发挥就好，一看你就是状元苗子。”

“状元不敢当，能提高二十分就好。你语文课能背那么多古文，一个字不差，我要向你学习。”

齐颜讪笑："向我学习？别，耽误你考状元，我真成二中罪人了，八万字检讨也不够写。"

商业互吹几句，程元熙站起身说要去趟办公室，叫三人如果有什么不懂的题可以来问他，他知无不言。

几人在食堂分别，齐颜和唐薇、时越回到教室。

午休有两小时，唐薇和时越要趴在桌上睡个午觉，齐颜却精力充沛，长这么大，他压根不知午觉为何物，抱着球跑到楼下篮球场，打打球出出汗，上课前再吃根雪糕，整个下午都会神清气爽。

篮球场离教学楼不远，从六楼向下看一目了然，唐薇睡不着，站起来趴在窗边，正好看到齐颜和班里三个男生在打球。

阳光下成排的柳树随风轻舞，柳荫旁的水蓝色球场上，齐颜运球、起跳、投篮，篮球在半空画出一条高高的抛物线，精准地应声入网，篮筐下的新球网跟着一阵抖动跳跃。

"看什么呢？"

耳边传来姜小余的声音。唐薇回过神，目光急忙从齐颜身上挪开，仓促打个哈欠，装作在看远处风景。

"发呆。"唐薇转脸看姜小余，故作镇定。

姜小余来到她身旁，趴在窗边向下看，一眼看到齐颜，黄色队服加上紫色篮球鞋，搭配张扬的身姿，想看不到都难。

"篮球场风景真好。"姜小余故意打趣逗她。

唐薇扭过脸趴在桌上："你可别乱想，我就是看那边有点吵，大中午不睡觉在外面打球，烦人。"

"薇薇，你变了。"姜小余趴在唐薇耳边，若有深意地说句悄悄话。

唐薇皱眉："什么变了？"

"孩子大了，有心事了呗。"姜小余半开玩笑。

唐薇卷起练习册，象征性拍打姜小余几下："言情小说看多了你？我看你才有心事，昨天说他长得帅的是你吧？什么眼光？我还没告诉他呢。"

"你不能说。"姜小余瞪大眼睛，"薇薇，我错了。"

唐薇忍俊不禁："看你表现，再敢说我，我真告诉他。"

“拜托拜托，千万别跟他说，我昨天就是随口一说，你让他知道，我们还怎么做同桌？”

唐薇看她焦急的模样，不再逗她，答应会守口如瓶。

“哎，你给我讲讲你们怎么认识的，看起来你们好像认识很久了。”姜小余说。

唐薇手托着腮，审视姜小余渴望的表情:“你对他怎么这么感兴趣？”

“哪有？我就是觉得他这人挺好的，还是我同桌，想多了解一些，你可别往歪想。”

唐薇笑着趴回窗边，看向楼下还在奔跑跳跃像永动机一样的齐颜。

“求知欲这么旺盛？好，那我就跟你讲讲，讲他这人啊，还真是个奇葩。”

……

起跳，出手，篮球再次画出优美弧线，但这次没入网，磕在篮筐上打出“当”的一声响。

齐颜依旧摆个很潇洒的姿势，球进不进无所谓，动作一定要到位。

他心有灵犀，无意间瞄向六楼教室，正巧看到窗边的唐薇和姜小余，愣了愣，比个胜利的手势。

唐薇懒得搭理他，和姜小余坐回座位，继续讲述那天在海边和齐颜偶遇的经历。

齐颜不以为意，继续打球。和他一起打球的三个人也是高三（18）班同学，个子矮点的叫苏岳，长了张娃娃脸，很讨喜；又高又胖那个叫孙晓龙，体重少说有两百斤，嘴里都是狠话，打球却绵软无力；黝黑结实那个叫徐云峰，面相憨厚，沉默寡言，但球打得有板有眼。

“哥们儿，球打得不错啊。”孙晓龙说话一股北方口音，儿化音很多。

齐颜违心地说一声“你也是”，问：“你们都住校？”

“嗯，我们仨一个宿舍。你住杜老师家？”苏岳把球传给齐颜。

齐颜点点头，抱怨说：“其实我也想住校，杜老师不让。”

徐云峰终于开口：“杜老师也是关心你，我们哪有这待遇。”

“你跟周海洋什么情况？”苏岳好奇。

齐颜一边运球一边说：“不提了，听到他名字就烦。”

苏岳会心一笑：“懂你。我以前就跟他一班，那小子真是一点也不讲理。你以后最好别搭理他，他在校外认识一堆小混混。”

齐颜冷冷一笑，没说什么。

孙晓龙这时问：“过几天篮球赛，齐颜，你打球这么好，参不参加？”

齐颜兴致盎然：“好啊，就咱们几个？”

“我们三个，加你，还有陆明宇，他打球也不错。”孙晓龙掰着手指盘算，“咱们班就这几个男生，时越和程元熙不会打球，周海洋想玩也不加他。”

苏岳笑着说：“对，有他上场那就不叫打球，叫打架。”

徐云峰却问：“杜老师能让我们参加吗？”

苏岳一皱眉：“还真不一定，咱们班连个体育委员都没有，也没有体育课，复读班就这样，听说以前也不参加运动会。”

“我问问杜老师，课余时间打打球应该没什么。”齐颜自告奋勇，承包下组建篮球队参赛的申请工作。他自信在杜亚娟面前还是有几分话语权的，不想在同学面前丢脸。

第三节

晚自习前，齐颜兴冲冲来到杜亚娟办公室，提出参加篮球比赛的事。杜亚娟面无表情，说会考虑，告诉他先回班上自习。

齐颜认为这事基本成了，因为以小姨的性格，如果反对肯定会当面说出来，既然是考虑，应该会同意。

第二节晚自习还有二十分钟下课，杜亚娟推门进来，看看后排的齐颜，齐颜心跳加速，祈祷小姨大发慈悲，毕竟他已经跟苏岳他们打包票。

“陆明宇，你去把后面足球和篮球拿过来。”杜亚娟吩咐。

陆明宇连忙照办，起身跑到教室后面，把地上的足球和篮球抱起来，放回到讲台。

杜亚娟看着放在讲桌上的球，问：“谁的球？”

教室里一阵沉默，苏岳和孙晓龙怯生生举起手。

“球先放我这里，放假你们拿回家。以后班级里不允许再出现类似的球状物体，大的小的都不行。”

杜亚娟一脸严肃：“我再强调一遍，复读班以学习为主，学校里的活动，能不参加尽量不参加，尤其是足球赛、篮球赛、运动会这样容易受伤的，高三（18）班一律不搞。”

“为什么啊？”齐颜心里委屈，忍不住问。

杜亚娟盯着他说：“那么想玩，随便去个大学，想怎么玩就怎么玩。我没有限制你们运动的自由，课间你们可以到外面跑跑步打打球，但不要把心思放在这上面，体育锻炼可以，玩物丧志不可以。都听懂了吗？”

同学们异口同声答应。周海洋原本不赞成杜亚娟的“禁球令”，可看到齐颜落寞的表情，他忽然打起精神，敌人的敌人就是朋友，他恨不得举双手双脚赞同。

“老师你放心，这个任务交给我，以后在班里看到任何球类，我肯定抱到你办公室。”

见周海洋积极响应，杜亚娟颔首：“好，周海洋，那你帮老师费费心。”

“OK，teacher（好的，老师），保证完成任务。”周海洋敬个礼，神色得意，瞟一眼旁边的齐颜，仿佛终于在比赛中扳回一局。

齐颜生着闷气，靠在椅子上不想说话，暗想杜亚娟在约法三章后又下了这样一条禁令，看来小姨“残酷”的一面终于展现出来，自己这次可真是羊入虎口。

第二节晚自习下课，周海洋主动献殷勤，抱着两个球送到杜亚娟办公室，正好杜亚娟想找他谈谈话。

齐颜站在走廊里放风，苏岳和孙晓龙陪在他左右，三人靠在窗台边，都为篮球赛的事郁闷着。

“这回别说参加比赛了，连球都没收了，还打个球啊？”孙晓龙抱怨。

苏岳一边跟路过的女生打招呼，一边做几个拍球投篮的假动作，引得几个女生一阵阵嫌弃。

“我以前听人说，复读班管得一点也不严，怎么到咱们这里，比高三还严？”苏岳说着朝路过的唐薇打个响指。

唐薇不理他们，径直走进教室。

齐颜打个哈欠：“杜老师也是为我们好。上大学有很多时间玩，我高三在家休学，玩都玩腻了。”

苏岳和孙晓龙对对眼神，想起杜亚娟毕竟是齐颜的小姨，只好不再抱怨。

走廊里灯光亮如白昼，一窗之隔，外面夜色却像一团墨。齐颜转身看向窗外，乌云遮住月亮，但远处海岸边璀璨的夜光向着城市延展光芒。

这是来到复读班的第二天，齐颜却感觉经历了比以前休学在家两个月还多的故事。

“明天周日放假吗？”齐颜忽然问。

“下午放半天假。”苏岳说。

“那就好。”齐颜打算到海边的“时光号”书屋，等会儿跟唐薇说，不知道唐薇是否欢迎。

“美女，找谁啊？”

耳边传来孙晓龙的声音，齐颜转身看，一个穿高二水蓝色校服的女生正站在十八班门口，身材高挑，眉眼清澈，梳着马尾辫，衣服和鞋子干净得像刚刚洗过，散发出清香。

她背着大大的书包，臂弯里还夹着厚厚一沓报纸，转身看孙晓龙，一转眼又看到齐颜，怔了一秒钟。

“我来送报纸，校报。”女生盯着齐颜，语气有几分矜持，似乎完全忽略了孙晓龙和苏岳的存在。

孙晓龙咳嗽一声，开玩笑说：“美女，我跟你说的话，你看他干什么？他脸上有答案还是有彩票啊？”

齐颜也笑了笑，接过女生递来的三份报纸：“你们写的校报？”

“嗯，我叫关小雅，校文学社副社长，也是广播站站长。校报是我们创办的，欢迎全校师生投稿。”关小雅一气呵成，像推销员在介绍商品。

苏岳瞪着两只铜铃大的眼睛盯着关小雅，他最喜欢和漂亮女生搭讪，笑呵呵地说：“文化骨干啊。你们那个文学社社长是不是严粟？教语文的严老师。”

“是，他教你们复读班？”关小雅问。

“我们哪是复读班？简直就是他老人家的复读机，整天让我们背课文。”苏岳自认为幽默地回答，“给你们校报投稿有稿费吗？”

“暂时没有，但文学社会挑选好文章给杂志投稿，如果过稿会有稿费，还有就是参加文学比赛，只要写得好就可以。”

听关小雅解释，齐颜来了兴致：“这上面有邮箱？”

“在中缝。同学你叫什么名字？你想投稿，我帮你审稿。”

关小雅和齐颜说话时声音变得柔和许多。孙晓龙察觉到信号异常，搂住齐颜肩膀介绍说：“这位帅哥姓齐名颜，高三（18）班新晋校草，跟我孙晓龙不相伯仲。”

正说着，上课铃响起，高三和复读班还有最后一节自习课，高一高二已经放学。

齐颜不想让孙晓龙胡扯，影响班级形象，对关小雅说：“报纸我帮你拿回班里，哪天我投稿试一下。”

“好的同学，那我先下楼了，等你投稿。”关小雅笑得很温柔腼腆，转身走出两步，视线才彻底从齐颜身上挪开，朝十八班紧邻的楼梯口走去。

她刚转弯，迎面遇到上楼的唐薇和姜小余，唐薇和她同时停下脚步，狭路相逢般对视两秒钟，脸上表情都有些尴尬局促，却谁也不肯给对方让路。

空气突然安静下来，姜小余一头雾水，不知向来温文尔雅的唐薇怎么会跟别人在这里顶牛，连忙拉她胳膊一下。

唐薇被姜小余拖走，关小雅这才迈步向前，头也不回地走下楼梯。

“你认识她？”姜小余问。

唐薇脸色平静，不紧不慢地走向教室：“不认识。”

“那你怎么像见了仇人一样？”

“你应该问她去。”唐薇走进门，“好了，别问了，以后有机会再告诉你。”

姜小余察言观色，看出唐薇心情有些低落，猜到她跟那个女生之间肯定有故事，但她现在不想说，自己也不方便多打听。

齐颜和苏岳、孙晓龙走进教室，还在拿“等你投稿”几个字调侃。苏岳让齐颜写首情诗投到邮箱，看关小雅刚才盯他的眼神，肯定能答应。

齐颜却没有半点这方面的心思，说自己在复读班坚决不谈恋爱，浪费时间，害人害己，被杜亚娟知道更是弥天大罪，他可不想被断了零花钱。

同学们陆续回到座位，墙角的周海洋和易欣正吃着零食，一个在桌底用手机打游戏，一个在看漫画书，其他人则拿出辅导书、练习册，刚开学的新鲜感过去，大家基本都进入状态。

齐颜捧着英语书背单词，余光看到唐薇脸色有些难看，想问她怎么了，可两人距离有些远，中间还隔着姜小余，说话不方便。

他转眼看向后门小窗，总感觉杜亚娟就趴在窗外观察敌情，不敢冒险，只好拿出笔，漫不经心地在纸上写道：怎么了唐副船长？你周日下午放假在家里？我这张旧船票还能否登上你的“时光号”？

落款处写下“船票”二字，还画了个笑脸。

他用英语书遮挡，撕下那页纸，叠起来塞给姜小余。姜小余会意，丢到唐薇脚边，给个眼神。

唐薇捡起纸条打开，转身看齐颜，齐颜扭过脸故意冲她歪嘴一笑。

她没理会，拿起笔在纸上回复：没怎么，就是刚才见到不想见的人。这星期我跟我爸去爷爷家吃饭，下个星期日你再来，我叫上时越和小余。以后上课别传纸条，有什么下课说。

收回纸条，齐颜展阅，心中有些许失落，但还是朝唐薇做个“OK”的手势。

十分钟背好一百个单词，齐颜完成任务，看看还有半小时下课，他闲来无事打开一张校报，另外两张已经送到陆明宇手中。

彩色印刷的版面干净有序，四开八版，有小说、散文、诗歌，还有一些校内师生的采访，以及社会热点，内容丰富美观。

报头写着“春芽”两个字，齐颜一笑，从小到大不知见过多少校报班报叫这名字，但瑕不掩瑜。他往中缝瞄，看到投稿邮箱，想起自己文档里有些散文、小说，都是休学时在家写的，修改润色一下，投稿试试也好。

易欣因为早上的事，一整天没跟齐颜说话，只怕周海洋不高兴，再借题发挥跟齐颜起冲突。

她晚饭时间写好一封信，眼看快放学，见旁边周海洋正缩在墙角沉浸在游戏里，她看准时机把信纸丢到齐颜鞋上，连忙竖起食指做个噤声的手势。

齐颜无奈地捡起信，放在报纸上看，粉色信纸上写着几行歪歪扭扭蝌蚪一样的小字，他禁不住皱眉，暗想挺漂亮的女生，怎么字写得这

么丑？

“齐颜，你别怪他，他一直就那德行，我替他向你道歉，以后你就当他是个神经病，少搭理他。原来你学习真的很好啊，我以为你骗我呢，以后能不能把作业给我看一下，我有什么不懂的想跟你请教。”

齐颜暗自叹气，放在平时，他当然不忍心拒绝一个女生的恳求，可现在易欣就像敌方水晶，但凡他跟易欣说句话，简直像炸了周海洋老家，前车之鉴就摆在那里，他可不想再因为这个女人跟周海洋发生矛盾，被小姨抓到就万劫不复了。

他思来想去，狠心的话说不出口，只好在下面写道：好好学习，天天向上，放过齐颜，功德无量。

易欣偷偷接过信纸，看到那俏皮的十六个字，先是皱眉，转瞬笑起来，冲齐颜做个可爱的鬼脸。

齐颜连忙避开她眼神，心想着场景如果被周海洋看到，或是被杜亚娟看到，他真是跳进黄河洗不清。

第四节

转眼一个星期过去，齐颜渐渐适应宁南二中的环境。

各科老师对他印象很好，尤其严粟，每堂课几乎都会提问他。齐颜给出的回答虽然通常偏离教材，但严粟对此很满意，教育其他同学要像他一样博学多闻，语文学习不要拘泥于课本。

齐颜在文学方面的确有几分天赋，师生二人大有惺惺相惜之意，如果齐颜不是复读生，严粟肯定会让他加入文学社。

明天是周日，齐颜和唐薇约定好下午到“时光号”复习功课，时越和姜小余、程元熙都会去。

齐颜兴致勃勃地跟杜亚娟请示，杜亚娟见名单上都是班里的好学分子，立刻批准，嘱咐齐颜好好跟他们学习，别贪玩。

晚饭时间，齐颜和苏岳几人在篮球场打球，有几个女同学站在场边观战，每次齐颜投篮都会引起她们欢呼。

齐颜很不习惯，但无计可施，总不能把这些女生轰走，他又不是什么“二中一霸”。

广播中循环播放周杰伦、林俊杰、Beyond 的歌曲，傍晚的校园内喧闹又温馨。

齐颜踩着音乐旋律打球，正挥汗如雨，歌声戛然而止，一个女生很温柔地清清嗓音，用略带做作的播音腔说：“又到了每周好文精选时间，下面为大家朗读一篇散文，作者是高三（18）班齐颜同学，文章的名字叫《再见，巴特尔》。”

齐颜愣在原地，呆呆地盯着不远处的扬声器。他昨天忙里偷闲，修改一篇散文投稿到校报邮箱，没想到这么快就被当成精选文章公然朗读？或者说公开处刑。

“沿途没有草原，只有荒芜的盐碱地。我趴在车窗边，墨蓝色的柏油路坑坑洼洼，不知历经多少风吹雨打。车轮向前颠簸滚动，减震器发出没有规律的撞击声。窗外米黄色的盐碱地衔接地平线，放牧人无论冬夏，几乎都裹着皮袄怀抱长鞭，在公路两旁来回驱赶牛羊……”

一本正经的朗读声听得齐颜直起鸡皮疙瘩，这篇文章是他去年回内蒙古旅游时写的，写给一个叫巴特尔的童年伙伴，被这样用广播读出来，他感觉尴尬又奇怪。

“是那个关小雅，齐颜，你行啊，你是不是给她写情书了？”苏岳叉腰看向齐颜。

真是关小雅的声音。齐颜恨不得找个地缝钻进去，手里的篮球瞬间不香了，丢给孙晓龙。

“广播室在哪儿？”他皱眉问。

“办公楼，三楼右侧。”孙晓龙问：“怎么了？”

齐颜有苦说不出：“你们先玩，我过去看看。”

他一溜烟离开篮球场，跑向办公楼，想立刻和关小雅说别念了，可等他找到广播室，两千字的散文已经读完，他呆呆地站在门外，感觉空气被尴尬填满，难以想象回到班级时会被同学们如何起哄，说成“社死现场”也不夸张。

在他看来，文章发表在校报上是荣誉，被大庭广众朗读虽然有些尴尬，但关小雅不经他同意就公然使用，这已经对他构成冒犯。

广播中歌声重新响起，齐颜心情稍微平复，走过去敲两下门。门打

开，果然是关小雅，依旧是一个星期前那套装扮。

“齐……齐颜？”关小雅脸色微红，语气嗫嚅。

齐颜想发火，却实在不忍心对女孩子失礼，克制情绪问：“为什么要读它？”

关小雅不明所以：“每周六广播站都会读一篇好……”

“你为什么不提前打声招呼？我不喜欢别人这样读我写的东西。”齐颜盯着关小雅，似乎意识到态度有些强硬，语气温柔几分说，“你起码先告诉我一声。”

关小雅脸色更红，眼圈也跟着湿润起来，咬住下唇，不敢看堵在门口的齐颜，鼻尖一酸：“对不起，我不知道你这么介意。我以为你会高兴，所以才自作主张。”

齐颜不想容忍别人的侵犯，但同样不想辜负别人的喜欢，何况关小雅也没做什么大错特错的事，既然已经认错，他再计较下去就显得矫情了。

“没关系，你不用这样。”齐颜不知道怎样哄她，毕竟不熟，“刚才我态度有些过分，你别放在心上。”

“不是你的错，是我的错。我是应该征求你意见，我下次再也不敢了。”关小雅说着用手擦眼角，语气有几分哽咽。

齐颜有些不知所措。

“你别这样，让别人看到还以为我欺负你。”齐颜手忙脚乱，“我不怪你，你想怎么读就怎么读，大不了被别人笑话几句，你别哭就好。”

关小雅见他语无伦次，破涕为笑，泪水在眼中打转：“你写得那么好，没人会笑你，都会夸你。”

齐颜见她情绪稳定下来，松一口气：“我写得挺一般，要是真写得好就不怕你读了。”

“我认为你写得好,我喜欢。”关小雅红着脸一笑,“你真没生我气？”

“我可没那么小气。”齐颜跟着笑起来，想想自己刚才是挺小气，跟女孩子那样说话，他有些后悔。

走廊左侧传来脚步声，两人急忙转身看，见一个摇扇子的身影走过来，是教导主任徐立鑫。

“你们两个，干什么呢？”徐立鑫问。

关小雅走出广播室，说声“徐主任好”，不知怎样回答。

齐颜连忙解围：“徐主任，刚才关小雅读的文章是我写的，我跟她交流一下经验。”

“快上课了，先回班吧。”徐立鑫说。

关小雅答应一声，转身去关音乐，收拾资料后锁门。

齐颜正要下楼，却被徐立鑫叫住。两人一起走下楼梯，徐立鑫问：“来二中一个星期，感觉怎么样？”

“挺好的，比我想的好。”齐颜拿出应对杜亚娟的话术应对徐立鑫。

“听杜老师说，你以前学习很好，但高三有些厌学，所以休学一年后来这里复读？”

齐颜点头：“以前不懂事。”

徐立鑫把玩扇子：“你能认识到问题就好。浪子回头金不换，能重新回学校读书，这就是进步。学校很重视你们这些复读生，青春很宝贵，既然选择用一年时间复读，那就要好好努力，不要浪费最好的年纪。”

听徐立鑫语重心长嘱咐，齐颜心中竟有些感动：“知道了徐主任，我来这里就是想考个好成绩。”

徐立鑫合上折扇，轻轻一拍他肩膀，像师父指点徒弟：“有上进心就好。回班吧，别让你小姨操心。”

两人走出办公楼，徐立鑫转身朝食堂那边去。

齐颜看向他大腹便便的背影，心中疑惑，为何这个同学们谈之色变的徐主任对自己如此关心？难道就是因为自己是杜亚娟外甥？还是因为外来的学生好念经？

天色向晚，上课铃响过，校园又安静下来，齐颜的心情却莫名有些烦闷。

爬上六楼，回到十八班门外。自习课上课已有五分钟，他趴在后窗向里面看，教室里一片肃静，唐薇和时越、姜小余在做题，连周海洋都在写单词，易欣却没在座位。

“这个关小雅真是给我出难题。”

齐颜心中默念，还在为关小雅擅自朗读他文章的事懊恼，正犹豫该不该进门，一只手忽然搭在他左肩上，吓得他一哆嗦，急忙转身看，是

易欣，万幸不是杜亚娟。

易欣竖起手指嘘一声，压低声音问：“偷看谁呢？是不是唐薇？”

齐颜拍拍心口：“你吓死我了。怎么不回班？跟踪我？”

“谁跟踪你啊？刚才在校医室。”易欣说着把他拉到楼梯拐角，隔门有耳，她怕被周海洋听到。

“你感冒了？”齐颜问。

“不是，是那个来了，肚子有点不舒服。”易欣抿嘴一笑。

“那个？哪个？”齐颜直勾勾地盯着她，一脸不解。

易欣左手掐腰，右手揉肚子：“你傻啊？那个就是那个。”

齐颜终于反应过来，咳嗽一声缓解尴尬：“那你还不赶紧回班？多喝点热水，管用。”

“你跟周海洋都是傻子，就知道喝水。”易欣小声嘀咕，脸色一变，笑着问，“你也不想回班？”

“我……随便转转，现在进门打扰别人学习。”

“英雄所见略同。”易欣捂嘴偷笑，“我带你去个地方，全学校，不对，全世界只有我知道的地方。”

“什么地方？”齐颜警觉地问。

“去了你就知道。我心情不好就到那里，待一会儿就好了。”易欣又拉起齐颜衣角。

齐颜不想跟她纠缠胡闹，刚刚被徐主任表扬过，如果这时犯错被抓肯定更惨。

“什么地方这么神秘？被老师抓到怎么办？”

“杜老师在楼下上课，我刚看过，她的课程表，我比她都清楚。你放心，我说那个地方谁都找不到。下课咱们就回来，你在门外站着有什么意思？”

齐颜思前想后，来二中一个星期，他半节课都没翘，此刻心中烦闷，回班也无心学习，还真想找个地方散散心，算是劳逸结合，索性答应。

他跟易欣来到教学楼另一侧的楼梯间，这里有一排嵌入墙壁的梯子，铁锈斑驳，梯子顶部有个铁门锁着，通往楼顶天台。

“你要去天台？”齐颜停下脚步。

易欣答应，手已经摸在梯子上。

齐颜盯着那扇小门：“门上有锁。”

易欣从裤子口袋里掏出一把钥匙，得意地朝他晃了晃。

不等齐颜再问，她身手敏捷地向上爬两级，转身对齐颜说：“上来我告诉你，你不会怕高不敢上吧？”

齐颜的确有点恐高，但他可不想被女生嘲笑，咬咬牙跟在易欣身后，握紧铁梯，小心翼翼地向上爬。

易欣用钥匙打开锁，悄悄推开铁门，像夜里出去觅食的鼹鼠一样钻出去，蹲在门口向下看，叫齐颜加快速度爬上来，别被人看到。

风从门口灌进来，齐颜精神一振，迅速爬出小门。易欣把门关好，锁和钥匙都揣进口袋，动作十分娴熟。

第五节

“你怎么会有钥匙？”齐颜问。

易欣来到天台边，面朝大海的方向：“这门以前没有锁，我买一把送到教务处，自己留了一把钥匙，老师还夸我是好孩子，其实我是锁住别人上来的路，不想让他们上来打扰我。”

“你还挺机灵。”

“那是，我可聪明了。”

易欣手扶半人高的围墙，齐颜也走过来，跟她一起眺望远方。

霓虹初上，海边一座高层建筑亮起十几束激光，光束在云层底部来回游弋，仿佛外星飞船要降临到海面。

“我心情不好时就喜欢来这里，一个人发呆看海。”易欣语气低沉下来，和刚才那个欢脱少女判若两人。

“这可不像你啊。有烦心事？”齐颜侧脸看她。

风有些凉，易欣只穿一条短袖内衬，抱住手臂搓了搓：“烦心事多着呢。”

“比如？”

“学习成绩差，书看不进去，爸妈经常吵架，就算考上大学，我也不知道将来想做什么，能做什么。我越来越觉得我像个笑话。”

听易欣唉声叹气，情绪从云端跌落到谷底。

齐颜忽然觉得这个张扬明媚的女孩有些可怜，安慰说：“你这些烦

心事，很多同学都有，就说我，如果没那么烦，高三就不会在家休学了。”

“你现在不烦了？”易欣问。

齐颜视线从海面移开，眺望更远处的夜空：“哪有人没烦心事，成绩好有成绩好的烦，成绩差有成绩差的烦，有烦恼证明你在成长，如果整天无忧无虑，那你永远只是个孩子。”

易欣嚼着口香糖，边听边琢磨：“好像有点道理。”

齐颜嘴角微扬：“我喜欢泰戈尔的一句诗，只有经历地狱般的磨砺，才能练就创造天堂的力量，只有流过血的手指，才能弹出最美妙的绝响。”

“好诗，我喜欢。”易欣问，“你能背下来？”

“我就记得这两句。”齐颜一笑，“是泰戈尔的《飞鸟集》。对了，我也教你一个方法。”

“什么？”

“你像鸟一样张开翅膀，朝风的方向闭上眼睛，你感觉自己在飞，对不对？”

易欣学着齐颜的动作，张开手臂迎风站着：“然后呢？”

“你小心点，做这动作一定要找安全的地方。”齐颜提醒她后退一步，“然后想想你为什么烦，你在心底跟自己好好谈谈，世界上只有你和另一个你，她会告诉你答案。”

“我试试。”

一分钟过去，易欣手臂有些酸，睁开眼睛，眼角闪烁着看向齐颜，脸上重新露出笑容：“齐颜，你是我见过最特别的男生。”

“我可没什么特别，顶多就是喜欢胡思乱想，胡说八道。”

“你就是特别。”易欣强调，忽然问，“你有秘密吗？”

“秘密？”齐颜愣住，“我坦坦荡荡，没什么秘密。”

易欣露出匪夷所思的表情：“你怎么可能没有秘密？你那么神秘。”

“我神秘？你是不是对我有什么误解？”齐颜笑出声。

“这个天台是我的秘密，你也要告诉我一个秘密，这样才公平，要不然你就欠我一个人情。”

齐颜可不想欠谁人情，凝神想了想：“我还真没什么秘密，我在网站上写小说，这算秘密吗？”

“算啊，什么小说，我想看。”

“毕业后告诉你。”

易欣噘起嘴：“小气。唐薇知道吗？”

“你怎么总惦记她啊？”齐颜好奇。

“我就是觉得你跟她好，你是不是喜欢她？”

“我心里只有学习，谁也不喜欢。”齐颜都有些怕易欣了，只想她千万别再问自己了。

“骗人。喜欢一个人，根本藏不住。”

易欣转脸看齐颜，齐颜也用余光看她。恰在这时，海岸边成排的烟花盛放，如同在寂夜点燃一朵朵金色红色的花朵，在海天之间勾勒出灿烂轮廓。

“好漂亮。”齐颜低语，忍不住赞叹。

易欣张开手臂，拥抱璀璨的烟花，眼中泪光闪动，心中也跟着一阵冲动，脱口问道：“齐颜，你真好。”

齐颜正想着如何安慰她，楼下忽然有人喊：“楼顶谁啊？是不是有人？”

管理仓库食堂的老大爷在楼下巡逻，隐约感觉楼顶有动静，拿手电筒向上照。

齐颜和易欣吓得急忙蹲下，不敢出声，弯腰跑向那扇小铁门，光速撤离，爬下梯子锁好门，各自躲进卫生间。

二十几分钟后，下课铃声响起。齐颜走出卫生间，默默回到班级。他想象中被同学嘲笑的场景没有出现，教室里依旧像往常一样，嬉笑打闹的，伏案做题的，坐着发呆的……

易欣已经回到座位，齐颜跟她默契地碰碰眼神，提醒彼此：天台上的事不要和别人提起，那是属于他们两个人的秘密。

齐颜坐回椅子上，转身看另一侧墙角，唐薇和时越都不在，书桌也整理干净。

他问旁边姜小余，姜小余说时越半小时前不知受了什么刺激，忽然大哭起来，唐薇去跟杜老师请假，两人已经离开学校。

齐颜急忙借来姜小余手机，打电话给唐薇询问情况。唐薇说刚打车把时越送回家，自己也在回家路上，时越情绪已经稳定下来，之所以突

然爆发，就是因为一道题没解开，正好明天让程元熙帮忙辅导一下，叫齐颜不用担心。

挂断电话，唐薇背着书包走在海岸边，几百米外的“时光号”亮起灯，她加快脚步，想抓紧回去把作业写完。答应给齐颜的那幅画已经两天没动笔，她想今天上好颜色，等明天齐颜来拜访时正好交工。

还没走到门口，唐薇忽然看到船边停着一辆红色轿车，她立即停下脚步——那个女人来了。

唐薇没直接回“时光号”，调转方向朝对面的长堤走去。海岸和城市之间有一条水泥堤坝，又高又长，堤坝上是茂盛的绿化带，修剪得很美观，像个海边公园，每天晚上都是夜跑的人。

她走上石阶，站在护栏边向“时光号”张望，门口那辆车在路灯笼罩下散发出异常绚烂的光泽，很漂亮，漂亮得有些刺眼。

视线穿过小小的圆形舷窗，唐薇换几个角度，依旧看不清“时光号”里面的情况，但她确定那个女人就在里面，一定在和爸爸“密谋”着什么。

那个女人叫曲艳萍，十八年前生下唐薇，却没等唐薇断奶，便和唐煜离婚，嫁给一个卖建材的商人，也在宁南。

唐薇跟在唐煜身边长大，记事以来，她每年至少会见到曲艳萍两次，那恰恰是她每年最不开心的两天。

曲艳萍是个精明干练的女人，是个很多人都会夸“旺夫”的贤内助，当年建材市场很景气，她和第二任丈夫的生意越做越大，如今已是宁南很有名气的民营企业家。

她的确旺夫，只是唐煜这个不求上进的小书屋老板没那个福分。唐薇九岁时问过唐煜，为什么曲艳萍会离开他们父女，唐煜如上回答，还嘱咐唐薇不要记恨曲艳萍，要怪就怪他这个当爸爸的没本事。

后来长大一些，唐薇慢慢懂了些感情上的事，知道唐煜心里还是放不下曲艳萍，所以这些年一直没重组新家庭。

再婚的曲艳萍似乎也放不下漂泊在大海上的前夫和女儿，每年春节和唐薇生日时，她都会送来丰厚的抚养费，以及很多礼物。

唐薇趴在栏杆上看大海和星空，在记忆中回溯这些往事，一边等待那个女人离开。哪怕在外面等到深夜，她也不想现在进门上演一出尴尬的母女相逢。

十分钟后，“时光号”门口终于走出两个人。穿高跟鞋、连衣裙的漂亮女人正是曲艳萍，倚在门边相送的是唐煜。

曲艳萍上车，鸣两次车笛跟唐煜告别，温柔地驶出海港。唐煜在门口呆立很久，直到那辆车的尾灯彻底消逝在夜色中，这才转身进门。

唐薇看到这幅场景，只想感叹一句“有缘无分”，她实在不能理解，一个在她嗷嗷待哺时狠心改嫁的女人，有什么值得唐煜如此眷恋的。

又等了十分钟，等心情平复，唐薇回到“时光号”。唐煜问她今天怎么回来这么早，唐薇说出送时越回家的事，至于曲艳萍，她就当刚才什么都没看到。

唐薇洗漱后先把作业写好，然后来到画板前上色，唐煜这时走上甲板，站在身边看她画。

“好看吗？”唐薇笑着问。

唐煜微笑颔首：“好看。我们家薇薇画什么都好看。”

唐薇感觉气氛有些怪，放下笔，在围裙上擦擦手上的颜料：“爸，你是不是有什么想和我说啊？”

唐煜恍惚答应一声：“最近学得怎么样？”

“专业课还是文化课？”

“都有。”

“都挺好的。”唐薇坐到桌边，“成绩这方面你不用操心，复读班环境不错，老师和同学都很好。”

“那就好。”唐煜一顿，“高考有什么打算？以后认准学画了？”

唐薇越发觉得奇怪：“嗯，我喜欢。怎么了爸？你今天怎么吞吞吐吐的？不当我是好哥们儿了？”

唐煜一笑，摸摸她头发：“如果有出国的机会，你愿意去吗？”

“出国？干什么？”唐薇诧异。

“留学啊，国外也有艺术院校，你既然真喜欢，那就好好学一学。”

唐薇思绪一转，这是唐煜第一次跟她提这么不切实际的想法，出国留学对于她这样的家庭环境来说，堪称天方夜谭，除非是那个女人对唐煜许诺了什么。

“我不想出国，我不喜欢。”唐薇给出明确回答，“国内也有很多

好学校，就怕我分数不够，考不上，何必去那么远读书？再说我外语也一般。”

“你现在好好学外语，应该可以。”唐煜继续劝说。

唐薇一时冲动，差点说出自己看到曲艳萍刚才来拜访，想质问唐煜为什么要对前妻言听计从，如果没有曲艳萍指使，唐煜不会如此执着劝说自己做不喜欢的事。

她有些气，但还是忍住了，她不想当面戳穿，让唐煜难堪。

“爸，我真不想出国读书，我也从来没往那方面想。出国我一年最多见你一两次，在国内读书，我能经常回来看你。”

唐煜见劝不动她，叹口气说：“这样，你先不用选择，记下有这么个事，先把成绩考好，以后慢慢决定。”

第四章 少年意气行事，贵在真诚

门外是车水马龙的街道，门内却荒凉得如同另外一个世界

Z H I R E X I N G H O N G

第一节

第二天星期日，唐薇照常早起去找时越，时越家住在离海边半公里左右的老旧小区，两人坐公交直达学校。

时越的情绪大多数时间很稳定，每天都会吃定量的抗抑郁药物，昨晚是他复读以来第一次发作，还好有唐薇在身旁照顾，他很快恢复正常。

齐颜早早来到班级，见两人进门，他急忙迎上去打招呼。唐薇问齐颜昨晚那节自习课去哪儿了，齐颜不敢说出天台的事，只好把徐主任拉出来挡枪，说自己被徐主任叫去谈心，回来时自习课已经过了一半，就没进教室，在外面闲逛。

“那节课易欣也不在班里，你是不是跟她在一起？”唐薇已经有几分女人敏锐的直觉。

齐颜不擅长说谎，却还是故作镇定：“我怎么可能和她在一起？让那个周海洋看到，又该写一份八百字检讨。别说我了，今天下午去你家，你跟令尊请示了？”

“没。”

“那我们就这么过去，你爸能欢迎吗？”齐颜皱眉。

唐薇整理课桌：“我爸下午有个聚会，他们大学乐队有人过生日。”

齐颜夸张地“哇”一声：“玩乐队？你爸这么文艺？”

“我爸上学那会儿可是标准的文艺青年，不仅会唱歌弹琴，还会写诗写文章，在杂志上发表过。”

唐薇说到这里，想起昨天傍晚关小雅用广播朗读齐颜文章的事：“你昨天不是也有文章发表了吗？”

齐颜脸一红：“你不提我都忘了。就是胡闹，我乱写，她乱读。我这点水平可登不上大雅之堂。”

“有自知之明。”唐薇掏出练习册，有几道题要请教时越，这是她和时越沟通交流的好办法，既能帮时越克服做题时的紧张感，她自己也能被迫学习。

“你这是夸我？”齐颜说着站起身，严粟昨天要求每人写一篇作文，他这个语文课代表要负责收作业。

唐薇没搭理他，转身问时越数学题。

还有几分钟上早自习，周海洋和易欣踩点进教室，周海洋今天竟然破天荒穿了一件校服，原本黄色的发型也剪短染回黑色，形象规矩干净许多。

同学们都用好奇诧异的目光偷瞄他，可周海洋眼神里的戾气却没跟头发一起褪色，眼睛扫过去，偷看的人都迅速收回目光。

齐颜本以为朝周海洋收作业是个挑战，哪想到周海洋刚坐下整理书包，不等齐颜开口，他主动把一张 A4 纸交给易欣，上面洋洋洒洒写着一篇八百字作文，比写检讨还认真，示意易欣交给齐颜。

“这家伙怎么了？改邪归正了？”齐颜心中纳闷儿。

早自习下课，齐颜习惯性地跟苏岳相约去卫生间。苏岳说昨天中午看到周海洋上了徐立鑫的车，据他猜想，徐主任应该是对周海洋进行了“镇压式家访”，周海洋才会改过自新，起码表面上装装样子。

齐颜赞同这个猜想，而实际情况也恰如苏岳所说。

昨天中午徐立鑫开车送周海洋回家，还买了一些保健品，周海洋十一岁起就住在爷爷奶奶家，徐立鑫看望两位老人同时，说了周海洋这段时间在学校的表现。

徐立鑫是周海洋爸爸多年好友，可以说看着周海洋长大，知道这孩子虽然性格顽劣，但对爷爷奶奶十分孝顺，所以他才用这招釜底抽薪，对周海洋进行感恩教育。

被激励和感动的周海洋当天下午格外用功，所以齐颜才能看到他晚自习背英语单词的神奇一幕。

昨晚放学，周海洋直接去了理发店，大有削发明志之意，各科老师布置的作业他按时完成，会不会做的题都写上几笔，还从衣柜里翻出那件“镇宅”两年的旧校服，洗好吹干穿上，立志好好学习，不辜负每个人对他的期望。

此刻他的确像变了一个人，只是连他自己也不知道，这份热情能持续多久。

中午放学后，下午是个半天小假期，住校学生晚上七点要回来上晚自习，走读生明天上学。

齐颜骑车回家，简单吃一口姨夫陈建军煮的面，姨夫是一家小快递公司老板，以前做过饭店大厨，厨艺相当好，逢年过节亲朋聚会，齐颜从小就喜欢吃他做的菜，两人关系相当融洽。

等他们吃完，杜亚娟姗姗回来，说自己已经和几个老师吃过。

齐颜怕小姨又唠叨学习上的事，急忙去卫生间洗漱，要回手机，背起书包匆匆下楼。

到楼下打开车锁，齐颜刚骑上去，杜亚娟从三楼窗口探出来，告诉他路上慢点骑，晚上七点回来吃饭。

昨天齐颜跟杜亚娟请示，今天下午去唐薇家复习功课，杜亚娟当时欣然同意，还夸齐颜有上进心，可此刻她总觉得不放心，只怕齐颜用这个当借口，实际上是去网吧等娱乐场所鬼混。

杜亚娟转身拿起衣架上的衣服，弯下腰穿鞋。陈建军在沙发上看球，见她急匆匆的模样，连忙问：“刚回来就出去？”

“我不放心这孩子，玩心太大了。我出去看看。”

陈建军皱眉，微微摇头：“都二十岁的人了，你这么跟着合适吗？”

“有什么不合适？姐和姐夫把他送到我这里，我当姨的就要尽到责任。他这学期要是不能出好成绩，再混个辍学，我以后也就不用回老家

过年了。”

陈建军放下遥控器，仰身靠在沙发上。结婚这么多年，杜亚娟什么脾气他很清楚，只能祈祷齐颜真是去同学家学习，但凡让杜亚娟抓到一点把柄，以后放假想申请出去得难上加难。

齐颜按照地图找到一公里外的姜小余家。那是一条七八米宽的老街，街道很长，两边是陈旧的楼房，一楼基本都是临街店面，开着小饭馆、早餐店、干洗店等等，而姜小余家则开了一个叫立鹏的两元店，立鹏是她爸的名字。

姜小余说每次放假自己都要在家看店，唯一能让她出去的办法就是同学来找她，但那也要看她爸妈心情，心情好的时候也许会放她出去。

齐颜的父母是生意人，耳濡目染下他从小就明白，想让开店的人心情好，最直接的办法就是买店里东西。

店铺占地得有两间门面那样大，不宽，但很幽深，里面琳琅满目陈列各种小商品，将本就狭窄的过道几乎塞满，只容得下一个人进出。

此时姜小余正坐在门口的玻璃柜台里，桌上有一台本应淘汰多年的破旧台式机，她伏在显示器前做试卷。

“小余。”齐颜压低声音。

姜小余抬眼看到他，灰蒙蒙的眼眸放出光亮，嘴角一歪，暗示齐颜她爸妈就在里面。

“爸，妈，我同学来了。”姜小余声音比平时还要小，齐颜听得出她有些胆怯。

简陋的 LED 灯管散发冷光，虚弱的光线向过道深处蔓延，两个中年人应声走出来，衣着都不怎么体面，看粗糙的手就知道他们应该常年为生计奔波操劳。

他们正是姜小余的父母。

对于齐颜的造访，两人既不热情也不冷淡。直到齐颜绕着店铺走一圈，买了好几件小商品，姜小余父母的情绪才有些波动，开始和这个面善的大男孩交谈。

“叔叔阿姨，我和姜小余还有几个同学约好去复习功课，你们能不能让她出去一下午？”齐颜彬彬有礼地询问着。

姜小余父母相顾笑了笑，似乎早就猜到这个请求。他们看向姜小余，姜妈妈还有些介意，正要说什么，姜爸爸却很爽快地答应，叫姜小余记得按时回来吃饭。

姜小余压下心中喜悦，伪装成面无表情地起身收拾书包。

齐颜付了钱，姜小余妈妈把他买的日记本、圆珠笔、小卡片装进塑料袋，一边跟姜小余唠叨："别回来太晚，过了饭点，你就自己吃剩饭。出去规规矩矩的，别跟别人闹别扭，有一次就别想再出去，听没听到？"

"知道了。"姜小余喏喏回答。

一番周旋过后，齐颜终于把姜小余带出店门，还没等他推车，一个身材微胖的小男生抱着篮球来到店门口。

小男生一身虚汗，显然是刚从外面打完球回来，嘴里吃一根奶油巧克力雪糕，盯着姜小余很不客气地问："姜小余，你干什么去？"

小男生正处在变声期，嗓音有些尖锐，和敦实的身材略显违和，但丝毫不影响他在姜小余面前盛气凌人的架势。

"我出去复习功课。"姜小余神色有些慌。

齐颜转身看那小男生，一身的安德玛运动装备，虽然算不上多贵，但和姜小余那身廉价的地摊货比，显然要精致气派许多。

齐颜听姜小余说过家里有个正读初三的弟弟，名叫姜小成看来应该就是这个不怎么懂礼貌的小胖子了。

"你出去，谁看店啊？"姜小成擦去嘴角奶油，一脸老气横秋的肃然，不像弟弟在跟姐姐说话，像店长在斥责员工。

"爸妈让我出去的。"姜小余小声辩解。

齐颜本想插嘴为姜小余证明，可想想还是不要掺和姐弟之间的家务事。

但姜小成不依不饶，指着姜小余说："你先别动，站在这里，我进去问问。"

说着绕过两人朝店门走，刚要进门，姜小余的爸爸笑呵呵出来，对姜小成说："怎么跟你姐说话呢？就许你整天出去疯，你姐去同学家学习怎么了？"

姜小成一脸委屈："谁知道她是不是出去学习？她……"

姜爸爸不听他啰唆，示意齐颜和姜小余离开，转身把他拉进门。

推车走出这条街，见姜小余脸色阴沉，齐颜知道她在为刚才姜小成的话生气，拍拍山地车后架说：“开心点，我带你兜风。”

姜小余看到齐颜一脸憨笑，心情果然好些：“我们骑车去？”

“当然，你不想坐？”齐颜骑上去，再次拍一下后座，“来不及解释，上车，我这车比打车舒服多了。”

姜小余微笑，转身环顾周围，没见到熟人身影，这才轻轻坐上去。

车轮向前滚动，很快骑行到沿海公路，齐颜加快车速，想尽快抵达“时光号”，怕唐薇等得着急。

“谢谢你。”姜小余盯着齐颜的背影。齐颜今天穿一件白色T恤，少年人沐浴在阳光下更显得明媚耀眼。

“谢我什么？”齐颜扭身看她一眼。

“要不是你来接我，我根本出不来。”姜小余回答。

齐颜心一软，叹口气：“你弟弟出去打球，你看店，你就没有一点抱怨？”

“从小就这样啊，抱怨什么？再说抱怨给谁听？”姜小余抬起手遮住阳光，从指缝间浅笑着看太阳，眼神微眯着似乎很享受这一刻的自在安宁，“我整个暑假都在看店，一点自由都没有，像他们的打工仔。上个月姜小成过生日，他们带他去游乐场玩了一整天，我还是在看店。”

齐颜鼻尖微微发酸，回想起姜小余父母和弟弟的言行，已经不能简单用“重男轻女”来形容，在这样的环境中长大，难怪姜小余会如此自卑，如此逆来顺受，如果换作他，他也没什么好办法。

“小余，你继续努力学习，大学毕业后找到好工作，会好的。”齐颜点到为止的结束这个话题，他并不想再勾起小余过多的痛苦。

姜小余轻声答应，不觉红了眼眶：“如果有一天我也休学或者退学，你会不会记得我？”

齐颜捏闸刹车，转身盯着她：“姜小余，你可千万别犯傻，退学有什么好？真那么好我就不回来复读了。”

“我就是随便说说。”姜小余红着脸，没想到齐颜反应这么大。

齐颜重新骑车上路：“你家里不让你上学了？”

“不是。”姜小余连忙否认。

“那就好。如果你有什么难处一定跟我们说，别太委屈自己，尤其上学读书这方面，我们会尽量帮你。”

姜小余抬起手擦拭眼角，微笑说：“没什么难处，都挺好的。”

第二节

杜亚娟开车远远跟在后面，车速不快但也不敢太慢，路边有很多能随时停车欣赏海边风景的平台，她走走停停，咬住齐颜那辆山地车不放。

她眼看齐颜来到姜小余家，把姜小余接出来，两人乘一辆单车在海边兜风。

起初她心里一悬，暗想外甥会不会真谈恋爱了，可转念一想姜小余的性格，早恋这种事不大可能发生，外甥应该只是单纯接姜小余去唐薇家而已。

一路尾随，直到山地车停在“时光号”门外，杜亚娟也没看到齐颜和姜小余有什么出格举动。

恰好这时程元熙也背着书包走进书屋，唐薇挂出暂停营业的招牌，把书屋门关上，杜亚娟这才醒悟应该在假期给学生们自由活动的空间，不论她是当小姨还是当老师，管得太严太宽都不合适，弄不好适得其反，会增强这些青春期孩子的逆反心理。

“时光号”甲板上，齐颜趴在船舷边向远处看，直到杜亚娟那辆车驶远，他才松口气，终于有个清静的下午。

半小时前，齐颜还没到姜小余家就发现杜亚娟在跟踪自己，心中虽然有些不舒服，但身正不怕影子歪，也明白杜亚娟这是在关心自己，只是关心的方式着实有些可怕。

唐薇走过来：“看什么呢？”

“风景。”齐颜随口回答。

“你不是喜欢看海吗？怎么朝这边看城市？”

“风景又不是只有一面，这边也很好看。”齐颜岔开话题，“书店怎么关门了？你不是在家吗？”

“我爸出去聚会，船舱下面没人，我想在甲板上，关门一下午，就当公司放假。”唐薇嘴上这么说，其实心中另有盘算。

齐颜转身倚在船舷边，时越和姜小余、程元熙已经在桌边坐好，练习册、考卷几乎铺满桌面，轻柔的海风吹拂遮阳伞，光影映在他们身上，安静中充满活力。

齐颜和唐薇被这三个好学分子带动，很快进入状态，也在桌边做起习题，有不会的题他们就请教程元熙和时越。

两个小时匆匆过去，日影西斜，题做累了，几人打算玩两局桌游放松一下。

唐薇作为东道主，自然要负责招待几人，起身回船舱洗一大盘水果，调制几杯香醇的奶茶，正要端到桌上，忽然看到窗外驶来一辆车，是曲艳萍的车。

不出所料，那个女人果然来了。

唐薇之所以在门外挂出“暂停营业”的牌子，就是为了预防曲艳萍突然到访。她猜到唐煜和曲艳萍串通一气，还想劝自己出国留学。

唐薇急忙跑回甲板，冲几人做噤声的手势，不要被船下听到动静。

齐颜几人不明就里，但看到她认真的神色，只好闭上嘴不敢出声。

曲艳萍关好车门，见书屋挂牌歇业，她仰起脸朝几米高的船舷看。来之前她刚和唐煜通过电话，知道唐薇就在船上，看来女儿这是打算给自己吃闭门羹。

“薇薇，我看你来了。”曲艳萍冲上面喊。

唐薇不回答，齐颜他们坐在椅子上，像按了静音键，屏息凝神，竖起耳朵听。

“薇薇，我知道你不想见我，没关系，我今天来就是想找你说几句话，说完就走。

“你爸昨天跟你说了出国留学的事，是我让他说的。你现在不必着急决定，等你什么时候想通，妈妈都会支持你。

“当然这要尊重你自己想法，如果你不想出国，想在国内念书，不管考上什么学校，你上大学所有费用，包括日常花销，妈妈都会给你。”

唐薇低下头默不作声，每次想到曲艳萍能在自己还没断奶就改嫁这件事，她就觉得心里发堵，哪怕曲艳萍给出再美好的承诺，她也无法在心底认同这个冷酷女人真是自己的妈妈，毕竟哪个好妈妈能干出这事儿？

“薇薇，我知道你在听。”曲艳萍不甘心就这样回去，她想见女儿一面，“你讨厌我，烦我，妈妈理解你心情，换成我，我也跟你一样。可过去的事都已经过去很久，你总不能怨妈妈一辈子，你现在不是小孩子，应该明白有些事不是表面看起来那么简单。我不求你原谅我，但你要为你将来做好打算，不论你以后有什么想法，学业上还是事业上，妈妈都会全力支持你。”

曲艳萍眼眶湿润，自顾自抹了下眼底，显然她把自己感动到了，转身打开车后备厢：“无论什么时候，你都是我女儿，基因里的东西不会变。以后我会好好弥补你，希望你别再记恨妈妈。我给你买了些画画用的东西，还有吃的，你等会儿拿回去，好好照顾自己。”

齐颜听了曲艳萍刚刚说的话，凭借联想能力，大抵弄清了状况。从前他猜过唐薇是单亲家庭，因为他来“时光号”三次，只见过唐煜，却从未见到唐薇的妈妈。出于礼貌，齐颜从未向唐薇打听她的家庭状况，如今看来，唐薇妈妈应该是早已经和唐煜离婚，而且再婚后的经济条件很好，要用供唐薇读大学的方式补偿女儿。

唐薇转过身，背对着齐颜他们，虽看不到表情，但从背影和气氛中也能感受到她的低落情绪。

几人面面相觑，想安慰她，可这时曲艳萍还在下面搬东西，他们不能开口。

唐薇低下头，红着眼，左手轻轻环抱身体，指尖抓住臂弯。曲艳萍每句话她都听进耳朵，可她就是无法说服自己原谅这个狠心的女人。她原本应该有个幸福的三口之家，在这艘小船上同经风雨，可这个女人却在即将启航时弃船登岸，她无法如此轻易原谅这个曾经对自己最重要的叛逃者。不经意间，唐薇发出一声啜泣，她不想在同学面前丢脸，却实在没忍住心底委屈。

“坏女人，你别再来找薇薇！”

时越紧紧攥着圆珠笔，笔尖在试卷上画出深深的几条划痕，他最无法容忍的就是有人欺负唐薇，心底怒火爆发出来，开口打破这令人窒息的沉寂。

听到船上有人说话，虽然“坏女人”这个称呼很刺耳，但曲艳萍还是一阵惊喜。

“薇薇，妈妈对不起你，妈妈可以看看你再走吗？”

不等唐薇反应，时越起身来到船舷边，向下面大喊：“坏女人你快走！薇薇不想见你！”

时越情绪越发激动，唐薇只怕他会失控，急忙来到他身边安抚，齐颜和姜小余、程元熙也跟着过来。

“曲艳萍，把你东西拿回去，我不稀罕出国留学，读什么大学，我自己会努力，不用你帮。你回去吧，我和同学还要学习。”

唐薇语气冷漠，不过却是她和曲艳萍说过最长的一段话。

终于看到女儿的曲艳萍难掩欣喜，她原本也没抱希望女儿能立刻原谅自己，答应自己给出的条件，但有沟通就能有进展，作为生意人，她相信自己的能力。

她旁若无人地盯着唐薇看：“妈妈听你的，这就回去，东西等你爸回来拿进去。我不打扰你学习，我这就走。”

曲艳萍说着打开车门，却恋恋不舍地看着唐薇：“妈妈刚才说的你都好好考虑一下，什么时候想好就……”

“我说了我不要，把你的好意都给你亲女儿吧，我不是你女儿，我不需要你施舍。”

唐薇拉起时越胳膊，转身离开船舷，齐颜他们也跟着回到桌边。

曲艳萍目的已经达到，不敢再逗留，开车离开海港。

书屋重新开门营业，经过唐薇同意，齐颜他们把那几盒名贵礼品拿进门。唐薇打算等曲艳萍下次拜访时原封不动奉还，或者改天让唐煜送回去。

她已经过了十八周岁，曲艳萍的抚养义务结束，她不想再和那个女人有任何形式的交集。

夕阳晚照，海边的颜色渐渐绚烂起来，又是齐颜期待多时的美景，和唐薇画板上那幅画像极了。

两人并肩站在船边看晚霞，如同他们第一次在这里看星空。

“我爸和她是大学同学，毕业后他们就结婚了。我爸你也看到了，他清心寡欲，喜欢搞搞文艺，那个年代在学校还挺受女同学欢迎，但进了社会，你应该懂。”

唐薇跟齐颜讲起曲艳萍的事，对于家庭和睦的齐颜来说，即便他有丰富的想象力，也无法对唐薇的心境感同身受。

齐颜颔首表示明白：“所以你出生后他们就离婚了。”

“嗯，那个女人很虚荣，野心也大，怎么可能甘心和我爸过这样无欲无求的日子。我才七个月大，她便离婚嫁给一个做建材生意的，现在也算飞黄腾达了。”

“你恨她抛弃你们？”齐颜问。

“恨谈不上。每个人都有自己的选择，但我这辈子不会原谅她，不会认她当我妈。”唐薇苦笑，“你是不是觉得我有些不近人情？”

“怎么会？”齐颜侧脸看向她，微笑说，“虽然我不能代入你的心情，但我觉得你做得没错。被最亲的人背叛，换成我，我肯定比你更……”

齐颜一顿，支支吾吾不知该怎样形容。

“更过分？”唐薇笑着问。

“你明白意思就好。如果什么错误都轻易原谅，原谅就显得很廉价。当然这都要遵从你本心，反正我支持你的做法。”

“谢谢。”唐薇歪了歪头朝齐颜笑笑，“对了，曲艳萍和我爸离婚后又生个女儿，你应该认识。”

“我怎么可能认识？”齐颜心念一转，“她那个女儿也在二中？”

“聪明。她叫关小雅。”唐薇瞪圆眼睛看他。

“关小雅？就那个……”

“对，就那个找你约稿，用大喇叭读你文章的女生。”

齐颜张大嘴巴，惊得不知该说什么，怔怔地看唐薇，总感觉她在骗自己。

“宁南是不是真的很小？同龄人基本都在这个学校了。”唐薇半开玩笑，“那边也是重组家庭，曲艳萍嫁过去之前，那男人结过一次婚，还有个儿子。关系很乱对不对？”

“还好。”齐颜神色恢复平静，“对不起，我不知道她是你……”

他刚要说出“妹妹”两个字，急忙咬住牙，险些踩中唐薇的雷点。

唐薇却一副无所谓的表情：“交朋友是你自由，我可没资格管你，我只是不想看到她，就跟不想看到那个女人一样。”

“好的，以后尽量不让她出现在你视线里。其实我们也是昨天才说上几句话。”

唐薇见他急于解释，忍俊不禁：“我真没怪你，再说我也没那么小

气。太阳落了，咱们回船舱吧，做完这张试卷你们也该回去。”

“好，我还有几道题不明白，找时越和程元熙问问。”

两人相视一笑，并肩走下甲板，回到船舱。

第三节

第一次月考，齐颜有些紧张忐忑，但更多的是期待。

整个高三在家休学，他没参加任何考试，包括高考。当时他父母劝他去考一次，能考多少分算多少分，凭齐颜的底子，临阵磨枪自学一段时间，过二本线应该不难。可他当时在家当咸鱼太久，根本没勇气踏进考场，后来想想，自己也觉得后悔。

这次月考是他时隔一年多第一次考试，他打算全力以赴，就当弥补上次高考的遗憾，看看自己现在究竟是什么水平。

复读班没分考场，三十六个人都在本班考试，打乱座位，拉开距离，分发好试卷和答题卡，第一科语文考试正式开始。

语文、数学、文综、英语，四科考试同一天完成，强度的确不小。

语文是齐颜最擅长的学科，这个月他做了很多试卷，早已找回状态，作文写完，还有二十分钟下课，他仔细检查一遍，直到满意才交卷。

第二堂考数学，周海洋坐在教室中心，瞪着眼睛看试卷上大大小小的试题，字和符号都认识，可组合起来却不明白什么意思。

他习惯性地摸鱼转笔，盯着试卷发呆，时不时偷瞄左手掌心密密麻麻的数学公式，依旧一头雾水。

除非把答案一字不差给他，否则就算把公式和解题步骤写到他面前，他也不知道该填什么。

周海洋左边是姜小余，前桌是程元熙，右前方则是时越，都是成绩好的同学，这个位置四通八达，堪称“宝地”。

监考老师是个很温柔的女生，斯斯文文，看起来大学刚毕业，比学生们大不了几岁，没什么威慑力。

半小时匆匆过去，周海洋终于坐不住，见那个小老师坐在讲台里不出来，他用脚尖捅了捅程元熙的椅子。

正在做题的程元熙被惊扰，很厌恶地转身看他一眼。

周海洋压低声音：“程元熙，把答题卡放到桌角，我抄抄选择题。”

“我们答题卡不一样。”程元熙冷着脸。

“那就把卷子拿过来。”周海洋肆无忌惮，语气从恳求变成威胁。

程元熙每次考试都会用百分百精力去答题，被周海洋这么一搅和，他状态受到影响，心底愤怒写在脸上，用笔狠狠一戳试卷，发泄怒火。

他可不吃周海洋那套，甩下冷冰冰的“不拿”二字，把椅子向前挪出半米，这回周海洋腿再长也踢不到。

“行，你给我等着。”

周海洋撂下一句狠话，转身看旁边的时越，轻轻吹个口哨，捂住嘴巴悄声说：“时越，把做完的卷子拿到这边，我抄几道题。”

时越的精力也都在试卷上，半点不敢分神。每次考试他状态都格外紧张专注，仿佛全世界只有他和面前的一道道考题，像勇士一样打怪闯关，根本没听到旁边周海洋说什么。

“时越！你聋了？给我抄一下。”

周海洋声音越发清楚，周围的同学几乎都听到，包括坐在后排墙角的齐颜。

齐颜早就看到周海洋打小抄、踹程元熙椅子等一系列“罪行”，恨得牙根发痒，暗想这家伙可真是一条鱼腥一锅汤，自己考不好还要影响别人。

时越终于听到周海洋的呼唤，像修仙练功时被人突然打断，两只手开始发抖，呼吸也变得急促起来。

上次高考他就因为过于紧张导致情绪失控，如果不能把注意力集中到试卷上，他很有可能重蹈覆辙，对他而言，控制情绪远比答题要困难。

前面监考的女老师注意到这边情况，咳嗽一声提醒周海洋。周海洋忽然想起时越的精神状况，不敢再碰这块烫手山芋，如果把时越弄到精神崩溃，他肯定会被处罚。

他偃旗息鼓，把试卷从头看到尾，实在没几个题能答对。前些天他刚跟徐立鑫立下军令状，这次月考要冲进班级前三十名，可看看周围同学运笔如飞的架势，连易欣都在认真写写算算，照这样下去，倒数第一十拿九稳。

一个小时在煎熬中匆匆过去，他心里像长了半人高的草，又开始贼眉鼠眼地东张西望起来，程元熙和时越不给抄，退而求其次，抄姜小余

的也可以，这个受气包总不敢不给面子。

他团起草稿纸，炮弹一样打在姜小余的校服裤子上：“姜小余，答完了吗？”

姜小余心弦一颤，周海洋的转盘终于转到她这里，她颤颤巍巍地顿住答题的笔，只能装作没听见。

“姜小余，你聋了？”周海洋加强语气，如果没有监考老师，他百分百会去抢卷子。

姜小余神色为难，咬住嘴唇不敢转身，可怜兮兮地看向监考老师。

年轻的监考老师忍无可忍，起身朝周海洋这边张望，旁敲侧击强调一下考场纪律，希望周海洋回头是岸。

姜小余像逃过一劫，可还没等她庆幸几分钟，周海洋卷土重来，威胁说：“你把卷子挪过来给我看看，要不然下课看我怎么修理你。”

齐颜听得清清楚楚，怒火在心底燃起，用力咳嗽一声，提醒周海洋收敛。

周海洋听到动静转身看他，两人隔空对视，眼神里的小人似乎已经大战三百回合。

周海洋故意阴冷地笑了笑，又团草稿纸打在姜小余肩膀上，这次他不是为了抄题，更像在挑衅齐颜。

恰在此时，教室门口探进一张熟悉面孔，是负责整个楼层监考的严粟。

“严老师，周海洋作弊，还影响其他同学考试。”齐颜举手向严粟汇报情况。

周海洋瞠目结舌地看向他，又转身看严粟，想辩解却不知说什么。

其他同学把目光投向齐颜和周海洋。

严粟在高三这一层巡逻监考，早就听到这边的动静了，从周海洋出声扰乱考场纪律时，他站在后窗就看见了。

他走到周海洋身旁，居高临下，看看地上的两团草纸，又看看桌上干净到有些耀眼的大白卷，沉声说：“把手拿出来，写的什么？”

周海洋自然不情愿，当着全班同学面，被严粟用这样的语气询问，他敏感的自尊心像被扎了一刀。

“拿出来。”严粟再次说道。

周海洋把笔摔在桌子上，坐在椅子上摇头晃脑又心虚地舔舔嘴唇，摊开双手，手掌上被汗水模糊的数学公式依稀可辨，他傲娇的脸上仿佛写着四个字：哥摊牌了。

“打小抄作弊，影响考场秩序，上蹿下跳打扰其他同学考试，严重违反纪律……”

严粟正在数落罪状，周海洋往后一推椅子，猛然站起：“好了严老师，别念经了，我交卷，交白卷可以吗？”

他一把抓起考卷和答题卡，晃晃悠悠地走到讲台，很随意地丢在讲桌上，转身看墙角的齐颜，冷笑说：“齐颜，你给我等着。”

齐颜耸耸肩，表示走好不送，低下头继续答题。

考试结束，齐颜心满意足交卷，会的题都写了，不会的也琢磨办法填好，对错全看天意，数学是他最弱的一科，后面两科压力不大。

齐颜和唐薇、时越、程元熙结伴走出校门，边走边凭借记忆核对考题。

路上遇到苏岳和孙晓龙、徐云峰，齐颜正要找个餐馆吃饭，食堂饭菜吃多了腻，择日不如撞日，正好请几人吃顿火锅，就当聚餐。

他想给姜小余和陆明宇打电话，可刚借来唐薇手机，还没拨号，不远处几个人走过来，是周海洋领着几个校外青年，大摇大摆地拦住他们的去路。

齐颜早有准备，半点不慌，手插在口袋里盯着气势汹汹的周海洋。

唐薇和时越他们却慌得不行，此刻已经离开学校五百米左右，在一条步行街上，如果周海洋在这里报复齐颜，只怕齐颜会吃亏。

“行啊小子，都会打小报告了。说说吧，这事怎么解决？”周海洋恶狠狠地盯着齐颜。

齐颜一笑：“你想怎么解决，我哪知道？作弊被赶出考场的又不是我。”

周海洋向前两步，跟齐颜面对面，相距不足两尺，威胁道：“我是不是对你太客气了？你以为有你姨和徐主任撑腰，我就不敢动你？”

“随便。我人就在这儿。”齐颜不甘示弱，回敬周海洋一个轻蔑微笑。

见两人剑拔弩张，谁都不肯让步，唐薇急忙劝说：“你们别动不动就要打架，再这样，我现在就给杜老师打电话。”

孙晓龙也说：“是啊周海洋，大家都是同学，有事好商量。”

“闭嘴，有你们什么事？叽叽喳喳什么？”周海洋吹胡子瞪眼。

“你们别打电话，我就是想看看他能把我怎么样。”齐颜抱起手臂，脸又朝周海洋靠近几厘米。

两人盯着对方不放，仿佛战斗机已经锁定目标，用眼神向对方示威，眼睛瞪得又酸又涩，却谁也不肯先眨眼。

“我现在是好学生，不打架。”周海洋率先开口，“你会打篮球对不对？”

“一般。”齐颜微笑。

“那就打球分输赢怎么样？你赢了，咱们的事一笔勾销，你要是输了，当众给我道歉，叫‘洋哥’，敢不敢？”

“不就是打球嘛，我让你输得心服口服。”

听到是打球而不是打架，唐薇等人都松一口气，就算齐颜输给周海洋，也不必因为打架遭到处分。

顶着正午火热的太阳，十几人离开步行街，来到离学校一公里外的废弃工厂，这里杂草丛生，只有破旧的红砖楼房和错综复杂不知干什么用的管道，门外是车水马龙的街道，门内却荒凉得如同另一个世界。

第四节

偌大的工厂院落空无一人，杂草中有一块用灰白色水泥铺设成的篮球场，仅剩的一个篮球架破旧不堪，篮板和篮筐上油漆早已褪色，满是斑驳的铁锈。

双方观战的人站在场边，齐颜和周海洋站在球场上，此时气氛剑拔弩张，周海洋手拿篮球，跟齐颜讲好胜负条件，两人一对一攻防，十分钟内谁进球多谁取胜，野蛮干脆，手机录像为证。

齐颜欣然答应。

两人简单热身，周海洋把球传给齐颜，示意他先进攻。

齐颜不跟周海洋客气，接过球稍做试探，假动作晃过，三步上篮，篮球出手打在篮板上，篮球架发出颤音，应声入网。

唐薇几人拍手喝彩，庆祝齐颜开门红，可还没拍几下手，忽然看到工厂门口停下一辆车，车门打开走出两个人，是徐主任和易欣。

易欣考试交卷后去找周海洋，见周海洋集结几个哥们儿在校门外，猜到他要报复齐颜，连忙转身去找徐立鑫通风报信。

徐立鑫正在办公室浇花，听易欣汇报情况，立刻拿起扇子下楼，凭借易欣对周海洋的了解，两人开车直奔这个废弃工厂。

齐颜和周海洋呆愣在原地，观赛的几人也噤若寒蝉，只见徐立鑫气冲冲走到球场上，手里的扇子颤抖着指向两人，脸上写着大大的“愤怒”二字。

“干什么？干什么？你们两个有完没完？非要打一架才行？”

齐颜一脸委屈，不知怎样解释。

周海洋连忙说：“徐主任你误会了，我们不是打架，是打球。”

“我误会你什么了？你叫这几个人来干什么？给你助威？你国际球星啊？叫他们都给我滚蛋！”

见徐立鑫暴怒，周海洋不敢不听，连忙挥手让那些朋友先离开。

齐颜尴尬笑了笑：“徐主任，我们真是打球，不信你问他们，有录像。”

徐立鑫脸色铁青：“你们想打球还是想打架，我比你们清楚。齐颜，我看你像个懂事孩子，之前对你网开一面，你是不是有些得寸进尺，渐渐和周海洋画等号？”

不等齐颜回答，周海洋急忙说：“徐主任，什么叫和我画等号？”

“你给我闭嘴，站好了，把那个破球扔一边去。是我徐立鑫震慑不住你了？”徐立鑫呵斥，“你还有脸问，考试作弊有理了？打扰其他同学考试，严老师把你赶出考场，你七个不服八个不忿，反了天了。”

两人感觉耳朵里灌进一声声炸雷，震得耳膜发痒，都低下头不敢再狡辩。

“屡教不改，知错犯错，我看你们就是精力太旺盛。”徐立鑫吹胡子瞪眼，“但凡这个精力一半用在学习上，你周海洋还用交白卷？好好的学生不当，非要学社会上那些小混混立什么棍儿。”

齐颜听到这里忍不住笑，徐立鑫转身朝他看过来，他吓得立刻抿嘴，一脸无辜和严肃。

“还有你，自甘堕落，和周海洋一起违反校规校纪，是不是觉得很光荣？他不是省油的灯，你也不是省灯的油。我找你谈过两次，杜老师也说你表现不错，你就是这样给杜老师长脸的？”

被徐立鑫劈头盖脸一顿骂，齐颜实在觉得冤枉，在二中复读这个月，他除了和周海洋有过一次冲突，其他时候乖到超乎自己想象，如果没遇到周海洋这个刺头，他感觉自己有机会拿三好学生。

三分钟后，徐立鑫终于骂累了，叉着腰审视两人，见他们不敢再顶嘴，气渐渐消了。

“大热天的，徐主任您消消气。”周海洋插科打诨。

徐立鑫瞪他：“都复读了还整天胡作非为？我看你们就是精力过于充沛。你们早自习给我负责打扫学校篮球场，一直到期中考试结束。”

“啊？学校有四个篮球场……”

周海洋正要求情，徐立鑫用扇子拍他肩膀一下：“嫌少是不是？足球场用不用也扫一下？”

“不用不用，篮球场挺好的。”

见周海洋妥协，齐颜不想跟他蒙受不白之冤：“徐主任，我冤啊，我罪不至此。我不想跟他一起扫篮球场。”

“嫌丢脸？我就是让你们好好长长记性，看你们以后还敢不敢犯错。”徐立鑫抖开扇子扇风，灰衬衫被啤酒肚顶起，在太阳底下站一会儿浑身是汗。

“期中考试看成绩，周海洋低于四百分，齐颜低于五百分，你们就继续在篮球场值日，什么时候成绩上来再说。还有，再有一次打架，我不管你是谁，一律开除，都别来二中上学。”

被徐立鑫教训一顿，周海洋威风散尽，不敢再找齐颜麻烦。

齐颜虽然觉得委屈，但也只能认罚，和唐薇他们一起回到学校食堂，简单吃口饭，聚餐的事情只好向后推迟。

最后一节英语考试，齐颜提前十分钟交卷走出考场，快到晚上七点，外面天色暗下来，他独自下楼等唐薇和时越，然后和姜小余一起回家。

“齐颜，你交卷了？”

齐颜刚转弯到楼梯口，一个软软的声音传到耳边。他寻声转身，看到关小雅穿一件很漂亮粉嫩的少女潮服走过来，短裤短衫，斜挎名牌包包，还戴一个夸张的贝雷帽，在灯光下像个精致的橱窗娃娃。

“你怎么来了？你们高二不是考完试放假了吗？”齐颜压低声音，

怕被班里同学听到，尤其怕唐薇听到。

两人朝楼梯下面走，关小雅很自然地跟在他身旁："我回来处理一下文学社的事。听说严老师很喜欢你。"

"应该是看我上课比较积极，我最喜欢语文课。"齐颜讪笑，想起唐薇那天说不喜欢看到曲艳萍和关小雅，他不由得转身朝楼梯上面瞄，生怕看到唐薇身影。

关小雅说："严老师很严格，能让他喜欢，肯定是因为你优秀。那天我朗读你文章的事，你……"

"我早就忘了，你真不用介意。"

"好。我今天找你其实是想请你参加一个活动。"关小雅有些支吾。

齐颜蹙眉，问她什么活动。

"文学社要参加一个全国性的征文，以学校为单位集体参赛，严老师和我是组织者，你文章写得好，获奖了会有奖金和证书，还可能在杂志上发表，但你是复读生，不知道你有没有时间和兴趣。"

见关小雅言辞谨慎恳切，像导购员推销商品，齐颜稍做思考，不禁萌生动笔的冲动，他在写作方面有瘾，跟踢球打球一样。

"题目是什么？"

"'朋友'，我把要求发到你邮箱，你想写就告诉我一声，我帮你登记参赛。"

"好，我回去看看。"

见齐颜爽快答应，关小雅喜出望外。说话间两人来到一楼大厅，气氛突然安静下来，除了写作上的事，两人似乎还找不到什么共同语言。

"你直接回家？"关小雅问。

"等人。"齐颜回答。

关小雅顿了下，问："是唐薇？"

齐颜怔住："你知道她跟我一班？"

"听你这么说，你知道她跟我什么关系？"关小雅反问。

齐颜不想说谎，轻轻点头："她简单跟我说了下。"

"我也是那天在食堂看见你们一起吃饭，随便问问。"关小雅笑笑缓解尴尬，"我还要联系其他同学参赛，先不打扰你了，开学再见。"

"好，开学再见。"

齐颜站在教学楼门口，看着关小雅转身上楼，总觉得她身上有股气质和唐薇莫名相似，当然不是指外形漂亮这点，或许这就是姐妹，即便再讨厌彼此，也抹不去基因上的藕断丝连。

片刻过后，唐薇和时越、姜小余跟随人潮下楼，齐颜和他们会师，一起走出校门。分手后，唐薇和时越去坐公交车，齐颜则载着姜小余回家。

今天放学早，姜小余没拒绝齐颜，但还是等来到一个离学校较远的偏僻路段，她才战战兢兢坐上山地车。

十一有三天假期，齐颜和唐薇、姜小余约定出去游玩，时越这次却没答应同行，无论齐颜和唐薇怎样劝说，时越就是不答应。

第二天起早，齐颜和唐薇背着登山包来到姜小余家，有了上次的经验，齐颜进店后和姜小余父母攀谈几句，随手买了一堆小商品，筷子碗碟、挂钩、纸笔、海报，都能拿回家用。

姜小余父母知道齐颜醉翁之意不在酒，不等两人开口，便同意姜小余跟他们出去玩一天，也算大发慈悲。

宁南的海边山连着山，有几座山被开发商看中，修建了酒店、度假村和各类观景点，每到节假日，这里游客不比海滩上少。

三人买了半价的学生票，早上游人不算太多，他们沿着修葺一新的石阶上山，石阶两旁树木郁郁葱葱，成片的枫树在这个季节最为耀眼，渐渐升起的太阳照在火红色枫叶上，整座山都跟着温暖起来。

爬到几百米高的半山腰，这里有很多开凿出来的平地供游人落脚，站在山边极目远眺，能看到更远处颜色深浅不一的海面，这是平地上难以企及的风景。

大多数游客爬到这里就不再向上爬，三人铺一张餐布在草地上，日上三竿，天晴气爽，他们打算在这里把早饭午饭一起解决，中午去山顶游览，然后坐观光车下山，直接到海边游乐场。

齐颜对时越的缺席耿耿于怀，姜小余也问唐薇，时越为什么不跟着一起来，以往只要有唐薇在身边，时越仿佛哪里都敢去。

唐薇犹豫再三，终于决定跟两人说出实情，一再叮嘱两人守口如瓶，不要跟任何人提起，当然也不能跟时越本人说。

唐薇九岁前和时越住同一栋楼，也就是时越家现在住的那栋老楼，后来唐煜用海边那艘船开书店，父女两个才搬出来住。

时越当初有个哥哥叫时卓，比唐薇大两岁。就在唐薇搬走第二年，学校组织春游，时越和时卓坐一起，大巴车在山路上侧翻，造成几死几十伤的惨剧，时卓是遇难者之一。时越当时就躺在哥哥旁边，正因有哥哥的身体为他阻挡险情，他才逃过一劫。

因为那件事，宁南这十年来再也没有学校组织学生春游秋游。时越也正是从那时起，渐渐由一个开朗爱笑的小男孩变得沉默寡言，抑郁和自闭，直至如今狂躁和抑郁间歇性发作，虽然情况不算太严重，大多数时间都很理智，但发作起来也很难控制。

齐颜听完唐薇讲述，心中说不出的压抑。他终于明白时越为何智商很高，情绪上却很反常，童年时期的创伤和心理阴影往往会影响人一辈子，自己内心强大还好说，但凡脆弱一点，有时越那样悲惨的遭遇，性格多少会受到影响，这也不是主观能控制的。

第五章 像一道秋天的闪电

像谁都不重要，重要的是做你自己，
就像秋天的闪电，惊雷过后就是一场飒爽的秋雨

Z H I R E X I N G H O N G

第一节

野餐结束，三人清理好垃圾，继续向山顶进发。山不算高，但离山顶越近，有些路段就越发险峻，石阶从山体里面开凿出来，一边是山，另一边用铁索围起护栏，护栏外就是断崖。

对于有些恐高的齐颜来说，爬这样的山路无疑是个挑战，他只能跟在唐薇和姜小余后面，背着登山包稳住重心，手脚并用，像猫科动物一样小心翼翼地爬行。

终于来到山顶，齐颜松一口气，跟唐薇、姜小余在碧海、蓝天、红叶的背景中拍照留念，直到周围游客多一些，他们这才决定下山。

上山之前，齐颜就犹豫下山时要不要坐缆车，因为缆车他也不敢坐，可想想刚才登山途经那几条逼仄险要的羊肠小径，他宁可排半小时队也要坐缆车下山。三人买了票，在站台等待，这里设施略显陈旧，但胜在风景清幽，等待缆车的时间较长，但排队之余欣赏风景也不错。

前面排队的人渐少，还有几车就轮到他们，正这时，齐颜忽然看到最前面有个熟悉的身影上了车，就在十米外，他皱起眉仔细看，竟然是姨夫陈建军。

每辆小缆车能容纳四个人，共有六辆，在左右两条索道上循环运行，三上三下。

下山的其他两辆车都坐满四位乘客，可陈建军那辆缆车只有两个人，另一个是位三十岁上下的女人，穿着修身紧致的灰白色运动服，和陈建军那套运动服很搭，戴粉色遮阳帽，长发披肩，容貌娇俏，身材也好，总之是个很时尚漂亮的女人。

车门关上，缆车在索道牵引中向下滑行，临近的几个游客在后面抱怨，唐薇和姜小余也一脸困惑，随即听工作人员说他们两个人买了四张票。

齐颜呆呆盯着远去的缆车，看背影，他确定那人就是陈建军，而此时陈建军右臂正搭在那漂亮女人肩上，两人有说有笑，坐着本应四位客人乘坐的缆车下山，现在却成了他们两个人的秘密空间。

齐颜浑身皮肤像起了静电般发麻，一个战栗让他回过神，急忙掏出手机，朝陈建军拍一张照片，脸色像索道上的铁锈般难看。

“姨夫难道出轨了？”

齐颜紧紧盯着缆车远去，呆愣得有些不知所措，想起小姨，想起在深圳上学的表哥，心情五味杂陈，两道剑眉几乎拧在一起。

“你怎么了？”唐薇察觉到异常，问他。

齐颜回过神后，移开目光，嘴上“嗯嗯啊啊”地把唐薇的问题敷衍过去，直到十分钟后三人坐缆车下山，齐颜无心欣赏山海间绝美的风景，打开手机相册，盯着那张照片琢磨。

唐薇和姜小余坐在对面，忙着拍风景。齐颜身旁是个男生，一直在和唐薇搭讪，唐薇懒得回应，那男生还是滔滔不绝。

放在平时，齐颜肯定会提醒那男生别打唐薇主意，此刻他却像没听到，一心在思考要不要把照片发给杜亚娟。

“姨夫怎么能出轨呢？这里面应该有误会。”

“能有什么误会？他背着小姨，跟那个女人那么亲近，这不是出轨是什么？”

“我要不要给小姨打电话？先不能冲动，反正有照片，弄清楚再说。”

……

齐颜心里如同诸侯混战，直到下车来到游乐场，他终于决定暂时保守这个秘密，起码要跟姨夫问清楚，再决定是否告诉小姨。

缆车上那个男生继续跟唐薇搭讪，言语更加肆无忌惮，唐薇已经明示拒绝，可他依旧在纠缠。

齐颜这时才反应过来，转身凝视男生，阴沉的脸色写满敌意，虽然一个字没说，可那个男生似乎嗅到“猴山争霸”的危险气息，臭着脸，很识趣地转身离开。

唐薇心中高兴，脸上却很矜持，不经意间和齐颜碰碰肩膀，齐颜不想因为刚才的事扫兴，冲她一笑。唐薇却忍住嘴角呼之欲出的笑意，刻意弯了弯，冲齐颜挤眉弄眼做个奇怪表情，似乎在掩饰内心的慌张和兴奋。

姜小余来到售票室窗外，询问了门票价格，要用钱包里仅有的一百多元钱购票。齐颜看到急忙拦住，从口袋里掏出三张钱塞进窗口，叫姜小余不必跟他客气。

这个海边水上游乐场是宁南重点旅游项目，新建不久，设施先进，假期正是人多的时候，十分热闹。三人各自换好泳装，把大摆锤、过山车、海盗船、激流勇进，这些能排上队的项目都玩个遍，三小时后三人都意犹未尽。

齐颜租一辆小孩子玩的电动车，唐薇坐在副驾驶，两人开车在游乐场里闲逛，混在人群中晒太阳，有说有笑。

姜小余拿着唐薇的相机，时而拍拍人群里开车转悠的两人，时而拍拍风景和人群。看着照片上齐颜和唐薇开心的模样，她恍然想起自己坐在齐颜单车后架上那些瞬间，内心不禁泛起点点回甘。

她放大其中几张照片，那是路人为他们拍的，他们仨站在巨型玩偶旁摆出各种搞怪 pose（姿势），模样十分滑稽可爱。

看到其中一张照片时，姜小余脸上笑容忽然凝固，就在照片左上角，她看到两个熟悉的人，是周海洋和易欣。

这个游乐场是很多同学假期都会来打卡的地点，尤其周海洋和易欣这样整天以吃喝玩乐为目标的同学，遇到不算稀奇。可照片恰巧捕捉到两人在泳池边嬉闹的画面，相机像素很高，能清楚看到周海洋的侧脸和易欣的正脸。姜小余心一慌，环顾周围，没再见到那两人身影，随即第一反应是删除这张照片，可刚要按下确定键，手指忽然停下，从齐颜背包里拿出自己的手机，对着相机屏幕把那张照片的左上角翻拍下来。

她冥冥中感觉这照片用得上，拿手机多拍两张保存好，这才删除相机中的原版照片。

日落之前，齐颜把唐薇和姜小余分别送回家，打车回到小姨家时，天刚刚入夜。

拖着略显疲惫的身体来到门前，齐颜正要敲门，隐约听到里面有争吵声。他耳朵灵，一扇防盗门也没多大隔音作用，他趴在门缝仔细听，果然是小姨和姨夫在吵架。

“难道姨夫出轨的事被小姨发现了？”齐颜心中冒出这个想法，此刻他也想不到其他理由。

他轻敲几下门，屋里面争吵声戛然而止。几秒钟后门打开，姨夫陈建军笑脸相迎，像什么都没发生。

“回来啦。玩得怎么样？”陈建军把齐颜领进门，和以往一样热情。

齐颜笑着答应，进门换拖鞋，看到坐沙发上的杜亚娟此时正用手轻轻揉搓脸颊，似乎是在做面部保养，但齐颜余光扫过去，看到小姨眼眶微红，应该是哭过。

“吃饭了吗？”杜亚娟问。

“没吃。”齐颜如实回答。

杜亚娟起身：“我给你做。”

齐颜把脱下的鞋重新穿好，说：“不用，小姨，我想和姨夫出去吃烧烤。”

杜亚娟和陈建军对对眼神，客厅里弥漫尴尬的气氛，几秒钟后杜亚娟终于点头答应，叫两人别喝酒，早点回来。

楼下不远处有一个烧烤摊，陈建军带齐颜来吃过一次，老板热情周到，烤的猪蹄和海鲜很好吃，每到晚上，店里店外总是坐满客人。

齐颜和陈建军坐在店外的小桌边选菜品，陈建军点了一大桌菜，要几罐冰镇啤酒，叫齐颜少喝。

“姨夫，你是不是跟我小姨吵架了？”酒过三巡，齐颜终于问出口。

陈建军撸一口肉串，喝口酒润润喉咙：“怎么了？”

“没怎么，就是回来时好像听到你们在吵架。”

陈建军一笑：“两口子哪有不吵架的，等你长大结婚就知道了。吃，吃。”

“我今天和同学爬山，中午坐缆车下来的。”齐颜试探着说。

陈建军咬一口香喷喷的猪蹄子，听齐颜这么说，来不及嚼就吐出来用餐巾纸卷起：“你找我出来吃烧烤，是不是有什么想跟我说？”

齐颜盯着老式茶缸中的啤酒愣神，沉默片刻说：“我在山上看到你了。”

陈建军咳嗽两声，脸色有些红，放下酒杯盯着齐颜：“咱们俩之间就别绕弯子了，你有什么跟姨夫直说。”

“我看到你跟一个女人在山上，你们坐缆车下的山，我就在你们后面排队。”

“你觉得我跟你小姨吵架是因为这事？”陈建军问。

齐颜点头：“姨夫，那女人是谁？你是不是背着我小姨……”

“你以为我出轨了？”陈建军反问。

齐颜没回答，默认了这个想法。

陈建军隔着餐桌拍拍他肩膀：“你猜对了一半。既然你都看到了，那我就不藏着掖着，我跟你小姨已经签了离婚协议书，房子财产都分配好，随时能领证离婚。”

齐颜呆住，难以置信地盯着陈建军，从神态和语气上判断，姨夫应该不是开玩笑。

陈建军喝口酒，继续说道：“你哥高考那年，其实我们就打算离婚，怕影响他成绩，今年他刚上大二，这大学吧，学习虽然不像高三那么紧张，但也全凭自觉，他性格本来就晚熟，玩心也大，要是知道我们离了，心理上肯定有影响。再说我和你小姨也没商量好，他今后跟谁。”

“你们是为了我哥所以还住一起？”齐颜问。

“可以这么说。”陈建军苦笑，“就是上了大学也是学生，在我们眼里他就是孩子。你哥明天放假回来，如果我们现在就离婚，他以后放假都不能回家了。”

齐颜想想是这个道理：“姨夫，你跟我小姨就不能……和好？”

陈建军一笑：“你姨夫我看这么多年电视剧，就学会一个道理，感情这事不能勉强。要是真能将就下去，谁也不想走到离婚这步。”

“那你们打算什么时候告诉我哥？等他毕业？”

“计划是这样，等他毕业找到工作稳定下来，那时再跟他说，他长大也就理解我们了。”

齐颜听陈建军这么说，虽然觉得惋惜，可长辈的婚姻大事，他当外甥的实在不方便多嘴，叹口气问：“你和那个女人，我小姨知道吗？”

“知道，我也知道你小姨和谁好。”陈建军给齐颜倒一杯酒，“我们都不瞒着对方。多了不能跟你说，这件事现在只有你知道，你别告诉你哥，也别跟你小姨说这些，说不定今年我们就会领离婚证，到时候你就知道了。”

齐颜叹口气低声答应，小姨和姨夫在他印象中恩爱和睦，能到离婚这一步，他怎能不感到惋惜。

陈建军把一个刚烤好的猪蹄子夹到齐颜餐盘里：“你别因为这些分心，在这里好好学习，好好考试，我跟你小姨都是看着你长大的，都希望你能考上好大学。就算离了婚，你也是我外甥，你录取通知书一到，姨夫就带你买台最好的笔记本，比你哥的好。”

齐颜眼眶微红：“谢谢姨夫，你们离了婚，你也还是我姨夫。”

陈建军提起茶缸，齐颜也拿起跟他碰了碰，一饮而尽。

“姨夫，既然这样，你和我小姨以后就别再吵架了，好聚好散总可以吧？”

“好，我听你的。这些年我也有对不起你小姨的地方，我会控制一下。齐颜，你比你哥懂事多了，明天见到你哥，你千万别说漏嘴。”

……

翌日中午，杜亚娟开车来到火车站，齐颜也跟在车上一起来接人。在深圳读大学的表哥陈扬放假回来，这是兄弟俩过年后的第一次见面，却没有半点陌生感。

齐颜还有两天开学，陈扬带他在宁南吃喝玩乐，尽地主之谊，晚上睡在一张床上，悄悄讲起自己在大学的所见所闻，无非就是参加了什么社团、交了哪个专业的女朋友，还不忘嘱咐齐颜考个高分，说好大学和一般的大学区别不小。

齐颜不忍心看到“天真烂漫”的表哥被蒙在鼓里，他有些愧对这么多年的兄弟之情，自己连最起码的坦诚都做不到。可思前想后，他更不敢把姨夫的嘱咐当空气，相比于自己心里这点愧疚，显然小姨他们一家人的感情问题更棘手，不能乱来，那就让表哥开开心心读完大学再说。

他想到这里忍不住对表哥说：“哥，你也好好读大学，毕业找个好工作，别瞎混了。”

第二节

三天假期眨眼过去，开学第一天早自习，月考成绩闪电公布。齐颜考了个不尴不尬的全班第九名，年级第五十二名，堪堪过五百分，比他预想中的要差一些。

拿回考卷，齐颜把每个答错的题都看一遍，认认真真地总结经验教训，和他以前的成绩分布情况相同，语文最好，文综次之，英语尚可，数学最差，但分数要比巅峰状态少很多，看来在家休学对成绩的确有影响。

“再接再厉。”

齐颜在考卷上给自己写下批语，整整齐齐地夹在书里，虽有不足，但第一次考试还算满意。

程元熙不负众望考了年级第一，分数和高考成绩几乎相同，用他自己的话说，他的成绩已经定型，再想向上突破会很难，需要付出比其他人更大的努力。

时越取得复读班第二、年级第五的好成绩，比程元熙少了三十分，但他脸上总是宠辱不惊，谁也看不出他对这成绩是否满意。

唐薇很为时越高兴，一是因为成绩好，二是因为时越没有被高考失利影响，又找回曾经考试的状态。

唐薇考了全班第十二名，拿到这个成绩她原本觉得很正常，对于艺术生来说不算低，可她总感觉被齐颜超过很没面子，几次向齐颜下战书，期中考试一定要反败为胜。

周海洋和易欣不出所料考了倒数第一和倒数第二，而且周海洋不仅是复读班倒数第一，在整个年级也是如此。

早自习拿到成绩单，两人大眼瞪小眼，似乎只有他们能读懂彼此眼神中的尴尬和忧愁：复读一个月，怎么成绩还不如高考呢？

周海洋毕竟交了张白卷，成绩一如既往的很稳定。可易欣上个月着实下了番苦功，各科老师布置的作业她完成 80% 左右，学习态度比之前好太多，都说没有功劳也有苦劳，哪想到是场徒劳，怎能不令她伤心加灰心。

她把试卷一张张撕毁，趴在课桌上，整个早自习都如此，心中重复两句话：我不适合应试教育，我是个学习废柴。

直到齐颜悄悄给她递来一张纸条，她展开见上面写着“加油”两个字，她感觉灰蒙蒙的天空燃起一点光亮，转身冲齐颜一笑，把纸条夹进书本，重新打开练习册。

齐颜转身看旁边空空的座位，姜小余成绩单下发时就被杜亚娟叫去办公室，显然不是因为她成绩太好，而是意想不到的差。

姜小余这次成绩足足比高考低了一百三十分之多，名列全班二十九名，杜亚娟第一眼看到成绩，还以为她少交了一科试卷。

杜亚娟的办公桌在窗边，桌上摆放很多书本和试卷，烦冗却不杂乱，窗台上大小几个盆栽在朝阳中安静生长着。早自习时间，屋里很安静。

杜亚娟让姜小余坐在对面椅子上，两人像在做采访，杜亚娟的表情略显凝重，而姜小余脸上则写满忐忑和羞愧。

“杜老师，对不起。”姜小余不等杜亚娟询问，喃喃说道。

杜亚娟叹口气：“你没对不起我，你对不起你自己。姜小余，你高考离一本线只差几分，所有老师提起你都替你可惜。”

她顿了一下，继续说：“像你这种情况能选择复读，是需要下很大决心，很大勇气，所以我一直认为你是最不需要督促的几个人之一。可这次成绩实在有些离谱，你让我想说你都不知道怎么说。”

姜小余低下头听训，半字不辩解，不觉间眼泪滴出眼眶，无声地哽咽起来。

“怎么了？老师批评也是为你好，你别哭。”杜亚娟心一软，不知自己哪句话说重了。

姜小余用衣袖轻轻擦去眼泪，站起身说：“老师，我今天是来退学的。”

“退学？”杜亚娟跟着站起身，手搭在姜小余肩上，拿纸巾帮她擦脸，“为什么退学？跟老师说清楚。”

“我要回家里帮着照顾商店，不想上学。”姜小余抿着嘴，微红的鼻翼忍不住抽搐。

杜亚娟越听越觉得荒唐：“别人不想上学我信，你姜小余不想上学？”

姜小余不答，依旧默默抽泣。

两个女老师走进门，看到这一幕，凑过来问，杜亚娟一五一十说了，那两个老师都认识姜小余，这么好学懂事的孩子不想上学，要回家照看商店，谁听了都觉得奇怪。

“小余你跟老师说清楚，有什么难处，老师会和学校商量帮你解决。”杜亚娟坚决不同意她退学，“这不是你真实成绩，退学也不是你真实想法。”

“是啊姜小余，快跟你们杜老师说实话，到底怎么回事？”

“你这么好的学生要退学？这学校还有几个能读下去的？”

几个老师在旁边催促，姜小余心中感动，不想再欺骗，右手紧紧抓住左臂，低着头说：“老师，我爸妈不想让我上学了，他们让我回去看店。”

老师们同时愣住，杜亚娟感觉血压升高：“看店？他们怎么想的？再说你学费都交了，怎么能刚开学就退学？”

“我家里有个弟弟，明年读高一。”姜小余小声嘀咕。

“你弟弟读高一，跟你有什么关系？”杜亚娟冷静下来，“你家里经济困难，只能你弟弟上学，你回去看店？”

“嗯。”姜小余忍不住委屈。

另一个老师也跟着生气：“这什么理由？开学都一个月了，你现在退学也不能返还学费啊，交都交了，怎么也要让你读完这一年，看看高考成绩再说。”

“是啊，这孩子高考成绩本来不错，能读个差不多的学校，回来复读就是想考个更好的，家长怎么想一出是一出？”

杜亚娟消消气，拉着姜小余的手坐下，轻抚姜小余：“别哭小余，跟老师好好说清楚，你这么好的学生不读书了，老师带这个复读班还有什么意思？”

在老师们苦口婆心轮番劝说下，姜小余终于说出实情。

早在月考前，姜小余爸妈就找她谈过几次。家里的两元店经营惨淡，她爸爸在农贸市场找了个开车运输的工作，商店只能交给妈妈一个人照看，弟弟姜小成读初三，也是中考的关键时期，父母不能分心同时照顾两个孩子考学，也没那个经济能力，思前想后选择让姜小余回来帮忙看店，供弟弟姜小成读书。

“他们说我读大学也没用，弟弟有出息，我们家才能出人头地，光宗耀祖。”

听到姜小余最后这句话，杜亚娟手指忍不住发抖：“什么歪理邪说？你是你，你弟弟是你弟弟，这都什么年代了，还搞这套重男轻女、传宗接代的名堂。”

“是啊，女生怎么就不能光宗耀祖了？姜小余这孩子不读书太可惜，杜老师你想想办法。”另一个老师情绪更激动。

杜亚娟凝神思考：“小余你跟老师说实话，想不想继续读书？”

“想。”姜小余不假思索。

“如果以后考上大学，你愿意勤工俭学？不怕比别人吃更多苦？”

“嗯，只要能读书，我愿意吃苦。”

“好，你先回班上课，中午我去你家家访。你现在已经是成年人，要对自己的决定负责，老师会尽量帮你。”

姜小余擦干眼泪回到班级，悄悄穿过教室，几乎无人在意她进出，她在班里总像个透明人一样，除了被同学欺负的时候。

齐颜见她眼眶微红，连忙问：“杜老师批评你了？”

“没有。”姜小余咬住嘴唇。

“你怎么考这么差？”齐颜心直口快，除了“差”字，他实在不知怎样形容姜小余这次考试成绩。

唐薇努起嘴斜睨齐颜，轻声抱怨：“会不会说话？”

齐颜急忙捂住嘴，赔笑说：“小余你别误会，我就是纳闷儿，你学习明明比我好，怎么考这点分？”

唐薇也问：“小余，你怎么了？你是不是心情不好？”

姜小余正不知怎样回答，门口有人轻敲两下门，徐立鑫走进来，教室里瞬间鸦雀无声。

“打扰大家了，你们继续自习。齐颜，周海洋，出来。”

齐颜本以为能躲过一劫，事实证明他还不够了解徐立鑫，等他和周海洋走出教室，只见徐立鑫拿着两把扫帚站在楼梯口，用眼神示意他们过来领工具。

齐颜苦笑着走过去:“徐主任,您这也太夸张了,亲自给我们送工具。”

徐立鑫脸上一派严肃，十分庄重地把扫帚交给两人。他一句话不说，转身朝楼下走，齐颜和周海洋只好识趣地跟着下楼。

走出教学楼，直奔前面不远处的篮球场，篮球场在体育场旁边，早自习还没下课，空无一人。

徐立鑫边走边说：“这是仓库最好的两把扫帚，特意给你们挑选的，别辜负我对你们的期望，一定要保质保量完成任务。”

“任务？打扫篮球场？徐主任，您是不是小题大做了？”周海洋一脸不情愿。

徐立鑫习惯性地摇起扇子，余光扫他一眼：“什么叫小题大做？教育二字没有小题，我这是用古人方法教你们做人。”

齐颜急忙接下茬：“对，古人说一屋不扫，何以扫天下。徐主任用心良苦，我一定好好完成任务。”

前几天齐颜被徐立鑫批评，杜亚娟知道后又给他上了一堂思想教育课，他向杜亚娟保证不会再犯，在徐立鑫面前当然不敢放肆。

“很好，觉悟不错。周海洋，你应该多向齐颜学习，知错能改就是好学生。”

听徐立鑫夸奖齐颜,周海洋直翻白眼:“我跟他学？跟他能学到……”

徐立鑫转身瞪他，周海洋吓得立刻闭嘴，却悄悄朝齐颜比画一个友好手势，齐颜懒得搭理他，用微笑回应挑衅。

来到篮球场，徐立鑫开始划分势力范围：“这两块，你的，那两块，你的。每天提前半小时来学校，扫帚就在我办公室门口，我和你们一样提前来上班。看到我办公室窗了吗？我就在那里 watching you（看着你），上课前五分钟把扫帚送回办公室，回班上自习。听懂了吗？”

“听懂了。”两人异口同声，都显得无精打采。

徐立鑫点点头：“让你们打扫篮球场，一是教育你们。齐颜刚才说得对，一屋不扫，何以扫天下？想做好学生，以后做个有用的人，打扫卫生是个好方法，你们扫的不是篮球场，是你们将来要走的路。”

周海洋听得云里雾里，齐颜也似懂非懂，但为了不惹怒徐立鑫，只好夸他因材施教，深谋远虑。

“徐主任，二是为了什么？”齐颜问。

“杀一儆百。”徐立鑫直言不讳，“其他学生看到你们在这里打扫，想犯错他也要掂量掂量。”

周海洋瞪大眼睛：“您还真把我们当工具人啊？”

“少废话，扫。”徐立鑫摇着扇子开始监工。

第三节

上午第四节是地理课，戴眼镜的中年女老师正在黑板上画气旋图，讲月考试卷上的题目。

地理也算齐颜强项，他正听得入神，却见姜小余在整理课桌和书包，一副失魂落魄的模样。

齐颜总觉得姜小余这个上午很奇怪，可他和唐薇问了几次，姜小余就是不肯说，直到此刻，他恍然想起那天下午骑车载姜小余去“时光号”，姜小余跟他提过退学的事。

“小余，你把课桌收拾这么干净干什么？”齐颜试探问。

“回家。”姜小余神色漠然，虽然杜亚娟承诺会帮她挽回上学的机会，可她了解父母，跟弟弟姜小成比，她继续读书在父母眼中就是一种浪费，杜亚娟去家访，改变局面的概率也不超过 50%。

齐颜皱眉：“你真要退学？”

“退学”二字像刺一样扎进姜小余心口，她放下书包，手摸在光滑的课桌上，委屈从心底涌上来，红着眼说：“我爸妈让我退学，中午杜老师去我家家访。”

“为什么让你退学？因为你弟弟？”齐颜问。

姜小余没回答，这时却听旁边周海洋问：“姜小余，你要退学？太好了，我离三十名又近一名。”

齐颜转身瞪周海洋一眼，见他满脸幸灾乐祸，气不打一处来：“耳朵这么灵，听力考那么几分。”

周海洋脸色一沉：“齐颜你什么意思，我说她又没说你。”

“不会说话就闭嘴。”齐颜为姜小余打抱不平，火气上来，把徐立

鑫的批评教育暂时扔到一边。

周海洋对他也是一肚子怨气，正要发作，易欣急忙从中调节：“你们俩有完没完？想让徐主任罚你们扫足球场？”

齐颜和周海洋想起徐立鑫那张脸，满腔怒火顿时被浇了一盆冷水，转过脸不再看对方。

此时离下课还有二十分钟，杜亚娟来到教室，和地理老师在门外交谈几句，随后叫出齐颜、唐薇、姜小余，他们要赶在午饭前对姜小余进行家访。

杜亚娟跟齐颜和唐薇说明情况，上车前又给程元熙发一条信息，让他和陆明宇中午照顾一下时越，开车载着三人离开学校，十分钟后来到姜小余家商店门前。

姜小余忐忑不已，还没下车就开始发抖，无论杜亚娟能不能说服她爸妈,她都免不了被责罚,但为了继续读书的一线希望,她只能鼓足勇气。

姜小余的爸爸正坐在柜台里面看电脑，妈妈在一旁整理货架，看到杜亚娟进来，他们以为是顾客，满脸堆笑，可转眼看到后面跟着的姜小余，他们转瞬猜到杜亚娟身份，川剧变脸般摆出一副不欢迎的架势。

“爸，妈，这是我们杜老师。”姜小余呆立在门边，不敢看两人脸色。

杜亚娟和齐颜、唐薇站在柜台边，商铺里面实在狭窄，几乎连落脚的地方都没有，他们本以为姜小余父母会把他们请到楼上坐，哪想到这对夫妻连最基本的待客之道都没有，该忙什么忙什么，丝毫不在乎几人感受。

杜亚娟调整好情绪，还是笑着说：“你们好，我是姜小余的班主任，姓杜。”

姜小余爸爸嘴上答应一声，眼睛却没离开显示屏：“地方有些小，不方便招待你们，抱歉。”

杜亚娟不计较，直入主题：“姜小余的情况我已经了解，我也很能体会你们做父母的心情，但退学这件事，你们看看能不能再商量一下。”

姜小余爸爸听见这话后挑起眼皮看了姜小余一眼，姜小余吓得咽口唾沫，闭上眼睛在心中祈祷。

“我们都商量过了，孩子也同意退学，多谢杜老师把她送回来，地方窄，就不请你们进来坐了。”姜小余妈妈摆明不想多谈直接下逐客令。

齐颜心中更气，暗想姜小余摊上这样的家庭，真是名副其实的可怜孩子。

杜亚娟见对方摆明态度，不再假客气：“我问过这孩子，她还想上学。”

姜小余爸爸一笑：“她想上学？姜小余，你想上学吗，告诉你老师。”

听了这笑里藏刀的威胁语气，杜亚娟跟着心寒，什么样的父母能对女儿如此狠心？

“小余，跟你爸妈说一下你想法，想不想继续读书？”杜亚娟提醒姜小余，关键时刻千万不能妥协，毫不夸张地说，这个回答有可能决定她一辈子。

几人目光都落在姜小余身上，商铺里空气变得无比安静，所有人都在等待姜小余的回答。

齐颜怕姜小余承受不住压力会改口，连忙说：“小余，说心里话。”

几秒钟过去，姜小余妈妈正要催促，姜小余这时终于开口：“爸妈，我想上学。”

齐颜和唐薇松一口气，杜亚娟也像吃了定心丸，只要姜小余表明态度，她说什么也要保住学生的读书梦。

压力来到姜小余父母这边，他们脸色变得更难看，看姜小余的眼神也更加犀利。

姜小余爸爸不打算理会这个回答，说道：“你想上学，你弟弟怎么办？家里情况你也不是不知道，你弟弟今年中考，多关键，你中考高考都考过了，怎么就不能体谅一下我们？”

杜亚娟听到姜父这番说辞，只能压下怒火尽量心平气和地说：“姜先生，小余成绩很好，复读一年，上重点大学很稳，她考上好大学，你们高兴，别人也羡慕你们。”

“羡慕有啥用啊？杜老师你不了解我们情况，她弟弟明年中考，我们忙着养家糊口，实在照顾不了两个孩子考学。小余这孩子从小懂事，知道心疼她弟弟，心疼我们，回来帮忙照看商店，等她弟弟将来有出息，再回来帮她。”

听姜小余爸爸胡说八道，齐颜心里的拳头硬了又硬，暗想以姜小成那个德行，就算以后做了宁南首富，也不可能回来帮姜小余一把，不踩

一脚就算好的。

夫唱妇随，姜小余妈妈接着说：“她弟弟也聪明，我们一家就指着她弟弟呢。这些年我们在小余上学这方面花的也不少，高中文凭她也拿到了，女孩子够用，以后嫁人找工作都够用。”

杜亚娟勉强地笑了笑：“小余如果成绩一般，我也就不来找你们商量，但这孩子的确能考上好大学，对咱们这样的普通家庭来说，孩子能不能读好大学，将来还是有区别的。”

姜小余爸爸已经没多少耐心了：“没啥区别，女孩子长大都要嫁人，她不上大学，以后嫁个上大学的就行了。杜老师你看看我们这条件，哪能供得起两个孩子读大学？”

杜亚娟见姜小余爸爸终于图穷匕见，说出问题的关键点，她早已想好破解的招数：“现在男孩女孩都一样，女孩有本事也能给家里做贡献。如果你们担心学费问题，大可不必，小余努努力再提高一点成绩，在复读班就能拿到奖学金。等上了大学，国家政策这么好，补助金、奖学金都可以争取。”

姜小余妈妈却说：“杜老师你怎么知道她能拿助学金、奖学金？哪那么容易拿到？”

杜亚娟一笑：“她能学习能吃苦，勤工俭学就能满足日常开销，就算没有奖学金，助学贷款总可以，她课余打工慢慢还，毕业找到工作，很快就能还清。她读了这么多年书，总不能功亏一篑，这也是你们十几年的投资成果，眼看就要有收益，相信你们也不舍得半途而废。”

店铺里回响着杜亚娟慷慨陈词的声音，连带齐颜他们都听得认真起来。

“从现在起你们不用在她身上投入多少资金，再等几年她工作，就是回报你们的时候，以小余的潜力，到时候说不定会给你们什么惊喜。”

“惊喜？”姜小余爸爸嘀咕。

杜亚娟趁热打铁：“知识的确能改变命运，她求学路正是开花结果的时候，以后有什么惊喜谁也猜不到，但让你们收回投资成本肯定不难。手心手背都是肉，小余不是不懂感恩的孩子，你们再给她一次机会，供她读这么多年书，她不会让你们失望。”

齐颜在心中给杜亚娟打气，暗想小姨这番游说还真有些晓之以理、动之以情的意思，只要姜小余父母不是铁石心肠，观念应该会有所转变。

姜小余爸爸陷入沉默，这时店里进来一个顾客，姜小余妈妈去接待，气氛又安静下来。

“叔叔，你就让姜小余继续上学吧，她那么懂事听话，以后肯定不会辜负你们对她的培养。”唐薇说。

齐颜也笑着说：“叔叔你听我说得有没有道理，小余继续上学，放假也能帮你们看店，以后等她弟弟上高中，她上大学，寒暑假还能帮弟弟补课，姐弟两个都考上名牌大学，谁都要夸你和阿姨教子有方。”

听了几人连番劝解，姜小余爸爸脸色终于不再阴沉沉，抬起眼皮瞄门口像小鹿一样惊慌的姜小余，似乎此刻才意识到这是自己亲女儿。

“你们说的道理我都考虑过，但她这成绩……是不是离奖学金还差点？”姜小余爸爸第一时间考虑的还是利益这点事。

姜小余妈妈一边卖货，一边朝这边说：“这孩子成绩是中等偏上，但从来不是拔尖，她要是成绩真那么好，奖学金、助学金手拿把攥，我们肯定支持她读到底，就怕她以后也是高不成低不就，瞎耽误功夫。”

杜亚娟看姜母松了口风，连忙说：“那你们希望她拿到什么样成绩才算满意？给她一个目标。”

“怎么也得年级前三。”姜小余妈妈随口回答。

杜亚娟皱眉：“年级前三暂时有点难度，学习这事不可能一蹴而就马上登顶。”

姜小余爸爸这时说：“前三是有点过分，这学期期末她能进年级前五，下学期继续上学，高考能比今年多五十分，第一年学费我们给她拿。”

虽然这条件听起来有些苛刻，而且越听越别扭，仿佛姜小余成了杜亚娟女儿一样，但能拿到姜小余爸爸的承诺，杜亚娟感觉谈判已经取得胜利，在询问过姜小余意见后，双方正式达成协议。

姜小余内心狂喜，可脸上却不敢流露出来，她在父母面前从小都是这样谨小慎微，像个绷紧了弦的发条娃娃，不敢泄露自己任何感情倾向。

和杜亚娟协商好后，姜小余父母态度一百八十度大转弯，不停地夸姜小余是好女儿，他们也压根没有重男轻女的落后思想，同时感谢杜亚娟带学生来家访，是个优秀负责的班主任。

杜亚娟看看时间，说自己要带学生们去吃午饭，把姜小余也带去，做一做思想工作。

姜小余父母同意，叫女儿好好感谢老师，正要送师生几人出门，忽听屋子里面传来“砰砰砰”的下楼声，原来是在二楼卧室玩电子游戏的姜小成听到动静，跑下楼来阻止姜小余回去上学。

“姜小余，你干什么去？”姜小成边下楼边问。

齐颜转身看到是他，心中来气，不等姜小余回答，直接说：“你姐回去上课。”

“上课？姜小余，你不是答应退学了吗？”姜小成急匆匆跑过来，大有拦路抢人的气势。

姜小余爸爸脸色尴尬，瞪他一眼说：“回去写作业去，小孩子管那么多。”

“爸，姜小余上学，那我怎么办？不是说好她看店我上学吗？”姜小成一脸委屈。

齐颜心底涌起无名怒火，真想教训一下这小子。

姜小余爸爸这时已经揪起姜小成后领，轻轻踢一脚他的屁股：“你考那么几分都好意思上学，你姐怎么就不能上学？滚回楼上写作业，大人的事少插嘴。”

姜小成不敢忤逆，转身气呼呼朝里面走，可眼神满是憎恶和嫌弃，三步两回头地瞪向门口的姜小余，看来他对姐姐的怨愤比想象中的还要大。

唐薇拉住姜小余的手臂，感觉姜小余身体在虚弱地发抖，连忙用力抓她胳膊一下，提醒她不要怕。

第四节

齐颜他们上车后，杜亚娟开窗向姜小余父母打声招呼，便驶出这条街，就近找了家餐馆，请齐颜他们吃了顿烤鸭，几人边吃边谈。

“杜老师，谢谢你，还有齐颜、薇薇，如果你们不来，他们肯定不会让我回学校。”姜小余对杜亚娟感激涕零，如果没有这次家访，她百分百辍学回家，成了家里免费的打工仔弟弟人生路上的垫脚石。

杜亚娟微笑看她：“小余，你别有什么心理负担。上学本来就是你应有的权利，只要你想读书，你父母也没权力阻止你。”

齐颜边吃边说：“杜老师说得对，按课本上说，你现在是一个有独立行为能力的成年人，你读书是给自己读，跟你那个弟弟没半毛钱关系。再说你爸妈已经同意，你安心提高成绩就行。”

“你一定要加油考出好成绩，以后拿到奖学金，能勤工俭学，他们想不让你上学都找不到理由。”唐薇说。

“嗯，我一定不辜负你们，我也从没像现在这样想努力学习，虽然年级前五有点难度，但我会努力抓住机会。”

齐颜收起笑容，问：“小余，你弟弟怎么那么讨厌？我要是有个这样弟弟，一天抽他八遍。”

杜亚娟敲敲桌子：“怎么说话呢？小孩子谁还没有任性不懂事的时候，你以前更调皮捣蛋。”

齐颜挑了挑眉：“我那是调皮捣蛋，他是单纯讨厌。这样对自己亲姐姐，真是个‘好’弟弟。”

姜小余叹口气：“爸妈生下我后，还想再要个男孩，就给我取名叫小余，多余的余。但其实在姜小成出生前我还有个弟弟，可惜夭折了，他们都说我家没生男孩的缘分，因为我叔伯家都是女孩，所以姜小成的出生，让全家人都把他当宝贝看待呵护，我早就习惯了。”

“小余，他们爱怎么想就怎么想，反正你就是世界上独一无二的。”齐颜批判说。

唐薇在这方面颇有发言权：“我爸就觉得女孩挺好，小余你比我优秀，以后肯定会改变他们的观念。”

几人边吃边谈，杜亚娟对齐颜和唐薇现在的成绩和表现还算满意，鼓励说：“薇薇文化课成绩再提高一些，专业课没问题，考个好的艺术院校应该稳。齐颜，你现在这成绩想进好学校，起码要提高五十分，咱们学校历年成绩摆在那里，文科班前三十名稳进重点大学，三十名开外就看运气了。”

齐颜一笑，故作深沉：“杜老师，您也太小看我了，我第一次考试小试牛刀，找找状态，期末考试年级前二十，稳稳的。”

“吹。”杜亚娟批示。

“真能吹。”唐薇忍不住笑。

“不信是不是？小姨，如果我期末真能进前二十，你能不能答应我一件事？”齐颜看似不经意谈到这里，实则早有预谋，就等杜亚娟上钩。

“什么事？”杜亚娟警觉地问。

“能不能让我住校？我保证遵守校规校纪，就是想体验一下住校的感觉。”齐颜用乞求的口吻说。

杜亚娟却说：“上大学至少住四年宿舍，不用急。”

唐薇打小报告说：“杜老师，齐颜就是想跟苏岳、孙晓龙他们住一起。”

杜亚娟审视齐颜：“等你真考进前二十名再说。玩心收一收，表现够好，都可以商量。”

齐颜见小姨拿了主意，住校的事只能下学期再说。他拉着椅子又向那边凑了凑，脸上摆出笑嘻嘻的神色。

“还有什么事？”杜亚娟问。

“过几天秋季运动会，小姨你看咱们复读班也是一个班，能不能……”

“不能。开学那天我就说过，复读班不会参加校内活动，你们要以学习为主，不要分心。”杜亚娟直接拒绝。

唐薇在旁边嘀咕：“少玩点，多学点，就知道疯跑。”

齐颜斜睨她，又满脸堆笑看向杜亚娟：“求你了小姨，我就报个名，不用训练，不耽误学习。运动会那天学校不上课，总不能所有人都在外面玩，你把我们三十几个人锁在教室里做题吧？”

“你要参加什么？田径比赛？”杜亚娟盯着他问。

“对，不会受伤，也不和别人打架，你们当不当啦啦队都行，咱们班不用特意组织。”

“为什么想要参加？”

齐颜一笑：“我就是单纯释放荷尔蒙……”

“嗯？”杜亚娟瞪他。

齐颜急忙改口不再乱开玩笑：“是燃烧卡路里，重在参与。再说咱们班什么活动都不参加，在学校里多不合群？”

见齐颜一再恳求，杜亚娟这次竟然没拒绝，外甥这股火不烧出去，心底肯定惦记着，就叫他随便参加个项目，凑凑热闹就行，名次什么的不重要，又不算分数。

运动会三天后举办，杜亚娟放宽政策，班里几个男生跃跃欲试。班长陆明宇从体育老师那里要来一张参赛表格，想参加项目就立刻填表，他下课就要送到报名处。

齐颜兴冲冲拿过表格，直接在100米和3000米的项目栏里写上名字。

苏岳凑过来：“行啊体育健将，一个长跑一个短跑，能驾驭吗？”

齐颜朝自己竖起拇指：“我以前在学校百米冠军，长跑也不差，在这儿不说冠军，起码不能给咱班丢脸。”

孙晓龙和徐云峰围上来，拿着报名表议论，想参加却又有些犹豫。

易欣抢过表格：“齐颜，你这么厉害？我给你当啦啦队。”

齐颜却说：“啦啦队有什么意思？你不参加一个？”

“我啊，体育比数学还差，上次体测，跑两圈直接吐在跑道上，算了。”

易欣说着正要把报名表送回齐颜手中，旁边看大书的周海洋忽然坐起，长臂猿一样捞过那张表格，拿起三天没碰的圆珠笔，在齐颜名字旁边写下“周海洋”三个字，让易欣转交回去。

易欣叹口气，忍不住吐槽：“真行，又杠上了。”

齐颜盯着周海洋歪歪扭扭的字迹，耸耸肩问：“Battle（挑战）？”

“你还没达到这个水平，我人称二中博尔特，你不行。”周海洋轻蔑地看齐颜一眼，低下头继续看书。

“行，博尔特，我宁南刘翔，场上见。”齐颜冷笑着把报名表交给陆明宇。

经过一阵商议，陆明宇和苏岳、孙晓龙、徐云峰勉强填上一个4×100米接力，复读班一共八个男生，生拼硬凑出五个参赛项目。

运动会在周六周日进行，第一天阴雨连绵，齐颜和周海洋在各自小组成绩都很出色，顺利拿到前三名，分别通过预赛，进入第二天决赛。

齐颜擅长奔跑这点全凭天赋，平时踢球、打球让他拥有超过普通人的身体素质，加之他有一群体育生朋友，平时切磋训练，学到很多技巧和经验。

周海洋小学、初中在体校混过一段时间，原本想考体育专业，却吃不了每天按时训练的苦，加上多次打架违规被运动队开除，只好乖乖回

到二中上学。

见齐颜跑完3000米预赛，唐薇和姜小余、苏岳几人围上来，又是递毛巾又是送水，问他感觉如何。此时齐颜累得弯腰直喘粗气，毕竟不是职业运动员，3000米赛跑下来，多棒的身体也要缓一缓。

休息好的周海洋从看台走下来，身边跟着雀跃的易欣，他两只手插进校服裤子口袋，故意从齐颜身边路过，很不屑地看一眼："本以为你预赛就会淘汰，竟然爬进决赛了。"

气还没喘匀的齐颜顿时直起腰："周海洋，我能跑第几名不知道，但你肯定在我后面。"

"我就喜欢你这股狂劲儿。"周海洋转身跟他对峙，"打嘴仗没意思，咱们打个赌吧。"

"奉陪。"

"徐主任罚我们扫那四块篮球场，输的人扫三块，赢的人扫一块，敢不敢？"周海洋从眼神到语气都显得胜券在握。

齐颜把呼吸调匀："还有这好事？一言为定，你别反悔就行，这么多同学听着呢。"

易欣自告奋勇当起见证人，两人的赌约就此定下。

说起那几块篮球场，两人都是一肚子怨气，不仅要提前半小时来学校，没有睡懒觉的机会，还要在众目睽睽下遭受全校同学嘲笑，每次他们想偷懒磨洋工，转脸就能看到办公楼顶层一扇打开的窗户，徐立鑫靠着窗沿，正目光幽幽地盯着他们。

齐颜摩拳擦掌备战，势必要拿下胜利。他特意睡个早觉，本打算养精蓄锐，可第二天早上醒来，忽然觉得昏昏沉沉，眼前有些发晕。

他摸摸发烫的额头，拿体温计测量一看38.3℃，妥妥的发高烧，想必是昨天下雨没注意保暖。

他躺回床上，暗想真是倒霉，偏在这时感冒发烧，如果没有和周海洋的赌约，他真想不去学校，退赛也没什么关系。

可现在如果退赛，不但要多打扫一块篮球场，肯定还要被周海洋嘲笑，以后在那小子面前可就抬不起头了。

齐颜咬咬牙穿衣下床，随便找片感冒药吃下。杜亚娟叫他吃早饭，看他脸色有些不对，问他是不是不舒服，他搪塞过去，今天哪怕只剩一条腿，他跳都要跳到终点赢过周海洋。

外面是个大晴天，气温升上来，运动会的氛围比昨天要热烈几倍，齐颜状态却有些萎靡，时不时偷偷拿出体温计夹在腋下，祈祷温度下去，可体温却不降反增，一路飙升到 38.7℃。

上午十点半百米决赛，运动会的气氛被拉到顶点。看台上来了很多十八班同学，杜亚娟也来看热闹，见学生们都在为齐颜加油呐喊，却没人为周海洋助威，她立刻下令改喊“十八班加油”。

齐颜强打精神走上赛场，感觉身体有些发飘。他在最左侧赛道，周海洋在中间，两人相隔几米，他余光看到周海洋朝自己发出挑衅动作，但人迷迷糊糊，根本没多余的精力反击。

发令枪响，看台上满是刺耳的欢呼，齐颜虽然发烧不舒服，可真到比赛，他反而拿出更专注的状态，完全没有杂念，心底只有一个声音：完成比赛。

喧闹的加油声在耳边呼啸，全力奔跑的齐颜像条蓝色闪电，他怀疑感冒发烧帮自己打通了任督二脉，从未跑这么快，差一点就进十一秒，把第三名的周海洋甩在后面几个身位。

看台上的唐薇和姜小余、易欣激动地跳起来，高三（18）班虽然人少，但喝彩声却大到离谱。

周海洋用不可思议的目光看齐颜，虽然他讨厌齐颜，但赛场用实力说话，这场比赛他输得心服口服。

赛后的齐颜没有多余的精力去和唐微他们庆祝，强撑着没坐在地上，两手握住膝盖，弯腰喘粗气，大热天发烧赛跑，实在有些吃不消，还好百米比赛眨眼工夫就过去，他还能应付。

第六章 胜利的代价

周海洋虽然输了但挺高兴的：齐颜，我们俩打平了，虽然你赢了我，但我也把你跑吐了。

Z H I R E X I N G H O N G

第一节

齐颜难受得吃不下饭，只想中午回到教室马上休息会儿。时越今天没来学校，唐薇一个人去食堂买了些水果回来给齐颜吃，却见他无精打采，和平时那个生龙活虎的中二少年判若两人，连平时爱吃的水果也不吃，连忙问他怎么了。

齐颜趴在课桌上，蔫得像只没断奶的猫，看窗边站着的唐薇仿佛在发光似的，他神情恍惚，感觉自己已经看到幻象。

“我有点晕。”

“晕？”唐薇起身过来。

“发烧了，又热又冷。”齐颜从桌上爬起，拿出腋下的体温计，“38.5℃，还不退烧。”

唐薇拿过体温计：“什么时候开始的？”

“早上。”

“那你比赛时也发着烧？”唐薇蹲到他面前。

齐颜露出一个虚弱笑容：“我发烧后比以前跑得更快了。你说我是不是要变异成超级英雄了？”

“什么时候了你还开玩笑？超级英雄，我看你是超级笨蛋。”唐薇继续说着，“你为什么不退赛？你这是在透支你自己。”

“运动会是我申请下来的，我退赛，其他同学怎么看我？”齐颜坐起身，用力伸个懒腰，感觉浑身发酸，“再说还有周海洋那小子，不能让他占便宜。”

“你们俩干脆结婚算了，怎么做什么都想着对方？”唐薇忍不住吐槽，拉起齐颜手臂，“走，校医室。”

“不去。”

“必须去。”唐薇用力却拉不动他。

齐颜趴回课桌上：“不去，我下午还要跑 3000 米。”

“你现在这个样子，别说 3000 米，跑 300 米就要累倒在跑道上。”唐薇再次拉起他，“快跟我去校医室，高烧不退，下午你别想比赛。”

齐颜见她执意如此，只好起身跟她走出教室，来到宿舍楼旁边的校医室。

唐薇让他打个点滴，齐颜说什么也不肯，只是开几片感冒药吃下，拿冰块和湿毛巾物理降温，心中还在惦记下午比赛的事。

秋阳似火，外面气温高达 36℃，深红色的塑胶跑道晒得滚烫，汗水落地几乎瞬间蒸发。

下午三点，物理退烧稍见成效的齐颜再次站到赛场上，体温总算降到 38℃以下，唐薇这才允许他离开校医室。

看台上的易欣异常兴奋，喊一声“周海洋加油”，立即跟一句“齐颜加油”，像自己跟自己打架，忙得不可开交。

唐薇却脸色凝重地盯着齐颜，发烧的事，齐颜不让她跟别人提，她只能祈祷齐颜是真的退烧了，要不然这么热的天很容易中暑。

烈日烘烤下的齐颜再次陷入昏沉状态，南方的秋老虎实在太热。他强打精神，不理会周海洋在旁边叽叽喳喳喷垃圾话，他没有多余精力胡思乱想，心中还是一个字：跑。

一圈，两圈，三圈……高烧让齐颜更加集中注意力，跑起来，他很快忘记什么烧不烧，完全沉浸在双腿奔跑的节奏中，呼吸也变得平稳。

千辛万苦，终于来到最后一圈冲刺，前面一个体育生一骑绝尘，第一名显然是他的，而齐颜和周海洋正在角逐第二名。

高温加上高烧，齐颜汗如雨下，体力和耐力都已到达极限，脚下发飘，身体发沉，甚至还有一股翻江倒海的恶心感，他感觉再跑几百米就要吐出来。

可周海洋就在他前面两米左右，两米的距离触手可及，3000 米都跑下来，他绝不想功亏一篑输掉比赛。

前面的周海洋也没好多少，见齐颜紧追不舍，他紧咬牙关，百米比赛已经输掉，这场他说什么也要扳回一城。

最后二百米，一百米，五十米，加油助威的声浪越来越大，齐颜却感觉什么声音都听不到，耳边只有越发沉重的呼吸声，感觉肺在燃烧，好在周海洋的身体离他越来越近，直到终点线五十米内，他爆发出最后一股力量，终于在越线前超过腿软的周海洋两个身位。

周海洋过线后一屁股坐在地上，一脸迷惑和无奈地盯着齐颜背影，表情因为过度疲劳而变得狰狞，喘着粗气对齐颜说："你怎么这么能跑？这都能追上来？"

易欣和姜小余她们都在欢呼，唐薇却急忙拿一瓶冰水走下看台，看到齐颜在原地直不起腰，她感觉情况不妙，生怕齐颜已经中暑。

齐颜眼皮发沉，口干舌燥，转身看向坐在地上的周海洋，竟然同时看到三个周海洋在跟自己说话。

他听不清周海洋在说什么，感觉天旋地转，仿佛整个地球在跟他逆向运动，正想回一句"我赢了"，话还没说出口，随即张开嘴"哇"一声吐出来。

周海洋吓得急忙向后退，刚跑下看台的唐薇也愣在原地，看台上的易欣和姜小余等十八班同学瞬间鸦雀无声……

校医室塞满因运动会来打点滴吃药的学生，齐颜躺在单间内一张床上输液，旁边坐着正为他剥橘子的唐薇。

"多吃点维生素，给你。"唐薇把一瓣橘子递过去。

齐颜躺在床上慵懒地张开嘴，唐薇却把橘子塞进他手里："自己吃。"

齐颜把橘子送进嘴巴，苦着脸问："我刚才是不是很丢脸？"

“一般。”

“什么叫一般？是嫌我还不够丢脸吗？”齐颜用手捂住脸颊，“我堂堂齐少侠，怎么能……无地自容。”

唐薇强忍笑意：“别多想了，每年都有中暑的、晕倒的、被抬下去的。但吐在终点线的，今年你是唯一一个指标。”

“你还笑我？”齐颜委屈地看着笑出声的唐薇，拉长声音带点哭腔，“有没有点同情心？这回我的光辉形象真是毁于一旦，黑历史啊。”

唐薇抿着嘴唇，把笑意吃回肚子里：“你真别多想，谁上学还没一两件丢脸的糗事？大家当个笑话谈几次，转眼就忘了。”

齐颜越听越觉得心口发堵：“有些事在别人身上是笑话，在自己这里就是悲剧，还是世界名著。连你都笑我，我……我要转学。”

“转学？不至于吧？”唐薇憋不住笑，“我也不是故意笑你，但真的有点好笑。我都跟你说了不让你跑，你非要跑，现在知道后悔了。”

齐颜欲哭无泪，不敢回想当时的情形。

唐薇又给他剥个橘子：“如果因为这事转学，你可真就成了二中最大笑话，多年以后大家都会记得，咱们班里有个叫齐颜的男生，因为运动会跑到吐，刚来就转学了。”

“齐颜，你要转学？”姜小余这时走进门，手里拿着一袋水果。

齐颜急忙调整好状态，尴尬一笑：“说着玩的。你这是给我买的？”

“嗯，你感冒好点了吗？”姜小余把水果放到床边。她零花钱不多，但还是花几十元给齐颜买水果。

“好了，谢谢你跟薇薇关心我。坐，等会儿我请你们吃饭。”

齐颜这话刚说完，门外忽然传来易欣声音：“加我一个。”

易欣探进半个身子，先是跟齐颜挥手打招呼，然后又跟唐薇敷衍一笑，却懒得看姜小余半眼。姜小余见她进来，也很自觉地从床边站起，瘦弱的身躯站得笔挺。

“谢谢你来看我。”齐颜示意她坐下。

易欣拎起手中的礼品盒：“维生素 ABCDE，你好好补补，特意回家给你拿的。”

齐颜坐起身：“你们都太客气了，就是个感冒发烧。这样，我下月过生日，正好请你们出去吃饭，吃好的。”

易欣把礼品盒放到齐颜身边：“这可是你说的。”

“一言为定。”齐颜笑着说。

易欣盯着他苍白的脸色：“你恢复怎么样了？”

“发烧中暑而已，真没问题。”

“你可真行，又不是什么职业比赛，你有必要这么拼吗？”易欣看看他手上的针。

齐颜调快输液的速度：“我当然要拼，不拼的话，他就赢了。”

易欣忍不住笑：“你跟周海洋真是一对冤家。你来之前，他一次运动会都没参加，还说别人跑起来像傻子，他永远不会在那么多人面前赛跑。”

齐颜恍然：“这么说，他参加运动会就是为了赢我？”

“只是他没想到，你跑得比他更快。”

齐颜一笑：“这回让他失望了。他是不是很郁闷？”

易欣却摇头说：“他挺高兴的。”

“我赢了，他高兴什么？”齐颜不解。

“他说，你虽然把他跑赢了，但他也把你跑吐了，所以你们是平手。”易欣弯腰笑起来。

齐颜愤怒中带着一丝尴尬：“平手？他可真会精神胜利法，‘周Q’啊。”

“他人就那样，比你还好面子，做什么都不肯认输，但又什么都做不好。你既然赢了，就别跟他计较，当他是个傻子就行。”

易欣说着站起身：“周海洋找我出去吃饭，明天见。”

“明天见。”齐颜想了想，“你告诉周海洋，输赢我可以不跟他计较，但明天打扫篮球场，他三我一。”

易欣比画一个“OK”的手势，转身出门。

第二节

十月下旬，秋意正浓。宁南地处亚热带季风区，一年平均气温都在零度以上，但到深秋时节，早晚天气多少有些凉意。

齐颜身上的衣服从短袖换成长袖，有了上次运动会发烧的教训，他格外重视保暖，吃过晚饭，他全副武装来到篮球场打球。

来宁南二中将近两个月，他和经常在球场打球的同学已经混熟。有些女生会在这个点来到篮球场，专程看他打球。

杜亚娟的“禁球令”还在继续执行，齐颜买了一个篮球，不敢带回班级，只好寄存在隔壁高三（17）班。

快上晚自习，齐颜和苏岳、孙晓龙、徐云峰从篮球场回来，上楼时看到教室门口站了很多人，是七八个陌生的男同学。

“美女，你就收下吧，我写作文都没这么认真，还有这花，我晚饭没吃，特意跑到市里最好的花店买的。”一个男生用很油腻的腔调央求。

跟他一起来的几个男生开始起哄，让“美女”收下信和鲜花，闹哄哄地把教室门堵住。

“谁啊？哪班的？堵我们班门口干什么？”孙晓龙扯开嗓子喊。

那几个男生闻声转身，很不友善地看向齐颜他们，就在他们转身时，齐颜看到被围在中间的女生竟然是唐薇和姜小余。

“齐颜，他们非要给薇薇送花。”姜小余像见到救星，急忙呼叫齐颜支援。

齐颜看到唐薇脸上愤怒无助的神色，怒火油然而生，无视那几个男生虎视眈眈的目光，走到唐薇身边，转身盯着手捧鲜花的长发男生。

“她不收信，也不收花，你把东西拿回去，该回哪班回哪班，上课别迟到。”齐颜轻描淡写说。

“你是谁啊？”长发男生歪着脸问。

齐颜快速检索了下这种情况下得体的称呼后就说：“我是她哥。”

唐薇怔怔地看着齐颜背影，暗想这家伙莫非在占自己便宜？可不管怎么说，齐颜能在这时挺身而出，她心中十分感激，有这个肉盾挡在身前，她的确多了几分安全感。

长发男生不怀好意地笑了笑：“哥怎么了？哥也管不着我送她东西。”

他手中信封和鲜花还要往唐薇身前送，齐颜毫不犹豫，一把抢过来，看也不看直接丢在地上，像在丢垃圾。

“不是我说你谁啊？”长发男生瞪着齐颜，“我送她东西关你什么事？”

齐颜面不改色盯着长发男生三角形的小眼睛：“我说了我是她哥，

你听不懂话？有这闲工夫回班多做两道题，少来我班门口惹事。”

长发男生努力撑起眼皮，增强眼神的威慑力，另外几个男生也怒气冲冲盯着齐颜。

苏岳、孙晓龙、徐云峰这时来到齐颜身旁，刚上楼的陆明宇也凑过来，虽然还没搞清状况，但维护班级秩序已经刻进他基因里。

齐颜隔着校服拉起唐薇手臂，对他们说：“看什么看？没见过帅哥啊？看门牌了吗？高三（18）班，复读班学生没工夫谈恋爱，都给我哪儿凉快哪儿待着去。”

“复读班怎么了？我……”

长发男生正要还嘴，上课铃响起，齐颜不听他啰唆，用肩膀顶开前面两个男生，推门走进教室。

苏岳他们跟着走进门，故意把地上的花踢开，在信封上踩一脚。

进门后齐颜立刻松开唐薇手臂，像什么都没发生，不想被其他同学看到。

几人坐回座位，唐薇心跳还在加速。刚才这两分钟发生了什么，她似乎还没完全反应过来，满眼都是齐颜挺身而出保护自己的身影，还有那句“我是她哥”。

“他们哪班的？那小子想追你？”齐颜问。

唐薇故作镇定，漫无目的地翻找课本，掩饰自己的脸红心跳还有些局促不安：“我不认识他们，莫名其妙拦住我。”

“别怕，再敢来打扰你，看我怎么弄他。”

齐颜握紧拳头，狠话说出口是为了让唐薇放宽心，他自己心里却虚得很。放在以前大不了打一架，可现在他还真没那个勇气，毕竟徐立鑫说过，再打架直接开除，他不想以身试险，再说打架是人类解决问题最愚蠢的方法，他不想犯蠢。

唐薇心中感动，但也清楚齐颜的处境，故作轻松地说：“你不用这么冲动，他再来找我，我不理他就好了。”

齐颜冷笑：“就怕他狗皮膏药一样缠着你，这样男生我见多了，不学无术，整天就琢磨吃喝玩乐。”

缩在角落里认真玩游戏的周海洋感觉被这句话冒犯，抬头和齐颜默契地对视一眼。经过两个月摩擦式相处，他们之间形成一种另类的心有灵犀：对方每句话每个动作都在有意无意挑衅自己。

齐颜怕他误会，解释说：“不是说你，刚才门外那几个小子，不知道哪班的。”

周海洋虽然看不到门外情况，但他离得近，早就听到声音：“高三（5）班的，那小子叫任皓，家里有两个臭钱，不是什么好东西。他要追唐薇？”

“好像是。”齐颜回答。

周海洋脸上难得看见笑容：“他叫我洋哥，我跟他说一声，他肯定不敢纠缠唐薇。”

齐颜一怔，暗想周海洋肯定不会有这么好心。

果然听周海洋补充说：“你是不是也叫我一声洋哥，以后我罩着你，二中没人敢惹你。”

齐颜看怪物一样盯着周海洋，周海洋被盯得后背发凉，问：“你这么看我干什么？”

“周海洋，我发现我认识你之后，智商直线下降。我感觉自己现在像个傻子。”齐颜表情严肃，煞有介事地胡说八道起来。

周海洋冷冷一笑：“怎么变这么谦虚了？傻子不至于，智商是有点低。”

“不谦虚，我就是个傻子，你看我眼神是不是充满愚蠢？”齐颜说着向周海洋靠近，瞪大眼睛指给他看。

周海洋感觉奇怪，但还是忍不住凑过去，毕竟听齐颜骂自己是傻子，他心里高兴得很。

易欣此刻还没回教室，两人相距不到一米，周海洋盯着齐颜眼睛仔细看，皱眉说：“看你眼睛，是不太聪明的样子。”

齐颜一笑，指着左右两个瞳孔：“你说对了，我一看你，眼睛里就写着‘愚蠢’两个字。你仔细看看，是不是，愚，蠢。”

周海洋看到齐颜瞳孔中的自己，转念琢磨过来，脸上表情顿时狰狞，指着齐颜正要说脏话，忽听斜后方的小窗口传来一阵敲击声，连忙身手敏捷地缩回墙角，像找到掩体躲藏起来的狙击手。

齐颜也吓出一身冷汗，条件反射般端起英语书，眼睛紧盯课本，连余光都不敢朝那扇恐怖的小窗瞄一眼。

窗外再没有任何动静，玻璃后面不是徐立鑫，也不是杜亚娟，而是

笑弯了腰的易欣。

看到齐颜和周海洋被整蛊的狼狈样，易欣原本想回班上自习，继续忽悠两人，就说刚才敲窗的是徐立鑫，可走到教室门口，又忽觉索然无味，从口袋里掏出钥匙，转身走向楼道拐角那扇通往天台的小门。

自从上次和齐颜在楼顶的天台险些被抓，她已经一个月没去那里发呆，月考成绩那么差，复读考学之路一片渺茫，想找个不开心的理由信手拈来，连情绪都不需要酝酿，别人的悲伤顶多逆流成河，她的简直蔓延成海，她感觉自己需要冷静冷静。

下课铃响，齐颜松一口气，正要去找程元熙问一道数学题。教室门忽然被人推开，那个叫任皓的男生探进半个身子，眯着小眼睛找人。

“齐颜出来一下。”

齐颜一惊，看架势还以为是徐立鑫，等看清那小子的脸，心底熄灭的怒火复燃，把试卷拍在桌上，猛地站起身。

唐薇急忙拽他的衣角：“你别出去，他们找你麻烦怎么办？”

齐颜按下她的手：“放心，这是学校，我出去看看他想干什么。”

他说着向门口走，苏岳和孙晓龙、徐云峰也站起来，要跟他一起出去，齐颜却挥手让他们坐下：“别大惊小怪，在班里等我。”

齐颜走出教室，看到楼梯拐角站着五个穿高三校服的男同学，是任皓他们，正用不屑的目光挑衅地看自己。

他右手揣进裤子口袋，单刀赴会走过去，准备以一敌五，他从小看武侠小说和电视剧长大，深知眼神和气势的重要性，所以气势这块绝不能落下风。

“你就是齐颜啊。”任皓靠在窗边，从上到下打量齐颜。

齐颜站在他们两米开外：“你听过我？”

“大名鼎鼎，当然听过。”任皓笑了笑，“复读班有个外地来的男生，踢球不错，篮球打得也挺好，人帅，学习不差，我们班女生说的，还说你是班主任外甥。”

齐颜抱着上战场的心态来谈判，没想到刚遇见敌军，就被对方用糖衣炮弹狂轰滥炸，不禁有些脸红。

“过奖了。你们找我干什么？”齐颜开门见山。

“你刚才摔我花，踩我信，这么快就忘了？”任皓脸色一沉。

“Sorry（对不起）。”齐颜冷笑着摊开手，“我就是想提醒你，唐薇是我妹妹，你别打她主意。我们班主任说了，不能谈恋爱，我不管你是哪班的，以后别来缠着她，很不礼貌。”

任皓和几个同学相顾一笑：“那是你们班主任说的，跟我有什么关系？再说唐薇根本不是你妹妹，你是不是管得有点宽？”

齐颜被这句话问住，自己的确不是唐薇哥哥，更不是男朋友也非亲非故，理论上的确没权限管一个十八九岁的女孩跟谁谈恋爱，但还是厚着脸皮煞有介事说：“我是高三（18）班纪律委员，维护班级秩序是我应该做的。你最好离唐薇远点，否则我现在就去找教导主任徐立鑫跟你谈谈。”

“哟，搬出徐主任吓唬我们？”任皓轻蔑一笑，“我高看你了。”

“那你想怎么办？”齐颜不耐烦。

任皓站直身体：“我们也不想惹事。这样，我们五班想跟你们十八班比一比，你们赢了，这事一笔勾销，如果你们输了，你班男生集体来我们班道歉，当然不包括洋哥。”

齐颜有些犹豫，班级之间约球约架的事他当初都经历过，现在想想只觉得幼稚，非但不能解决问题，反而会增加仇恨值，他不想因为这些琐事影响学习。

任皓却问：“不敢比？那就是认输了？”

“你先说比什么。”但齐颜更不想认输。

“我打听了，你班一共八个男生，还有几个书呆子，踢球打球连个队都凑不齐，我们班三十一个男生，比体育太欺负你们。”

“有道理。”齐颜点头，好汉不吃眼前亏。

“电竞怎么样？打游戏。”任皓一副胜券在握的表情。

此时学校里最流行的几类杂志就是电子竞技、数码产品、言情小说，复读班学习气氛也没传说中那样紧张，闲暇时间大家依旧会传阅这些课外书。齐颜买过两本电子竞技杂志，他本来就是游戏迷，只是复读后不再碰那东西。

任皓见他迟疑，继续问：“五个会打球的凑不出来，五个会用鼠标键盘的总有吧？就是五头猪坐在那里也能比画几下，我们班已经够让着你们了。”

齐颜见他们咄咄逼人，如果不答应，他们肯定还会来骚扰唐薇，自己和十八班也会被贴上“懦夫”的标签，那就真成赔了夫人又折兵。

“什么游戏？”齐颜认真起来。

任皓耸耸肩:“我班男生什么游戏都可以,选择权给你们,不欺负人。”

“我回班问问，放学前告诉你。”

第三节

事情谈妥，任皓他们转身下楼，刚到楼梯口，恰好遇到上楼的易欣，任皓急忙叫一声“欣姐”。

“来我班做什么？”易欣笑问。

“找你班同学打游戏。”任皓回答。

易欣朝走廊里面看，正好看到齐颜回教室：“找谁？齐颜？”

“嗯，他说等会儿下楼找我。”

易欣忽然来了兴致：“加我一个怎么样？我也会打游戏。”

任皓一脸为难：“欣姐你是女生，我们来找你班男生。”

“女生怎么了？嫌我不会打游戏？我从小就比男生会玩。”

易欣从楼顶放风归来，又在楼下小超市转一圈，吃了些零食，这两天她总是上课不能集中注意力，做题就打瞌睡，听到打游戏，迷迷糊糊的精神状态顿时振作起来。

任皓迟疑片刻：“这你问齐颜吧，你们班他说的算。”

易欣兴高采烈答应，正要回班，忽然转身问：“你们怎么不找周海洋？”

“这事跟洋哥没关系。”

易欣越听越觉得奇怪，看几人表情：“你们来欺负我班同学？”

“不是，就是切磋。”任皓尴尬一笑。

易欣也笑：“既然这样，我就更应该上场为我们十八班争光。比赛见，我可不会手软。”

易欣一路蹦蹦跳跳来到教室门口，先调整姿态，恢复端庄威严的大姐大形象，再面无表情推门走进教室。

教室后面，齐颜被苏岳和孙晓龙、徐云峰包围，唐薇也凑过来听几人商议，毕竟这件事因她而起，她不想置身事外。

易欣悄悄坐回座位，竖起耳朵在旁边窃听。

齐颜说出任皓约战的事，问苏岳他们意下如何，本以为他们会畏敌避战，这事也就不了了之，没想到苏岳和孙晓龙像打了鸡血，立刻答应，热情十分高涨。孙晓龙信誓旦旦：“那小子让你选游戏？打 CS（反恐精英），我跟苏岳在二中无敌，人称‘玄冥二老’。”

苏岳龇牙一笑：“这小子不是往枪口上撞吗？我跟龙哥以前可是咱们学校战队的，跟职业的比不了，打他们就是下雨天打孩子。”

“好，那就打这个。徐云峰你会不会玩？”齐颜问。

徐云峰挠挠脖子：“我跟他们玩过几次，看着晕。”

苏岳吐槽：“他 3D 眩晕，玩不了枪战。”

孙晓龙却说：“拉壮丁也给我上，要不然咱们人不够，有我们几个在，你就算闭着眼睛吐键盘上，咱们也能赢。”

唐薇在旁边劝说：“你们还是别打游戏了，上个月开会徐主任刚说过，不准学生去网吧，你们这是往枪口上撞，打打篮球多好。”

齐颜摇摇手指：“外行，打篮球更不行，我们几个加陆明宇，最多能凑五个人，对方换几个人就能把我们累垮。”

苏岳表示赞同：“对，理科班男生太多，比体育，我们白送，打 CS 应该是唯一能赢他们的。再说徐主任也就嘴上说说，再说周日下午放假，他可没那闲情去网吧抓人。”

“就这么定了，等会儿我去找那小子约时间地点。”齐颜信心满满，“还缺一个人。陆明宇不打游戏，时越和程元熙连网吧都没去过，我们不能耽误好孩子学习。”

“齐颜，我怎么样？”易欣终于抓到毛遂自荐的时机，站起身走到几人旁边。

趴在桌上睡觉的周海洋听到，诈尸一样坐起身：“你凑什么热闹？回来。”

“用你管？别人欺负咱们班同学，我当然要挺身而出。”易欣回怼周海洋一句，转身笑嘻嘻对齐颜说，“我也会打 CS，不就是用鼠标开枪嘛，我玩过。”

齐颜不失礼貌地冲她一笑：“你就算了，我们再找个男生。”

此时苏岳模仿起电影里的翻译腔：“一位伟人说过，战争让女人走开。”却见易欣脸色沉下来，他连忙改口，“欣姐，我们稳赢，让你一个女生参加，他们该笑咱们班连五个男生都凑不齐。”

“那怎么了？我就是要玩。”易欣抱住手臂，摆出不讲理的豪横神情，“我刚才在楼梯遇到任皓了，跟他说我要参加，我们复读班人少，大家都知道，不用遮遮掩掩。”

齐颜转脸看看角落里伏案睡觉的周海洋，依旧犹豫不决。他不想再因为易欣这根导火线引燃那个火药桶，如果再起冲突，徐主任能让他们打扫操场到高考结束。

易欣见齐颜犹豫不决就说：“你不用看他，和他又没关系。我就是要玩，我可告诉你们啊，不让我参加，我这就去找徐主任。”

齐颜别无他法，见周海洋没说什么，想必他拿易欣也没办法，应该是默许了，于是同意让易欣一起组队。

第二节自习下课，齐颜和孙晓龙来到高三（5）班，跟任皓约定明天下午去宁南市区中心一个网吧对战，任皓欣然答应，叫他们别爽约就行。

唐薇总感觉不妥，几次劝说齐颜别意气用事。可齐颜已经下了战书，自然没有临阵脱逃的打算，叫唐薇不必多虑，他们按约定打完三局游戏就离开网吧，速战速决，最多一个小时。

翌日中午放学，齐颜他们五个打车离开学校，直奔几公里外那家网吧，任皓打电话说已经订好十台机器，叫他们对号入座，稍等片刻。

五人在吧台领了卡，找到靠窗的五台机器，叫了十杯冷饮，开机后坐下等待。

齐颜打开游戏，随便和苏岳他们玩几局练手，太久没玩游戏，需要找找状态，二十分钟眨眼过去。

“他们怎么还不来？”齐颜起身看向对面。

周末是娱乐场所最火爆的时段，楼上楼下几百台机器陆续被人填满，可还是没看到任皓的身影。

易欣笨手笨脚操控屏幕里的人物，她根本不会玩这游戏，却装出一副老手模样：“他们会不会堵车了？我打电话问问。”

她吃着棒棒糖，一连拨了两次电话，任皓那边都是正在通话中。

“怎么不接啊？是不是故意挂我电话？”易欣吐出棒棒糖。

齐颜也觉得奇怪，站起身又坐下，靠在椅子上自顾自地说：“不对，这都放学半个多小时了，怎么还不来？”

苏岳皱眉：“我们是不是中计了？那小子为了报复，故意耍我们。”

“他敢！”易欣气鼓鼓地拿出手机，“我再给他打个电话，敢耍我们，我让他把键盘吃了。”

孙晓龙沉浸在游戏中，大大咧咧地说：“你们别太多疑，他们应该在路上，堵车了吧，等会儿就能到。骗我们对他有什么好处？”

齐颜心神不宁，恍然想起徐主任的确在一次课间操大会上提过不许去网吧的规定，他也跟小姨保证过，周日下午这半天假期不会去娱乐场所，今天虽然有特殊原因，可破戒就是破戒，如果被抓个现行就麻烦了。

徐云峰本就不想跟来，才打开游戏玩一局就觉得晕，这时抱怨：“他们会不会真把我们卖了？表面上约战，转眼去徐主任那里打小报告，故意给我们设局？”

孙晓龙一笑：“你谍战片看多了？看那小子就不太聪明，根本想不出这些花招。我可不信徐主任能晃着大肚子跑这里抓我们，除非他脑袋被驴踢了。”

孙晓龙坐在靠过道的一侧，刚说完这话，他感觉脖子后面一凉，有人用什么东西顶他一下。

他正陶醉于自己完美的操作，以为哪个熟人在和自己开玩笑，下意识地缩起脖子，头也不回地说：“谁啊？别闹别闹。”

他继续操控鼠标键盘，似乎把毕生精力都投入到方寸之间的屏幕上，全世界在这一刻都与他无关。他有网瘾，从高一到高三一直如此，只是复读后有所收敛。

齐颜和易欣他们却愣在座位上，八只小手悄然从鼠标键盘上滑落下来，仿佛被施了定身咒，都一脸不敢置信地看向孙晓龙身后，盯着那个拿扇子的男人。

“苏岳，齐颜，愣着干什么？打啊。”孙晓龙催促两位队友，战况如此紧张，见队友们集体走神，他一脸怨气。

“谁脑袋被驴踢了？”倏然间，一个冷森森的声音从背后传到耳朵

里，孙晓龙脖子又被顶一下。

孙晓龙激战正酣，来不及思考，漫不经心地回答：“你是不是聋？我说徐主任脑袋被驴踢了。不是我说你是谁啊？打扰我战斗，我这正忙着剿匪呢，有没有个眉眼高低？”

“咳咳！”齐颜学着QQ音效咳嗽两声，用眼神暗示孙晓龙。

孙晓龙这才延迟接到信号，手中疯狂起舞的键鼠忽然停下，感觉后背发凉。

“我再问一遍，谁，脑袋，被驴踢了？”

孙晓龙摘下耳麦，这才听清是谁的声音，吓得五官挪位几乎拧在一起。他哆哆嗦嗦地站起身，转过脸一看，果然是徐立鑫正拿扇子搭在他肩上，脸色难看得像刚出土的僵尸。

“徐……徐……徐主任。”孙晓龙语无伦次，心一下跳到嗓子眼儿。

徐立鑫两条旋风眉压得更低，目光从孙晓龙脸上挪开，看向齐颜他们，四个人也规规矩矩站起身，像雕塑似的硬挺挺的“一”字排开。

跟徐立鑫同行的还有一位教导处老师，网吧里其他宁南二中学生都把脸藏在屏幕后，或者躲进卫生间，生怕被两位老师认出来。

身为学校老师，徐立鑫没有影响网吧正常营业的权利，所以他目标很明确，就是抓齐颜他们五个。

“没想到我能挺着大肚子来这里找你们？出来。”徐立鑫用扇子敲打孙晓龙肩膀，转身朝门外走。

齐颜他们乖乖跟在两位老师身后。

来到网吧对面的广场上，在徐立鑫询问下，几人不敢隐瞒，如实说出和高三（5）班约战的前因后果，徐立鑫来之前就已掌握相关情况，念在他们没说谎，心中怒气消了一半。

“虽然你们是成年人，是复读班，但只要是宁南二中学生，就要遵守学校纪律。”

徐立鑫抖开扇子，在几人面前来回踱步：“学校三令五申，在校期间不能上网吧打游戏，周日这半天假期是让你们放松心情，不是让你们沉迷网络。”

齐颜见几人木头一样不说话，只好硬着头皮说：“徐主任，您说的我们都知道，我们平时也不来这种地方，这不是和五班……”

徐立鑫冷哼一声："争强好胜。打游戏这么积极，没见你们和其他班比用功学习。五班那几个人我会处理，但周末上网吧的你们也要严肃处理。"

易欣终于用力把眼眶憋红，委屈巴巴地看向徐立鑫，强行哽咽说："徐主任，我们班情况您不是不知道，这些天大家都很遵守纪律，偶尔犯一次错，还是五班挑衅，我们是被动迎战。"

苏岳一个机灵："对了徐主任，不会是五班那几个告的密吧？他们这是给我们下套。"

徐立鑫左手一磕扇子："不是他们，是谁你们不用管。你们几个本应严肃处理，但念在你们事出有因，认错态度较好，我网开一面。"

几人连忙感谢他开恩，却听徐立鑫又说："处罚可以免，但你们必须在全校师生面前做深刻检讨，表一表决心。明天课间操，你们五个人交份检讨上来，特别是孙晓龙你来朗读。"

"我？"孙晓龙一脸无辜。

"就是你，检讨不深刻，把家长找来，我好好跟他们谈谈。"

见徐立鑫用出"找家长"这个大招，五个人同时闭嘴，甘心接受惩罚。

第四节

第二天上午，天色有些阴沉。每周一课间操，学校领导都会进行训话，总结过去一星期学校里的大事小情，比如公布考试成绩，发放奖学金等等，当然也包括犯错同学登台朗读检讨，这是全校学生最喜闻乐见的保留环节。

徐立鑫强调完纪律问题，点名让齐颜、易欣他们登台，偌大的主席台上，五个人一字排开，孙晓龙站在中间，手中拿着检讨书，齐颜帮他润色过，总算达到能公开朗读的水准。

孙晓龙第一次当着几千人的面朗读著作，手脚都在发抖，声音也有些颤，以至于第一句话就因为紧张而破音，引得现场一片哄笑。

齐颜和易欣他们跟着丢脸，八只眼睛对视，只想原地爆炸，还能体面些。

"尊敬的各……各位领导，老师，各位同学，我是高三（18）班孙晓龙。身为复读班学生，本应为其他同学做出表率……在此请老师和同

学们能原谅我们，监督我们改正错误。谢谢。

“同时我还要向徐主任说声对不起，昨天我出言不逊，竟然说出您脑袋被驴踢了这样的蠢话，为此我辗转反侧，彻夜难眠，想起您为同学们操劳的身影，我心中无比懊悔，希望您大人不计小人过，能原谅……”

在一片压抑的嘲笑声中，徐立鑫突然觉得自己就是搬起石头砸脚的典型代表，急忙起身打断孙晓龙这番不合时宜的道歉，让几人下台归队，随即又重申纪律和学习上的问题，等上课铃响，这才散会。

回班的路上，齐颜责怪孙晓龙强行加戏，最后那段单独给徐立鑫道歉的话实属画蛇添足，只怕孙晓龙这次彻底被徐立鑫拉进黑名单，以后有好果子吃了。

中午放学，几人又被杜亚娟叫到办公室批评教育，纷纷做下再也不去网吧的保证，此事就算告一段落。

可易欣始终咽不下这口气，她发誓要弄个水落石出，找到究竟谁是向徐立鑫告密的人。

晚自习上课前，她把在篮球场傻玩的齐颜和孙晓龙揪出来，三人来到高三（5）班门口，易欣手插裤子口袋，点名叫任皓出来谈心。

齐颜原本不想陪易欣胡闹，过去的事已经过去，如果再违反纪律，他可真有卷铺盖离开学校的风险，可他也好奇事情原委，索性跟来凑个热闹。

来到走廊拐角，任皓一脸讪笑：“欣姐，你找我什么事？”

易欣严词厉色：“少跟我装蒜，是不是你告诉徐主任去抓我们？”

任皓急忙解释：“我哪有那个胆量？冤枉啊欣姐，我是真想跟你们班大战一场，我们稳赢，为什么不去？”

“稳赢个屁！”孙晓龙一肚子怒火，“你赶紧说实话，是不是你故意设局耍我们？”

“我对天发誓，真不是我打小报告，如果我说假话，我……明年我也复读。”任皓举起右手做发誓状。

易欣急忙按下他的手：“发的什么誓？瞧不起我们复读生啊？”

“不是那个意思欣姐。”

“不是你们打小报告，你们为什么临阵脱逃，没去网吧？”易欣问。

任皓见易欣刨根问底，只好叹口气说：“我跟你说实话吧，昨天中午我们在校门口刚要打车，我就接到一条短信，说徐主任要去网吧抓人，还不让我告诉你们。”

齐颜和易欣、孙晓龙面面相觑，不知道这话是真是假。

“什么人给你发短信？”齐颜忍不住问。

“是个陌生号，不认识。”任皓回答。

易欣盯着他眼睛寻找破绽，见任皓目光有一点闪躲：“不对，你知道那人是谁。弟弟你跟我说实话，是不是周海洋？”

听到“周海洋”的名字，齐颜和孙晓龙同时一惊，他们虽然猜想过这个可能，但也仅限于在心里想想。可易欣比他们都要了解周海洋，总感觉这事跟他脱不了关系。

任皓脸上写满无奈：“欣姐你就饶了我吧，短信我已经删了，谁发的我真不知道，能告诉你们的我都说了。”

易欣领会了他的弦外之音：“好，我信你，你回班吧，以后别再来我们班找麻烦就行。”

“谢谢欣姐。”任皓转身回班。

齐颜他们上楼朝十八班走，孙晓龙问：“易欣，难道真是周海洋？”

易欣脸色阴晴不定：“我也是猜的。是不是他，我不确定。”

齐颜凝眉思索：“易欣，你知道我为什么答应让你加入我们吗？”

易欣会心一笑：“因为周海洋啊，我不跟你们一起去，你怕他把打游戏的事告诉老师。”

“正因为这个，我猜未必是周海洋告诉的徐主任，他不可能连你都出卖。”齐颜说。

易欣冷笑：“那可不一定。谁知道你们两个没良心的是不是都把我当成工具人，一个拿我当矛，一个拿我当盾。”

孙晓龙越听越觉得有道理：“如果真是他，咱们班岂不是出了内鬼？自己班同学都卖。”

易欣抱起胳膊：“还没弄清楚，先别下定论，我今天晚上放学问问他。”

晚自习下课，很多学生家长开车来接孩子回家，其中有一辆宝蓝色

的豪华车格外醒目，明显比其他车高几个档次。

齐颜照常跟唐薇、时越、姜小余结伴，走到校门口。那辆车醒目的停在离校门不远的路边，吸引了很多目光，易欣和周海洋在众人关注下上车，开门那一刻，易欣回首看到人群中的齐颜，冲他眨眨眼睛，这才钻进车里。

“今天这么好，让我坐你的车。”周海洋靠在后座上，很放松地晃晃脖子。

易欣急忙提醒：“你轻点，别把车弄坏了。”

周海洋笑，端正坐姿：“我又不是绿巨人，你家这车塑料做的？你这车怎么和前几天又不一样？”

司机启动引擎，车缓缓驶出学校前面这条拥挤堵塞的街道，还没等易欣回答，戴眼镜的中年司机半开玩笑说：“前几天那辆车在维修保养，今天开辆新车接我们大小姐。”

易欣脸色微红，声音含含糊糊的算是回应了周海洋一声。

周海洋笑着说：“真羡慕你啊，这么好的车随便坐，我就那么一辆破摩托，徐主任说什么也不让我骑，管天管地，什么都管。”

“他也是为你好，就你骑车那疯样，简直是马路杀手。”易欣打趣缓解尴尬，话锋一转问，“对了，徐主任昨天去网吧抓我们，他说有人跟他打小报告，你知不知道是谁？”

周海洋一怔：“你们几个大声密谋一上午加一晚自习，黑板擦和垃圾桶都知道你们要去网吧打游戏，谁知道是谁告诉徐主任的？”

“你那么激动干什么？”易欣盯着他问，像在审讯嫌疑人。

周海洋身体向后缩，笑着问：“你不会怀疑我吧？”

“除了你，还有谁那么闲？”易欣加强语气，“周海洋，我再给你一次机会，不说实话就把你从车上推下去。三，二，一。”

周海洋几次否认，却架不住易欣威逼利诱，软磨硬泡，不耐烦之下只好说：“是我是我是我，满意了吧？”

“我满意个屁！果然是你这个坏家伙，你真想成全班公敌啊？”易欣质问。

周海洋辩解说：“我这也是为你们好，上网打游戏多耽误学习。”

“滚。具体交代，怎么回事？”

周海洋收起嘴角笑意：“我昨天中午给徐主任发了条短信，徐主任应该猜到是我，我也没想到他这么勤快，真去那么远抓你们，我看到他开车去网吧，就给任皓发短信，叫他们别去。”

“好啊，你个叛徒，你背叛十八班。”易欣咬牙切齿。

“什么十八班十九班，我就是单纯看齐颜那小子不爽。”周海洋不再狡辩，今天上午看到齐颜站在主席台上“示众”，他心里美滋滋，就差买鞭炮挂在学校门口庆祝。

“你看他不爽，你就把我也坑进去？”易欣抱怨。

周海洋讪笑：“谁让你跟他走那么近，我都提醒你了，可你不听啊，是你背叛我。”

“我背叛你？好啊！我要跟你一刀两断。这才开学两个月，就害我被当众批评，我复读可是要做好学生，都让你毁了。”

“哟哟哟，就你还好学生，脸不红吗？我倒数第一，你倒数第二，你是好学生，二中就我一个坏学生？”

周海洋正嘲笑得起劲，见易欣脸像涂了一层黄蜡般难看，连忙堆笑说：“好好好，你是好学生，整个二中就我一浑蛋，行了吧？”

“你知道就好。”易欣还没消气，“周海洋你多损，自己班同学都出卖，让大家知道，你还怎么在班里混？”

“我怕他们？”

“你是不怕他们，可你知道他们都把你当什么？当然也包括我，我们在班里就像两条浑身沾满脏东西的野狼，别人不敢靠近我们，一是因为怕，二是因为脏。”

周海洋用不可思议的眼神看易欣：“你什么时候当的哲学家？”

“我只是成长了，OK？”

周海洋付之一笑：“我知道你想做什么，你想融入他们，做个老师和同学都喜欢的好学生。但不是哥们儿浇你冷水，你跟我是做好学生的料吗？”

易欣据理力争：“怎么就不是？做好学生没你想的那么难，又不是叫你考名牌大学。”

“大道理漂亮话谁都会说。我也不跟你辩论，你先做给我看，让我相信你真能做到，我立刻向你学习。”

说到这里，两人同时停顿下来，默契地转过脸，各自看向窗外。

城市夜晚的霓虹在车窗两侧簌簌滑过，易欣打开窗，晚风吹乱发梢，她感觉此时的城市美好却又陌生，不像她曾经看过的任何一片天地。

片刻沉默过后，周海洋转回身："对不起，你以后如果真想做什么好学生，我不打扰你。"

"周海洋，我是那个意思吗？你是不是听不懂我说话？"易欣眼眶微红地盯着他，"你别再混了，混下去有什么意义啊？你今年二十岁，明年二十一岁，我们不可能永远这副德行，你问问你自己，你真想一直做那样的人？"

周海洋苦笑，扭过脸不去看易欣眼睛。听完易欣这番激动的话，他低下头，抿抿嘴唇："谁刚来复读的时候不想做好学生，考好大学，如果事情都像说的那么容易，天底下还有难事吗？"

易欣右手反托下巴，轻轻抽了下鼻子："我说你这么多，可我自己也没比你做得好，你倒数第一，我倒数第二，再这样下去，我真不知道我们复读这一年有什么意义。"

"我也不知道，但我知道你一定做得比我好。谢谢你易欣，全世界除了徐主任，你是唯一能跟我说这些的人。"周海洋展颜一笑。

易欣摇摇头："我也不知道怎么了，突然有这么多感慨。"

周海洋拍她的肩膀："你比以前懂事多了，可我还是那个我，讨人厌。走一步看一步吧，也许哪天我像你一样，突然就懂事了。"

"你爸明年就出来了？正好你考试。"易欣忽然说。

周海洋一怔，脸色微沉："你怎么还记得这事？别跟我提他，我没那个爸，等他回来，不管能不能考大学，我都会离开宁南，不会跟他住一起。"

周海洋的爸爸在监狱服刑，已经第九个年头。如果说周海洋是一条全身鳞甲的龙，这件事便是他唯一的逆鳞，摸不得说不得，如果不是易欣，恐怕他早就翻脸。

易欣不再多嘴，几分钟后，车停在一片老式住宅区墙外的街边。

周海洋提书包下车，易欣提醒他别忘了写作业，他满口答应，可作业是什么他压根不知道，书包里只有几本崭新的辅导书，为那几本小说做掩护。

他单肩背起书包。

夜已深，只有他孤零零的身影站在路灯下，看着那辆豪车远去的背影，他耸耸肩叹口气，吹起口哨走进门，融进夜色。

第七章 给我一首歌的时间

唱一首《七里香》给你，但愿你能明白所有
——伴着海浪声，干净的嗓音柔柔地抵在唐薇的心里

Z H I R E X I N G H O N G

第一节

“叔叔，刚才谢谢你。”易欣乖巧地蜷缩在角落，红着脸对司机说。

司机大叔笑着从后视镜瞄她一眼：“没关系，你经常租我店里的车，咱们也算熟人。”

车是易欣租来的，开车的司机大叔是店长，不是她家司机，这事周海洋不知情，所以易欣感谢司机大叔刚才帮她打圆场。

“你爸是不是叫易明诚？”司机大叔问。

“你认识我爸？”易欣心里一悬。她偶尔租车上下学这事，家里人不知道。

“做生意见过几面，你家以前有辆车就是我给卖出去的。”司机大叔很和善地说，“你家那个玩具厂是不是也倒闭了？”

“嗯，我爸妈卖房子卖车，还有酒店和商场，听说差不多还清债务了。”

易欣声音越来越低。她从小家境殷实，自去年破产后，她从娇生惯养的富家女，转眼变成一贫如洗的小太妹，巨大的物质和精神落差，让她感到难以适应，所以她才会借钱维系像从前一样大手大脚的形象，会来复读打算考个大学，也是因为她已经没办法继续啃老，劝周海洋不要再浪费青春混日子，也是她自己不想这么混下去了。

强烈的危机感让她时常恐慌焦虑，仿佛有一只手在推着她向前，她不得不仓促地学会长大，却又放不下面子去做一些满足虚荣心的傻事。

司机大叔叹口气："这两年生意都不好做，我认识几个老板都像你爸一样，说破产就破产。"

易欣答应一声，又含糊着说："叔叔，你如果见到我爸，千万别跟他说我租车的事。"

司机大叔会心一笑，又叹道："人都是由俭入奢易，由奢入俭难。叔叔理解你心情，但不建议你这么做。"

"我知道，但我就是……"

"放不下面子？"司机大叔一笑，"没什么不好意思说的，谁还没个虚荣心。有虚荣心也是好事，能督促你上进，但虚荣心太强影响到日常生活，那就得不偿失了。"

易欣连忙点头："我打算明年考上大学，去个没人认识我的地方读书，就不做这样的傻事了。我还打算勤工俭学，其实我挺能吃苦的。"

易欣说着从钱包里掏出三张一百元，交给司机大叔。司机大叔看了看，抽出两张："以后叔叔给你打个五折，你自己也控制一下频率，别因为这些开销给你父母增加负担。"

易欣从刚刚就憋着的泪水终于落下："谢谢叔叔，我听你的。"

下车走进一栋很普通的七层居民楼，踩着声控灯昏黄的光线，易欣气喘吁吁爬上五楼。从海边豪宅搬出来到这里住大半年，她始终对这里有很强的陌生感，不愿意称之为家。

敲开门，一个系围裙的漂亮女人把易欣迎进门，是易欣的妈妈徐慧。

两室一厅不到一百平方米，易欣住在向阳那间主卧，有个小阳台，这是她对这套房子唯一的欣慰之处。

房间里满是菜香，爸爸易明诚正从厨房出来，手里端两盘菜，摆在客厅的餐桌上，笑着问易欣："同学送你回来的？"

"坐公交车。"易欣无精打采，"大晚上，搞这么丰盛干什么？"

“这孩子，今天你妈过生日。”易明诚语气中没有半点责备，他知道易欣性格太粗野，连自己生日都需要别人提醒。

易欣态度端正一些：“妈，生日快乐。”

徐慧一笑：“怎么了，不高兴？”

易欣把书包放在沙发上：“我就是晚上不想吃太多，不消化。”

一家三口坐在桌边，没有蛋糕蜡烛那些形式上的东西，但看到爸爸妈妈脸上笑容，易欣沉闷的心情缓解许多。

都说贫贱夫妻百事哀，可易欣感觉这句话不适用于她家，易明诚做大老板时每天应酬不断，夫妻两个貌合神离，互相猜忌，不是在吵架，就是在酝酿下一次吵架。

易欣感觉自己十八岁之前都是在父母的争吵中度过，因此她预测父母总有一天会离婚。

可自从他们家破产后，爸爸妈妈就像变了两个人，易明诚不再有喝不完的酒局，徐慧也不再买各种用也用不完的化妆品、不再有发不完的牢骚，两人吵架频率从几天一次变成几个月一次，这一度让易欣改变了自己对婚姻状况的悲观看法。

破产让她失去了当千金小姐的资格，却让她拥有一个相对幸福的家庭。如果让易欣选择，她一时还真不知该选哪个。

“最近学习怎么样？”易明诚很少问，因为他知道女儿不喜欢听。

“挺好的，下次应该能进前三十名。”易欣安慰自己，说说谎，也为了让父母开心。

徐慧给她夹了一只鸡翅：“有进步就好，乖女儿明年一定能考上。”

易欣敷衍一笑，没好意思回答。

易明诚喝口酒：“咱们家现在条件虽然有限，但只要女儿你愿意上学，就是砸锅卖铁也要供你。”

易欣吃几口菜放下碗筷，说：“爸，你别这么说，你越这么说我越有压力。”

“好好好，你心里有谱就行。”易明诚也放下筷子，“今天还要跟你说个事。”

“什么？”

“我跟你妈想在你们学校旁边开个早餐店，今天刚选好店铺位置……”

易明诚还没说完，易欣连忙说：“为什么啊？宁南那么多学校，为什么要在二中旁边？”

徐慧说：“那里有合适的店铺出兑，正好还能照顾你上下学，管管你不爱吃早餐的习惯。”

“还有你那些同学，也能帮着照顾一下生意。”易明诚补充说。

“我没有什么同学能来照顾生意，你们换个地方开，哪里都行，就是别在二中。”一时易欣脸色比盘子里的可乐鸡翅还红，她家里破产这事，学校里应该还没人知道，她可不想被人戳穿落魄千金的身份。

易明诚蹙眉：“你这孩子怎么……就那么虚荣呢？”

“什么叫我虚荣？”易欣站起身，“好，我就是虚荣，我就是不想让别人知道你们现在不开工厂、酒店，去开一个小早餐店。”

“店铺已经谈好，定金明天就交，不能因为你想法就随便改。”易明诚语气严肃几分，“再说我跟你妈都不想那么多，你一个孩子怎么那么多顾虑？”

“我……”易欣语无伦次，想反抗，却又觉得自己不占理，“反正就是不行，你们就不能等我毕业再去二中开店？”

“你毕业上大学，我们不去赚钱，拿什么供你上学？”易明诚以前在公司说一不二，他做出的决定，当然不会轻易被易欣左右。

易欣见易明诚拍桌子，她也跟着拍一下：“不是你刚才说砸锅卖铁吗？你们非要在二中开店？好，那我明天就转学，考什么大学，不考了，我出去打工。”

“不考就不考！给我们考的？”

见父女俩争吵起来，徐慧连忙从中调解，可父女俩脾气一个比一个爆，都在气头上，谁也不肯听劝，一场原本温馨的晚宴不欢而散，易明诚坐在桌边喝闷酒，易欣拎着书包回卧室，摔门反锁。

时间已过晚上十一点，易欣坐在阳台边的写字台前，漫无目的地在辅导书上乱翻乱写，想到父母真在二中旁边开一个小早餐店，纸包不住火，如果让同学们知道，她在班里乃至全校就成了彻彻底底的笑话。

“他们真在二中开店，我明天就退学。”易欣用笔狠狠一戳书本，其他都好说，面子这东西她看得比什么都珍贵。

桌上手机振动起来，易欣拿起一看，是齐颜。

“喂，怎么给我打电话？”易欣调整心情。

“期中考试放假第二天我过生日，我爸妈过来看我，想请大家吃顿饭。”齐颜说。

“生日派对？”

“算是吧。到时候你能不能赏脸参加？什么都不用拿，人来就好。”齐颜急忙强调。

如果在半小时前，易欣肯定会欣然答应下来。可想想那个即将诞生的早餐店，她恍然间万念俱灰，却又不忍心一口回绝，想了想问：“都谁去啊？”

“我在宁南也不认识谁，就班里几个同学，唐薇、时越、苏岳他们，十个左右。”

“姜小余和陆明宇也去吧？还有你小姨，见到我跟你混在一起，她肯定介意。我还是不去破坏氛围了。”易欣随口找个理由。

电话那边齐颜顿了一下，他原本也不确定易欣是否会答应，只好说：“你想太多了。就是吃顿饭，大家热闹一下，其实……”

“其实什么？”易欣好奇。

“我挺希望你过来的，就是怕周海洋会介意。”齐颜直言不讳。

易欣忽然想起周海洋：“对了，我告诉你一件事，你不能和别人说。”

“好。”

“到徐主任那里告密的是周海洋，但我希望你别跟他计较了，他那人就像长不大的孩子，我拿他也没办法。”

听易欣苦口婆心的话，齐颜感觉像家长在替儿子请罪，笑了笑说：“我这人从来不记仇，隔天就忘，他以后不惹我就好。”

“我就知道你靠谱。”易欣暗自叹气，“你过生日还有一个多星期，我……考虑考虑，想好告诉你。”

“不急，你不用勉强，明天见。”

挂断电话，易欣心底像长了草，回想这两天的经历，心里越发憋闷，右手托腮杵在写字台上，盯着台灯下杂乱的书本试卷，写是写了不少，真正会的却没几道，她是狮子座，心底的小狮子发起怒，真想把它们统统摔在地上。

她转身用力躺倒在床上，望着天花板发呆："要不然我出去打工也好，反正学习也没进步，我就不是读书的材料，真不应该回来复读，浪费时间。

"不行，既然选择了，就不能半途而废。杜老师说得对，我有很大的提升空间，每科提高 25 分，就能比上次提高 100 分，努努力应该能做到。"

……

心中两个小人正打得难解难分，敲门声忽然响起，易欣弹簧一样坐起来。

"欣欣，开门。"是徐慧。

易欣慢悠悠打开门，徐慧端一盘水果进来，左手摸摸易欣气鼓鼓的脸："宝贝，还生气呢？"

易欣躲开那只手，板着脸坐回床上："拿回去，我不吃。"

徐慧把果盘放在写字台上："我跟你爸商量好了，店不在你们学校那边开，步行街和世贸商城那边有几个差不多的店铺，学生也不少。"

易欣两眼放光："真的？"

"高兴了？"徐慧脸色一沉。

易欣搂住徐慧，来了个熊抱："谢谢老妈，还有你老公。易老板为什么改主意？"

"除了你，还有谁能让他改主意？你呀，以后跟你爸说话别没大没小，他还不是为你好？去跟你爸道个歉，说两句他愿意听的。"徐慧督促。

易欣噘起嘴："好，保证把你老公易老板哄高兴。妈，过几天我同学过生日，我想送他一个礼物。"

"什么礼物？"徐慧警觉，毕竟易欣以前大手大脚惯了。

"我爸不是有一支钢笔嘛，我想……"

徐慧不等她说完，打断："你知道那钢笔多贵？"

"知道，可我爸也不用，放在那里干什么？"易欣知道易明诚抽屉里有一支万宝龙钢笔，猜齐颜会喜欢。

徐慧叹口气："什么同学啊？送那么好礼物？"

"一个写作很好的同学。我这些年上学也没去过几个生日宴，人家

好心邀请我，总不能拿不出手。”易欣眼巴巴看着徐慧。

“咱家现在什么条件啊，你还穷讲究？”徐慧埋怨，“男同学女同学？”

“男同学，我们就是普通同学。”易欣连忙解释。

“你问你爸，这事我做不了主。”

“问就问。”

易欣扭身朝卧室门走，刚到门口，易明诚推门进来，手中拿着一个很精致的钢笔盒，里面装的正是那支钢笔。

“自己找个礼盒打包好。”

“谢谢老爸。”易欣同样送上一个熊抱。

第二节

齐颜在宁南二中恍恍惚惚度过半个学期，期中考试结束，他在QQ签名上写下“1/4”的字样，算是给这段复读时光打上游标卡尺，对过去的半学期做一个小结。

在网站上连载的武侠小说时常断更，写了十几万字，成绩却平淡。原本他打算用这本小说自食其力，高考前赚足大学一年学费，可现实证明他想法过于乐观，他精力有限，在杜亚娟严格管控下，学习和写作不可兼得，只好暂时打消这个宏大计划。

11月11号，齐颜农历生日，父母从三千公里外的北方飞过来看他，宝贝儿子第一次离家这么远求学，虽然是在妹妹家，可两个月不见，他们还是非常想念。

傍晚，杜亚娟开车载着陈建军和姐姐一家，来到开学时宴请老师和学生的那家酒店，齐颜的生日宴就订在上次那个大包间。这是杜亚娟的意思，她怕外甥胡闹，和同学借过生日的名义去一些唱歌跳舞的场所放飞自我。在她理解中，生日宴当然是以吃饭为主，高考前，可不能让这群孩子“胡作非为”。

齐颜原本也没那么大玩心，能请到几个要好的同学赴宴，让父母看到自己在这里上学过得很开心，他就已经心满意足。他有时候真替小姨累得慌，不由得对表哥产生更大的同情。

晚上六点半，同学们陆续到场，最先进门的是苏岳和孙晓龙、徐云峰，他们就像三胞胎一样整天黏在一起，连礼物都是三合一，给齐颜买了一双篮球鞋。

齐颜叫他们谁也不必带礼物，可同学们自然不会空手来参加生日宴，陆明宇的棒球帽，程元熙的精装版《基度山伯爵》，时越的保温杯，还有姜小余的跌打药。

齐颜每次玩球回来，腿上总是青一块紫一块，姜小余几次建议他擦擦药膏，他却不以为意，所以姜小余才给他这个贴心的礼物。

唐薇打开书包，给齐颜准备了两件礼物，一本是从“时光号”就地取材的《鹿鼎记》，齐颜第一次去书屋买了武侠小说，她当然记得，还有一张装裱起来的油画，画的正是齐颜第一天来二中踢球的模样。

齐颜最喜欢的礼物自然是唐薇那幅画，但父母和小姨都在场，同学们也正围着那幅画起哄，他绝不敢表露半点私心，连忙抽身催促服务员及时上菜。

齐颜的爸爸齐宏毅和妈妈杜亚芹正跟小姨他们闲话家常，一边打听齐颜在学校的情况，一边和学生们谈几句，包间里热闹温馨，齐颜却想出来放放风。

他去卫生间洗了把脸，家人在场，他总觉得气氛局促，出来放放风自己也调整一下状态。

约莫到了上菜时间，他走出卫生间，看到包间门口有个穿校服的女生在徘徊，是易欣。

齐颜急忙迎上去：“怎么不进去？”

易欣听包间里一片热闹，还以为齐颜在里面，这时尴尬一笑：“我就不进去了吧。氛围破坏者。”

“来都来了，怎么就你不进去？座位安排好，你坐我旁边。”

“啊？我坐你旁边，可是杜老师……”易欣一脸为难。

“你把我小姨当洪水猛兽了？那你想挨着谁？”齐颜问。

易欣皱眉：“好像也只能坐你旁边。”

传菜的服务员把门打开，齐颜和易欣跟着走进门，看到易欣，其他同学都愣住，杜亚娟虽然也不知道她要来，但很快露出笑容：“易欣来了，快坐。”

“杜老师好，叔叔阿姨好。”易欣微微欠身打招呼，跟着齐颜入座。

唐薇坐在齐颜右手边，刚才还纳闷儿齐颜左边的座位给谁准备，见到易欣跟齐颜一起进来，竟然还穿着校服，她不禁扯了扯连衣裙裙摆，略显尴尬地冲易欣微笑。

姜小余坐在唐薇身旁，看到易欣，她不自觉地把椅子向外挪动几厘米，身体也藏在唐薇后面，低下头不敢朝那边看。

坐在易欣另一侧的是苏岳。苏岳是八面玲珑的话痨，这里除了齐颜，只有他能跟易欣说上几句话，所以齐颜才如此安排座位。

“欣姐，你拿礼物了吗？”苏岳问。

“拿了。”易欣从上衣口袋里掏出包装好的钢笔，冲苏岳晃了晃，转身送给齐颜，“钢笔，希望你以后写作越来越好。”

齐颜收下礼物，感谢易欣好意。所有邀请的人都已到场，菜也上齐，齐颜按照程序吹熄蛋糕上的十九根蜡烛，草草许下生日愿望，他从小就不喜欢这些形式上的东西，可每次过生日，老妈都要求他按步骤完成，所以他每年许下的生日愿望就是下次不要再当众吹蜡烛许愿。

在掌声喝彩中，许完愿望的齐颜刚坐下，对面齐宏毅却说：“齐颜，起来说两句。大家这么热情，你是主人，要有个样。”

齐颜只好站起身，庆幸这不是小时候，爸爸已经学会照顾自己的性格和情绪，没让自己当众表演“才艺”唱一首跳一曲，已经够开明。

“很高兴大家来给我过生日，还送了这么多礼物，感谢小姨和姨夫，我来宁南这两个月幸好有你们照顾，才能在二中好好读书，成绩也在上升。还有爸妈，你们从那么远飞过来看我，我肯定不辜负大家对我的期望，高考一定努力。”

易欣第一个鼓掌，同学们也都很热情地起哄喝彩。

在齐颜小时候，齐宏毅和杜亚芹忙于创业，用在儿子身上的精力有限，而齐颜那时聪明好学，小学初中高中的成绩也在班里数一数二，夫妻两个认定儿子考上好大学是水到渠成的事，根本不用像其他家长那样劳神操心，因为孩子争气。

哪想到高二下学期的齐颜成绩急转直下，竟然从拔尖的优等生变成辍学生，他们这才着急上火，好在亡羊补牢为时未晚，如今看来，把齐颜送到杜亚娟这里复读是个正确选择。

他们现在格外重视儿子的教育工作，生意再忙，也不远千里飞过来给齐颜过生日，看看他近况如何。

齐宏毅十分高兴，儿子说了很多贴心话自己听着也意犹未尽，想要让他多说两句，也练练口才。

杜亚娟急忙站起来替外甥解围："我来说两句。在座的孩子都是我班里学生，老师带你们两个多月，你们情况我基本都了解。齐颜是我外甥，但他和你们一样，都是我的学生，老师希望他能考个好成绩，同样也希望你们能考出好成绩。我就说这么多，现在你们不用把我当成老师，开开心心就好。"

等杜亚娟坐下，齐宏毅提起酒杯说："你们杜老师说得对，开开心心比什么都重要。看到齐颜能认识你们这么多朋友，我打心底高兴。我这个儿子啊什么都不像我，就人缘好和文采好这两点像我。在座同学只要有时间，等高考结束我请大家跟齐颜一起去旅游，去哪里你们说了算。"

包间里又是一阵欢呼。齐颜虽然很不喜欢爸爸一言堂的霸道总裁风格，时常替自己决定一些尴尬的事情，但看到同学们都很高兴，他也只好笑着答应。

他扭过脸跟唐薇相视一笑，唐薇悄悄说："你跟你爸有些时候可真像。"

齐颜不由得皱眉，余光瞟向对面正跟陆明宇不知说什么的齐宏毅，用充满质疑和否定的语气说："我跟他像？我爸就知道喝酒吹牛，也不知道我妈怎么会嫁给他。"

"儿子，跟同学说什么呢？"齐宏毅见齐颜和唐薇耳语，左右两边又都是漂亮女生，又自豪又担忧，自豪是因为儿子的社交能力，担忧自然是害怕齐颜谈恋爱耽误学习。

"没说什么……"齐颜有些心虚地笑了笑。

唐薇连忙说："叔叔，我说齐颜和您真像。"

齐宏毅笑容越发灿烂，不知怎的，他越看唐薇越顺眼，毕竟过完这个生日，齐颜就二十岁了，如果齐颜不是休学一年，现在读大学也该找女朋友了。

"我儿子怎么说？"齐宏毅没直接问齐颜。

唐薇看看齐颜："他说……他从小跟您就像，一直以您为榜样。"

齐宏毅笑得合不拢嘴，欣慰地看看齐颜，又看向唐薇他们：“可别拿我当榜样，我儿子的成就将来一定超过我。古话说青出于蓝胜于蓝，你们好好学习，将来只会比我们有出息。叔叔敬大家一杯，你们喝饮料就行，我祝你们前程似锦，都能出人头地。”

“谢谢叔叔。”

饭局上大家很开心，只是有杜亚娟在场，齐颜和同学们稍显矜持，谁也不敢提喝酒助兴的事，也不敢说班里那些八卦琐事，就这样一直吃到九点散场。

易欣席间接到周海洋电话，找她去酒吧参加另一场派对，她不想让周海洋知道自己来参加齐颜的生日宴，吃到一半就告辞离开。

齐颜征得爸爸和小姨同意，亲自把姜小余送回家，然后又跟唐薇一起送时越上楼。从时越家出来已经过了晚上十点，唐薇说这里距离“时光号”不远，叫齐颜早点回家休息，不必送她，齐颜却执意要送她。

第三节

两人走下长堤，漫步在海滩上，不约而同放慢脚步。月亮很小，藏在薄薄的云层后面，但风很大，吹散云层的遮掩，月光合着游乐场和高层建筑的灯光洒在在海面上，泛起明艳的涟漪。

见此景，齐颜提议：“我们把鞋脱了吧。”加之他每次来海边都想光脚踩在沙滩上，感觉和大海更亲近。

“风这么凉，你是楚狂人我可不是。”唐薇手搓胳膊摩擦取暖。虽然宁南的冬天不似北方那般模样，可十一月份的晚上海边也很凉，她穿长裙长袜才可抵御。

齐颜一笑，似乎才想起唐薇是个娇弱的女孩子，他向来粗心，连忙把外衣脱下披在唐薇肩上。

唐薇身体一暖，收下齐颜这片好意，却调侃说：“都知道关心别人了。过生日长一岁，还是有用。”

齐颜手揣进口袋：“多谢唐女士夸奖。”

“你爸妈对你可真好，这么远也来看你，陪你过生日。”唐薇突然冒出这么一句来。

“嗐，可别互相夸赞了，要不然我都不知道该怎么接了，你爸爸对你也很好。”齐颜稍显无奈地回赞回去。

“这可说不准，我爸昨天又跟我说出国的事，这也许就是他和那个女人认为对我好的方式。”

“你怎么想？”齐颜问。

唐薇扯了扯齐颜那件卫衣的衣袖：“跟你一样，我有自己的打算，我不想出国，我也不需要他们补偿什么，因为我根本不认为他们欠我什么。”

齐颜深表赞同：“我也这么想。父母从来不欠子女什么，但有时候他们的关心很大程度出于自我感动，我不否认有些的确是为我们好，但很多时候他们真不了解我们。”

唐薇会心一笑：“我一直以为我爸与众不同，可现在看来，大多数家长果然都一样，只是我们以前还小，有些小想法都在他们可控范围内，等我们长大，思想上和他们的冲突会越来越多。”

见气氛压抑下来，齐颜打趣说：“可怜天下父母心，但也可怜可怜孩子吧，瞧我们的小唐同学烦恼的样子。”

唐薇听见这话本不想与他争论，但想想还是不能这么轻易放过齐颜，默默向齐颜靠近两步，忽然伸手去抓。没想到齐颜早有防备，反应速度和爆发力根本不是唐薇能比，不等那只手抓过来，他已经跑出几米远，转过身对唐薇开启嘲讽模式。

“笨手笨脚，还想抓我？”

“齐颜，别让我抓到你，你站住！”

齐颜张牙舞爪朝海面的方向跑，唐薇不顾脚下越发湿润的泥沙，两只手紧裹卫衣，迈着小碎步在后面追，嘴里威胁齐颜赶快束手就擒，脸上却满是欢笑，海风凌乱了她柔顺的长发，如墨的发在风中肆意张扬。今天的唐薇特意没梳马尾，打扮得像个大人。

“齐颜别跑了，我脚疼。”唐薇忽然蹲下，揉着右脚脚踝，顺手捡起脚边一块卵石朝齐颜丢过去，“都怪你，大半夜让我跟你在海边疯跑。”

齐颜倒回原路：“真扭了？我看看。”

唐薇半蹲身子，探出那只脚，齐颜打开手机电筒，让她扶住自己肩膀，去照她手指的地方。

“这里？”齐颜用指尖轻轻戳一下唐薇脚踝外侧。

唐薇点头咬着嘴唇，的确崴得不轻。

“对不起啊，我帮你轻轻活动一下，我踢球经常扭到关节。”

齐颜让唐薇拿着手机电筒照明，他右手托起唐薇帆布鞋的鞋底，左手掐住脚踝，来回轻轻扭动几下，一边询问唐薇伤势如何。

“就是扭了一下，没关系。”唐薇感觉被齐颜握住的脚踝发热，心口也跟着不好意思地扑腾起来。

齐颜心中自责：“还好还好，不算严重。你回去用冰块敷一下，再用温水好好泡脚，如果有跌打药揉一下最好，明天休息一天，不会耽误开学。”

唐薇扶着齐颜肩膀站直身体，看向远处几百米外的“时光号”：“我回去按你说的做，你扶我回去吧。”

“我背你回去。”齐颜自告奋勇。

“背我？我还能走。”唐薇果断拒绝。

齐颜担心唐薇逞强，吓唬说：“刚扭伤的脚最好不要用力，我有一次踢球扭到脚，从球场走回家，整个脚变得跟个大紫薯一样，伤到筋骨要很久才能动。”

“这……让我爸看到不好吧？”唐薇犹豫。除了她爸唐煜，还没有另一个男人背过她，虽然齐颜还称不上男人，只是个大男孩。

齐颜一笑：“我是背你，又不是抱你。你把我衣服放中间，我们清清白白，你爸看到也不会说什么。”

唐薇那只脚落地发力就疼，见齐颜已经半蹲在身前，她不再推辞，把卫衣隔在两人中间，两只手臂轻轻撑着齐颜肩膀，齐颜则用手腕钩住她膝盖后面的腘窝，没怎么用力就把她背起来。

“你比我想的还轻。”齐颜边走边说。

唐薇心跳加速，连忙说：“那是，我可瘦了。”

怕齐颜听见自己如雷的心跳声，唐薇又说：“齐颜你唱歌好听吗？”

“好听啊。”

唐薇撇撇嘴：“不信。你唱一个。”

“今天我过生日，应该是你唱一个给我听。”

齐颜说着扭脸看她。

唐薇羞涩的笑容瞬间凝固，下意识向后缩了缩，齐颜也在一秒钟的停顿后转过脸，难得腼腆地咳嗽两声。

“你先补个生日歌给我。”齐颜打破尴尬的局面。

“那也行。”唐薇缓过神。

唐薇清清嗓子，嘴离齐颜耳朵近几分：“祝你生日快乐，祝你生日快乐……”

齐颜听唐薇唱出勉强没跑调的生日歌，嘴角忍不住上扬：“我就知道你会唱这个。”

“好听吗？”

“这是我听过最好听的生日歌。”齐颜夸赞道。

齐颜看向右手边浪潮起伏的海面，脚下不自觉跟着目光向那边走，同时放慢速度，这样就能更晚一点到达“时光号”。

“拿手的太多，我想一个。《七里香》喜欢听吗？”齐颜早就想好唱这首。

“你唱吧，我听着。”

齐颜发出两个怪声开嗓：“那在下就献丑了。窗外的麻雀，在电线杆上多嘴，你说这一句，很有夏天的感觉……我接着写，把永远爱你写进诗的结尾，你是我唯一想要的了解。”

一首歌娓娓道来，虽调子有些偏离，但胜在少年声音清澈，在海浪声伴奏下，不算婉转动听，却干净真诚。

唐薇安静听着，还没来得及酝酿什么情绪，脚下离“时光号”已经不到一百米。她拍拍齐颜肩膀：“放我下来，别让我爸看到。”

齐颜蹲下来，轻轻将唐薇放下，两只手搀扶她。唐薇用右脚尖点地，一瘸一拐走出沙滩，上了岸边水泥路，朝几十米外的“时光号”走去。

正在整理书架的唐煜看到齐颜搀扶女儿进门，连忙迎上去，唐薇没说自己是跟齐颜在海边嬉闹扭伤的脚，只说不小心踩到石头上。

唐煜听之信之，叫齐颜喝点水再走。齐颜看看时间太晚了，叫唐煜不必客气，自己改天再来，让他抓紧帮唐薇处理脚伤，便匆匆告辞离开。

齐宏毅夫妇在杜亚娟家附近的一家酒店下榻，齐颜直接来到酒店，跟爸妈打过招呼，闲聊几句，这才回到杜亚娟家。

同学们送的礼物都在他卧室，他一一拿出来摆弄，除了唐薇那幅画，

他最喜欢的果然是易欣的钢笔。他抽满墨水，在笔记本上把参加生日宴的同学名字都写下来，打算明天挨个问出他们生日，提前为他们精心准备礼物。

第八章 青春期的执念病症

当第一名的王冠跌落，名为青春期执念病症开始发作！

Z H I R E X I N G H O N G

第一节

第三天开学，唐薇因为脚伤请假，没来上学，时越也跟着请了一天假。

齐颜借苏岳手机，十分自责地给唐薇打个电话，询问情况。唐薇告诉齐颜不必挂念，她脚伤已好，只是行动稍有不便，要等明天才能完全恢复。

期中考试成绩还在统计中，但各科老师基本已经批完试卷。上午第一节数学课，数学老师抱着一摞试卷走进教室，满面春光，和上次月考发卷那堂课相比判若两人。

果然如齐颜所想，数学老师对他们大加赞赏，说全班平均成绩上升15分之多，上升幅度位列全校第一，数学平均成绩也在高三文科班排在第一，可见复读班学生有非常大的潜力。

“除了整体成绩，个人成绩也很让老师满意。”数学老师笑呵呵地说，“整个高三文科班的数学，排名年级第一和第二都在咱们班，还有第七第九也是咱们班同学。”

齐颜抑制不住地心跳加速，第一第二对他来说太难，但上个月他狂

补数学,自我感觉前十名有得一拼,盯着讲桌上厚厚一沓试卷,如饥似渴。

“老师，您就别打哑谜了，直接报我名就好，我不骄傲。”苏岳开个玩笑缓解紧张气氛。

数学老师在成绩单上瞄一眼：“苏岳，96 分，比上次提高 11 分，这次年级八十一名，稍微有点拖后腿，但有进步，继续努力。”

苏岳起身领回试卷，数学老师继续说：“年级第九名齐颜，127 分，比上次足足提高 24 分，掌声。”

齐颜数学从未考过这么好的成绩，在一片掌声中起身去接试卷，感觉脚下有些发飘。功夫不负苦心人，看来这话是真的，

“真的假的？齐颜，你数学这么好？”旁边易欣盯着齐颜试卷上醒目的“127”，眼中泛起艳羡的绿光。

齐颜冲她一笑，本想习惯性地吹两句牛，可看到角落里一脸不屑和憎恶的周海洋，话到嘴边又吞回去，暗想还是别轻易刺激他。

数学老师继续说：“提高 24 分是非常大的进步，但班里有几名同学进步更大，我尤其要表扬一下姜小余同学，从第一次月考的 53 分，到这次的 131 分，足足进步了七十多分，老师知道这里面有其他原因，但能考到年级第七的好成绩，这份精神值得我们为她鼓掌。”

教室里再次响起掌声。

姜小余红着脸起身拿回考卷，心跳得比耳边掌声还剧烈，等她提线木偶一样坐回座位，依旧觉得眼花耳热，激动得想哭。

齐颜手心已经拍红，边拍边对姜小余说：“小余，你数学考这么好，离年级前五的距离差不了多少了。”

姜小余腼腆地笑笑，没说什么，把喜悦藏在心底。听耳边渐渐弱下来的掌声，直到此刻她也不敢相信这是送给自己的，这是她第一次在复读班如此有存在感。

易欣用笔戳一下练习册，刚才为齐颜高兴的表情眨眼间消失不见，不耐烦地打个哈欠，嘀咕道：“有什么了不起！”

旁边在桌底看大书的周海洋听到，禁不住嘲笑一句：“别口是心非了，人家提高的分数比你考的都多，你跟我加起来都比不上。”

易欣斜睨他：“用你管，自己考那几分，还有脸说我？”

周海洋不跟她犟嘴，继续看玄幻小说，手上边看边比画，沉浸在幻

想世界中。数学考多少分对他而言没吸引力，他现在唯一期望的就是有一天能获得书中的金手指，进入玄幻世界，上演一出莫欺少年穷的好戏，让这些没见过世面的老师和同学看看，谁才是这个世界的主角。

“第一第二名成绩只差 1 分，而且都过了 140 分。”数学老师看着台下同学们好奇的眼神，似乎很享受自己营造出的紧张氛围，得意地看着成绩单，又瞄向同学们期盼的脸。

周海洋破罐子破摔，洒脱得像个方外之人，可坐在他正前方第一排的程元熙此刻却紧张得直打战。

如果班里只有一个成绩好的，那肯定是程元熙，他对自己有信心，因为他数学成绩在文科班独一档，可如今前两名都在复读班，而且只差一分，他压力瞬间爆表。

“老师，你就别逗我们了，第一肯定程元熙啊，你就说第二是谁吧。”孙晓龙很反感老师拿公布成绩这事卖关子。他成绩虽然一般，但每次发成绩同样提心吊胆，简直要对这个数学老师产生 PTSD（创伤后应激障碍）。

徐云峰说：“我猜第二时越，他数学真的超级好，问他什么都会。”

见学生们的情绪被酝酿到顶点，数学老师终于开始解谜，走下讲台说：“你们只猜对一半。第一第二是程元熙和时越，但名次要换一下，这次文科班数学第一名是时越。”

教室里一阵喧哗，作为文科班公认第一学霸，程元熙在同学们眼中简直是神一般的存在，上次月考他不但总分第一，各科成绩也是拔得头筹，怎么可能有人比他还多 1 分？

在灌满耳朵的议论声中，程元熙面无表情地坐在门边，他真想用棉花塞住耳孔，同学们的好奇和惊讶在他听来都成了嘲讽。

他不想输，任何一科成绩都不想输。回到宁南二中复读，他顶着亲朋好友给他的压力，顶着老师同学质疑的目光，只要不是第一名，对他而言就等于输。

程元熙正愣神，数学老师把考卷轻轻放在他桌上：“141 分，继续努力，这次卷子比较难，文科班只有你跟时越上了 140 分，他 142 分。这孩子能超过你也是真不容易，他卷子你也看看，等他来了你跟他交流一下。”

数学老师显然不懂程元熙此刻复杂的心境，用了足足一分钟夸赞时越，而且就站在程元熙身边。她叫学生们向时越学习，学校也准备把时越打造成自强不息、努力奋进的典型，让老师们多在各班宣传。

程元熙默不作声，听老师夸时越聪明努力，但他被愤怒和懊悔冲昏头脑，按照他现在的逻辑，这就是在变相说他不够聪明努力。

他把自己的试卷送进课桌，像在藏起什么肮脏可耻的东西，眼神盯着另一张试卷上时越规整的字体和醒目的“142”，他悄悄握紧拳头，恨不得立刻把它撕得粉碎。

时越的试卷不能撕，程元熙没这个权利和勇气，但他自己那张试卷再也不想多看一眼，因为在他眼中那张试卷上只写了满满几个字：挫败，耻辱。

“我怎么可能输给他？”

数学老师讲解考题，程元熙半个字没听进去，把自己那张试卷团起藏在口袋。等下课铃响，他如脱樊笼，第一个走出教室，脚步像风一样吹进卫生间。他走进最里间那个隔断，试卷被他青筋突起的手反复蹂躏撕扯，很快就成了碎屑，他厌恶地看着那团废纸，用力踩下冲水阀门，纸屑被旋转的水流冲进下水口，他激动的情绪才平稳一些。

程元熙两个姐姐当初在二中的成绩堪称一骑绝尘，可轮到他这里，大有宗门后继无人的架势，偶尔考个第一名能让他兴奋得睡不着觉，可跟他传说级别的姐姐比，他感觉自己就是个学渣。

他本打算在高考一鸣惊人，为自己正名，却因为压力过大导致发挥失常，连平时的成绩都没达到。

复读开学前一天，程元熙第一次跟齐颜见面时，齐颜问他为什么复读，他说自己想直接读大学，家里非让他复读，可实际情况恰恰相反，家里已经有两个顶尖的高才生，根本没人逼迫他必须拿出如何优秀的成绩，都同意他直接报考读大学，是他执意要回来复读。

他复读的原因有两个，一个自然是想考更好的大学，第二个则是为“第一名”的执念。从前他只能偶尔考第一，现在学过的东西再学一遍，他自信在二中文科班里，没有人比他更懂考试，他终于能像姐姐那样霸占第一的宝座。

直到今天，他视为冠军路上最大保障的数学成绩竟然被时越攻破，竞争的压力再次涌上心间，这让他仿佛回到曾经为成绩惶恐不安的高中三年。

他害怕竞争，又不得不去竞争。

程元熙呆呆凝视下水口出神，直到水波恢复平静，他这才灵魂归窍般打个寒战，用衣袖擦擦湿润的眼角，转身推门出去。

“程元熙，我正找你呢。”走到卫生间门口，齐颜刚好洗手出来。

程元熙急忙调整状态，生怕被齐颜看到发红的眼眶：“啊，找我干什么？”

齐颜手搭在他肩上：“想让你给我讲两道题，刚才老师讲的没太听懂。”

“好，自习课。”

齐颜听他说话有气无力，说：“考这么好，怎么见你无精打采的？这卷子太难了，文科班数学题有必要搞这么难？”

“是挺难的。”程元熙附和着笑。

“我能考 127 分，简直是奇迹，我都怀疑老师算错分数了，孙晓龙说是我妈给我批的卷。”齐颜忍不住自嘲，“你跟时越这么猛，过 140 分，比理科班学霸都强。”

程元熙随口答应，两人穿过走廊回到十八班，还没进门就听教室里面苏岳说：“看看人家时越这试卷，我要是批卷老师，就冲这工整程度，直接满分。”

孙晓龙说：“你说他们俩吃什么长大的？都用手答卷，怎么比我们多这么多分？”

徐云峰却说：“我看你字像画符一样，还以为你用脚写的。”

“去去去，就你写的好看？也就比我多 20 分，分分钟赶超。”

“你说时越怎么能比程元熙多 1 分？太强了。”苏岳问。

孙晓龙半开玩笑：“谁也不是常胜将军，只要不是满分，就有被超过的可能，我努努力。”

“你努力有个屁用，乘以二都没他多。”

……

教室里一片喧闹，齐颜看出程元熙脸色有些不对，先一步走进门，看到七八个同学正围在程元熙桌边，书生欣赏花魁一样盯着时越那张试卷品头论足。

齐颜连忙咳嗽一声，给几人眼神："散了散了，上课。"

孙晓龙不明所以，正要问齐颜发什么神经，转眼看到程元熙冷着脸走进教室，再不敏感的人也能读懂程元熙表情中的含义，顿时作鸟兽散。

"齐颜，这张试卷你拿回去给他。"程元熙指着时越的试卷说，不想碰一根手指，也不想再看到。

齐颜最会察言观色，答应一声，拿起试卷回到座位。

上午第四节是语文课，严粟公布了语文成绩，齐颜一如既往表现优秀，尤其作文满分，被严粟大加赞赏。

程元熙紧张得直搓手，有了时越的巨大威胁，他再也不像上次月考那般从容大度，木讷忐忑地坐在最前排，感觉身后所有目光都聚焦在自己身上，都在不怀好意地等着看自己笑话。

还好他的语文成绩比时越多 3 分，他不动声色地长舒一口气，仿佛脚已经踩到地雷引线，却没有引爆。

第二节

中午放学，齐颜和苏岳、孙晓龙、徐云峰吃完午饭，没有唐薇和时越在身边，他百无聊赖，正好跟三人混进男生宿舍，整个午休都用来闲谈，直到下午宿舍楼门打开，四人结伴回到班级。刚转过楼梯拐角，齐颜看到一个穿高二红色校服的女生站在教室门口，不等看到脸，他就猜到是关小雅。

"找你的。"苏岳朝齐颜努努嘴。

关小雅听到声音，转身看见齐颜，白净的脸露出灿烂笑容，手中拎着一个精致的礼品袋，还有一张折叠工整的报纸。

孙晓龙吹个口哨，故意逗她："美女，又来送报纸？以后找我就行，我是宣传委员。"

关小雅礼貌地冲三人笑了笑。

三人识趣地走进教室，只剩齐颜一个人在门外。

"新校报？"齐颜明知故问。

“嗯，这上面有你参赛那篇，我刚接到严老师消息，你是一等奖，校文学社还有两个二等奖，严老师和我是优秀组织奖。”

关小雅喜笑颜开，把那张校报递给齐颜。齐颜接过报纸展开，看到自己那篇文章在最醒目的版面，难掩欣喜之情。

“真的？”齐颜不敢相信自己能获奖。

关小雅笑靥如春，脸跟齐颜越靠越近，用更熟络的语气说：“当然是真的，证书和奖金下个月发来，听严老师说还会发表在省刊级别的杂志上，他可高兴了。”

“谢谢你。”齐颜写作上还没拿过什么正式奖项，更没上过刊物，这比考全班第一还令他兴奋。

关小雅替他高兴：“谢我干什么？是你写得好。严老师还让我邀请你，晚饭后有时间到文学社分享创作经验，不知道你……”

“当然可以，严老师说的我肯定去。”齐颜一口答应。

上课时间越来越近，同学们陆续走进教室，姜小余、易欣都从身边路过，齐颜感觉自己和关小雅这样堵在门口有些别扭，正要劝她先回去，她却扭捏着把香奈儿的礼品袋递到齐颜手边。

“你前天过生日，这是送你的生日礼物。”

“你怎么知道我生日？”齐颜没接那个礼品袋。

关小雅早已把齐颜的信息打听详细，礼物是她一个星期前订购的两瓶男士香水，叫齐颜务必收下。

齐颜看品牌和包装就知道这香水价格不菲，而且他知道唐薇和关小雅的关系后，就不想自己再掺和进她们之间的事情。

“你就收下吧，特意为你买的，男士香水，我拿回去也用不上。”关小雅一再央求，赖在门口不肯离开。

齐颜一脸为难，正想着如何推却，又听关小雅说：“你上次说了我们是朋友，我过些天过生日，你也送我礼物就好了。”

上课铃恰在这时响起，齐颜见关小雅一片诚挚，而且大有不收礼物不回班的气势，只好接过礼品袋，叫她抓紧回去上课。

齐颜跟关小雅说声拜拜，正要转身进教室，拐角处又走出两个人，竟是唐薇和时越。

唐薇和关小雅因为同母异父的微妙关系，见面时不免有些尴尬。她

们以前虽然也在学校里碰过面，但各走各的，向来没有交集，可自从齐颜来到二中，她们见面的频率明显增多，而且常常是狭路相逢，避都避不开。

两人目光在对方脸上停滞半秒钟，都面无表情，如同迎面撞见一团污染严重的空气，没像上次那样顶牛对峙起来，不做任何逗留地擦肩而过。

“齐颜，香水下面还有一盒巧克力，别忘了吃。”关小雅故意转身说一句，微笑着和齐颜挥挥手，这才下楼。

齐颜杵在门口似有若无答应一声，目光却一直在唐薇冷若冰霜的脸上。之前他答应过唐薇尽量不和关小雅来往，可关小雅总是“突然袭击”，这次还被唐薇抓个正着。

“你们不是请假明天上学吗？”齐颜脸上一阵僵笑，感觉有些心虚，语气也不自然。

唐薇没给他好脸色，路过他身旁进门：“打扰你吃巧克力了？”

齐颜尾随两人走进教室，把那张校报递到唐薇眼皮底下：“她是过来告诉我，上个月我投稿那篇文章获奖了，发表在校报上。”

“恭喜。你们合作愉快。”唐薇脚下不停。

齐颜见她不听自己解释，心急之下只好趴在她耳边轻声说：“征文的主题是朋友，我用的原型是你。不好意思，写之前没跟你打招呼，我也没想到能获奖。”

这句话总算引起唐薇关注，她定定地看齐颜一眼，伸手抓过报纸，坐回座位。

齐颜趁热打铁：“我跟她真不熟，严老师叫她来的，我接生日礼物，也单纯是上课了我们两个杵在门口不是个事儿。”

唐薇自然没那么小气，再说别人送齐颜礼物，她根本无权过问，见齐颜着急忙慌地跟自己解释，她心一软，不再板着脸：“你回座位上课，报纸我看看。”

齐颜松口气，转身绕过姜小余身后，回到自己座位，那个礼品袋不敢放进课桌，也不敢打开看，只好暂时放在座椅旁边。他也从来没有喷香水的习惯。

这节是英语课，杜亚娟姗姗来迟，想必是在整理成绩单，同学们纷纷讨论起分数，铃声响过多时，班里还是不能安静。

易欣拿起那个礼品袋，毫不客气地掏出里面的紫色礼盒，故意调侃："香水不错啊，还有巧克力，哇哦，齐颜学长，小学妹用心了。"

齐颜一把抢回礼品袋，朝易欣做个噤声的手势，压低声音说："下课再看。"

易欣见他紧张兮兮，禁不住抿嘴一笑，特意伸长脖子去看唐薇，见唐薇正在认真地看报，她晃晃手中的礼盒："叫你乱收礼物，现在知道怕了？"

"把东西给我，别拱火了。"齐颜伸手去拿礼盒。

易欣把礼盒给他，问："你和那个关小雅怎么认识的？"

"校报。"齐颜言简意赅，"你认识她？"

易欣耸耸肩："她家有钱，学习也不错。"

齐颜连忙转移话题："你同桌呢？"

易欣瞟一眼周海洋空空的座位："他啊，请假出去打游戏了。三天打鱼，三十天晒网，才复读两个月就暴露本性。"

"他这样混下去，复读有什么意义？"齐颜问。

易欣无奈一笑："谁知道呢？他没有心。要不然我们报仇？"

"报什么仇？"

"找徐主任把他抓回来，上次他打小报告抓我们。"易欣脸上露出坏笑。

齐颜一笑："我可没那么闲。再说他这是对自己不负责任，徐主任也管不了他。"

杜亚娟拿一摞试卷走进门，教室里瞬间安静下来，几十双眼睛盯着她手中的成绩单。

"陆明宇，发一下试卷。"

杜亚娟把英语考卷交给陆明宇，站在讲台上又打量一遍成绩单："这次成绩咱们复读班有很大提升，无论整体还是个人，都有非常大进步。成绩单放在这里，下课你们自己看，老师重点表扬几名同学，希望大家能以他们为榜样，下次争取更好的成绩。"

"第一，第一，第一……"程元熙笔直坐在椅子上，心中默默祈祷，嘴唇都快咬破。整个上午和中午他都在惦念排名的事，他无法想象自己

不是年级第一的场景，在杜亚娟即将宣布成绩这一刻，他心跳得厉害，嘴里莫名发苦。

“年级第一名，程元熙；年级第三名，时越；年级第八名，姜小余，年级第十九名，齐颜。年级前五十名，我们复读班有十二个，比上次稍有提高，再接再厉。前十名学校会在明天表彰大会上发奖状和奖学金，程元熙你写一篇发言稿，三百以内。”杜亚娟雷厉风行，毫不拖沓。

程元熙如释重负，乌云笼罩的心情刹那间放晴，脸上肌肉松弛下来，这才觉得发酸，笑着答应杜亚娟。

“我会找班里所有同学谈话，你们不用紧张，只是随便谈谈心。这节下课，易欣你来我办公室。好了，同学们把试卷打开，从第一道题开始讲。”

吃过晚饭，齐颜应邀来到办公楼内一间会议室，这里是校文学社的活动地点。

作为全校唯一一等奖获得者，还是持外卡参赛的选手，齐颜备受关注，在掌声中来参加征文写作分享会，可他却没有多少所谓的经验分享给学弟学妹，毕竟他写作全凭兴趣，只可意会，不可言传，能拿一等奖完全出乎他预料。轮到他发言时，场面一度陷入尴尬，好在会议由关小雅主持，关小雅屡次解围，他总算没丢光颜面。

散会时，几个高一高二的学妹围住齐颜，要他在最新一期校报上签名，还有个记者想约齐颜进行采访，在校园电视台播出。

齐颜回想刚才在分享会上的窘迫经历，果断谢绝采访，他可不想当着全校学生面再丢一次脸。

离开办公楼，回到教室，还有二十分钟上课，齐颜正大口喝着冰镇饮料，缓解刚才在文学社的窘迫。唐薇这时走进门，叫他去杜亚娟办公室。杜亚娟今天已经叫了七个学生进行一对一面谈，唐薇是第七个，齐颜是第八个。

齐颜只好折返回办公楼，来到杜亚娟办公室。晚课时间，非班主任的老师基本都已下班回家，偌大的办公室内只有杜亚娟一个人。

见齐颜进来，杜亚娟放下手中辅导书，叫他坐到对面椅子上。

齐颜越看那把椅子越像审讯椅，脸上笑嘻嘻，却不肯坐下：“小姨，你跟我客气什么，有话回家说就行。”

“坐，回家你是我外甥，在学校你是我学生，不一样。”杜亚娟不苟言笑。

齐颜只好规规矩矩地坐下，两手放在膝盖上，拘谨地问：“杜老师，有什么话您说。”

“来二中半个多学期，感觉如何？说真心话。”

“一个字，好。这是我爸我妈在我学业上做过最正确的决定。”齐颜竖起两根拇指，朝杜亚娟做个欢脱的表情。

杜亚娟点头：“你复读以来表现确实很好，除了有几次纪律问题，整体上还算及格。成绩上不用我多说，你以前底子好，只要继续努力保持年级前二十名以内，争取进前十名，考上好大学稳稳的。”

“稳，太稳了，一点悬念都没有，没有悬念就不刺激。”

“严肃点。”杜亚娟给他一个眼神，“我看你在班里人际关系不错，除了跟周海洋偶尔有些矛盾。”

齐颜听杜亚娟提起周海洋，顿时打起精神：“杜老师，咱们班要想取得更好的成绩，您必须好好管管那小子。”

“管好你自己，我自然会找他谈。”杜亚娟咳嗽一声，“你对班里女同学印象怎么样？”

“女同学？挺好的。”齐颜不明所以。

“具体说说。”

“具体……具体就是都挺好的。”齐颜皱眉琢磨，“小姨，你到底想问什么？”

“唐薇呢？”杜亚娟跷起二郎腿问：“我看你跟她关系挺好。”

齐颜这次终于反应过来：“你不会怀疑我跟唐薇……吧？”

“合理怀疑。”杜亚娟从桌上拿起一张报纸，正是印有齐颜那篇获奖文章的校报，“你放假经常去她家复习功课，午饭一起吃，值日在同一组，平时放学一起离校，前天生日宴你们坐在一起有说有笑，上次徐主任在网吧抓到你们，也是因为其他男生给唐薇写信，就连这次征文获奖，你文章里写的人物原型也是她，没错吧？”

听杜亚娟罗列出长长一串“罪状”，齐颜感觉百口莫辩，瞪大眼睛不知从哪条开始解释。

"你不用急着跟我解释，小姨是过来人，对你们的心思很理解，我以前带过一些学生，有些现象看一眼就能猜到大概。"杜亚娟胸有成竹，眼神盯得齐颜浑身不自在。

"小姨，你真误会了，我跟唐薇就是普通……"

杜亚娟摆手示意他不必激动："你跟唐薇都是好孩子，我个人很喜欢唐薇，所以我不会干涉你们自由，但也希望你们能保持克制，在高考前不要有超出同学关系的想法和行为，等高考结束，我支持你们的任何决定。"

齐颜无法形容此刻复杂的心情，即便他对唐薇真有那么一点点好感，可他们明明没谈恋爱，却被扣上早恋的帽子，他双手在脸上用力揉搓一下："什么跟什么啊？我们清清白白。你刚才也问唐薇这些了？"

杜亚娟一笑："你傻啊，当然不会。你不用觉得不好意思，你们已经成年了，等你毕业，我第一个赞成你们在一起，但现在绝对不行。以你现在的情况，谈恋爱是唯一可能影响成绩的因素，必须排除，杜绝。"

"小姨你放心，我现在只想考大学，谈恋爱，我暂时没兴趣。"齐颜郑重表态。

"这说的什么话？我信得过你。"杜亚娟微笑，"回去上自习吧，把姜小余叫来。"

第三节

姜小余第九个坐到杜亚娟面前那把椅子上，虽然她成绩进步很大但这次没能考进年级前五，她心中依然忐忑不安，以为杜亚娟会批评自己，还不等杜亚娟开口，眼眶便不自觉红了起来。

杜亚娟却没有半点批评她的意思，鼓励为主，安慰为辅，叫她保持这个学习状态，就算期末考试不能进年级前五，以她如此优秀的成绩，学校会酌情为她放宽条件，杜亚娟也会继续跟她父母做思想工作，保住她上学机会。

姜小余吃下这颗定心丸，学习态度变得更积极，恨不得每天有三十六小时，那样就能多出十二小时学习时间。

有人嫌二十四小时不够用，有人却觉得在教室多坐一分钟都是煎熬。

周海洋稳定发挥，依旧垫底，但这次他没交白卷，比月考多了 50 分，可总分还是没达到 300 分。

上午他被徐立鑫拎到办公室批评一顿，心里越想越不舒服，中午跑到杜亚娟那里请假，说要回家照看爷爷奶奶。杜亚娟知道他家中情况，有个卧病在床的奶奶，只好给他半天假期。

周海洋的爸爸坐牢后，他一直跟着爷爷奶奶过，两位老人都年近古稀，大大小小的毛病不少，尤其是奶奶这几年卧床，只能靠爷爷照顾，他偶尔也帮帮忙，做点力所能及的事情。

老两口都有退休金，这是他们现在唯一的经济来源，周海洋日常花销也在里面。他回家给奶奶煮完汤药，简单吃口饭，又从爷爷手里要来两百块钱，说是学校买辅导资料用，等出了门，他打车直奔网吧，打算在那里玩个通宵，第二天再回学校。

周海洋不在班里，易欣也消失不见。

第一节晚自习，齐颜见易欣座位空着，猜到她肯定又去了楼顶的秘密基地。还有两分钟下课，齐颜按捺不住走出班级，直奔六楼另一侧拐角。

通往天台那扇小门果然没锁，齐颜轻车熟路爬着梯子上去，等推开门，下课铃刚好响起。

正在楼顶望天的易欣听到动静，急忙转身看，见齐颜上来，她拍拍心口：“你吓我一跳。”

齐颜爬上去，笑着关好门：“又来看风景？”

易欣叹口气：“恭喜你啊，考那么好。”

齐颜走到她身边：“这么勉强？”

“本以为你跟我一样是学渣，哪想到是个隐藏学霸，我感觉我被全世界欺骗了。咱们班除了周海洋，只有我是学渣。”易欣蹲下来，后背靠在天台边的围墙上，有些凉，她却不在意，因为心里更凉。

齐颜也跟着蹲下：“我看了你分数，比上次提高了 30 分，很不错。”

“谢谢你安慰我，是我基础太差，提高空间大，30 分根本没什么用。你说我是不是太笨了？”易欣两手托腮，郁闷写在脸上每一根毛孔里。

齐颜坐下来靠在墙上：“有进步就好，这次 30 分，下次再提高 30 分，等到高考，说不定比我分数还高。”

易欣苦笑：“你以为堆积木呢？提高分数哪那么容易？”

“你还真说对了。学习和堆积木差不多，没有谁天生就能拿到最高那块积木，都是一块一块堆起来的，你只是基础打得比较晚，只要认真努力，肯定越来越高。”

易欣愁眉舒展：“大文豪，你可真会安慰人，这碗鸡汤把我喂得饱饱的。你来这里专门找我？”

“嗯，我就猜到你因为成绩心情不好，没必要，你现在挺上进的，有上进心比多考几十分更重要。”齐颜笑着看她。

易欣跟着笑起来：“你怎么突然变这么成熟？”

齐颜皱眉：“我一直这样啊。如果真变成熟了，应该是前几天过生日吧。对了，你送我那支笔特好用。”

“真的？”易欣眼睛瞪大一圈。

“真的，我用那支笔写字非常非常好看。”

易欣嘟起嘴：“你是夸笔好，还是夸自己字好？”

“都有。”齐颜嘴角一弯，“我决定以后考试用那支笔，语文和文综，最少能给我加 10 分。”

“加 10 分，也就是说又把我甩开 10 分？”易欣说到这里却释然一笑，“不管怎样，继续向前冲吧少年，把我这个学渣甩越远越好。”

“玩笑归玩笑，你千万别因为现在的成绩就灰心，离高考还有那么多天，每天多会一点，你一定行。”

看着齐颜清澈温暖的笑脸，易欣心底仿佛燃起一团火，驱散她灵魂深处积攒多时的那团晦暗。

齐颜伸出手，易欣会意，也伸出手跟他轻轻击掌：“好，我会加油的，谢谢你又来鼓励我。”

齐颜会心一笑：“回班吧，别浪费时间，多学一点多会一点。”

两人离开天台，锁上那扇小门，偷偷回到班级，秘密基地依旧没被外人发现，仍是属于他们两个人的秘密。

十一月下旬，宁南平均气温下降了小十度，但还是和寒冷不沾边。

齐颜第一次在如此温暖的南方过冬，和他老家那边大雪纷飞的场景相比，这里找不到半点冬的影子。

对于唐薇没见过下雪这件事，齐颜起初难以置信，后来一想她是个没去过北方的南方姑娘，没见过雪不算稀奇，毕竟全世界没见过雪的大有人在，因为不是任何地方都像他家乡那样四季分明。

齐颜几次犹豫，终于提出约唐薇寒假去他家那边旅游，正好看雪。他本以为唐薇会找个体面的理由拒绝，却没想到唐薇很爽快答应。

齐颜问她原因，她说自己很久就想去北方旅行，只是一直没机会，也没有具体计划。最主要是没人接待，她一个女生去人生地不熟的几千里外，唐煜也不放心，现在总算认识齐颜这个来自北方的朋友，而且她大学想考北京的艺术院校，考试就在冬末，也算提前适应一下气候环境。

齐颜自然十分高兴，承诺会用自己最高规格的礼遇接待唐薇，保证让她高高兴兴来，开开心心回，全程吃住都不用她操心，去不了吃亏，去不了上当。

这天正是周末，下午放假，齐颜和唐薇一行十几人来到宁南郊外敬老院做志愿者，这是学校组织的公益活动，主要工作就是打扫卫生。

齐颜和唐薇一边擦窗，一边商量旅行的具体环节。齐颜很兴奋地给唐薇介绍北方冬天的美景，怕介绍不够周到，唐薇会反悔。

姜小余这时走过来，说自己要回家给弟弟做饭，她爸妈都在菜市场那边忙，晚上只有他们姐弟在家吃，如果让弟弟饿到，她肯定吃不了兜着走，只能让两人代她跟杜亚娟请假。

离开敬老院，时间刚过下午三点，姜小余坐上公交车，戴上耳机听歌，一边看地理辅导书。她几科成绩最拖后腿的就是地理，看到时差、经纬度就感觉天旋地转。

她正对一张地形图看得入神，公交车一个颠簸，她把耳机重新戴好，扭脸向窗外看，看到街边一辆白色豪华轿车很漂亮，她见过这辆车，有几次在校门口停着接送易欣，这时车门打开走出一个穿校服的女生，果然是易欣。

轿车开走，易欣背书包左顾右盼，随即走进旁边一个小区大门，小区门牌上写着尚城嘉园，里面的楼房很普通，在宁南这个小城市也称不上高档。

“易欣家不是住海边别墅吗？怎么会来这里？”

姜小余一愣神，公交车在路边的站牌处停下。她稍做犹豫，起身从后门下车，心底不知被什么动力驱使，跟在易欣身后三十米左右，走进

那个小区。

姜小余不敢跟太近，前面的易欣果然警觉地回头张望两次，但她有些近视，一直戴隐形眼镜，没看到躲在绿化带中偷偷尾随的姜小余。

等易欣走进一栋楼门，姜小余加快脚步，悄悄跟进去。她心中敲鼓，忐忑又兴奋，直等易欣在五楼停下脚步，她听到声音连忙跟着停下，站在三楼楼梯屏息凝神听动静。

“妈，开门。”易欣边敲门边喊。

几秒钟后门打开，只听易欣的妈妈徐慧问：“放学半天了，怎么回来这么晚？”

“和几个同学吃饭去了。”易欣走进门换拖鞋，门却没立刻关上。

徐慧埋怨道：“又吃饭又聚餐，你这孩子整天就知道乱混，我和你爸一天赚这点钱都不够还债的，你看看你还大手大脚。”

“能不能少唠叨两句？我以前一个同学上大学回来，见面吃顿饭怎么了？又不花你的钱。”

易欣说着把门关上，屋里面再说什么，姜小余听不清，但刚刚听到这几句对话已经足够令她惊讶，惊讶中还带着几分惊喜。

易欣家里有玩具厂，有酒店和商场，是宁南二中家庭条件最好的学生之一，是个车接车送、奢侈阔绰的千金小姐，这是姜小余和所有二中学生对易欣的标签化印象。

然而这一刻，易欣在姜小余心中像一个玩具，当昂贵的标签被一一扯下来，那件玩具不再高不可攀，似乎从橱窗里精致的芭比娃娃，摇身一变成了地摊上粗糙廉价的普通娃娃，和她没什么区别。

可姜小余转念一想，区别还是有的，自己起码学习比她好很多。

“刚才那辆车不是她家的？她家也不住在海边别墅？玩具厂和酒店、商场难道也是假的？她根本不是什么大小姐，她是个骗子，骗了所有人的小太妹。”

意念及此，姜小余心中更兴奋，她大着胆子又向上爬两层楼，隐约猜到是左手边的501室是易欣家，她不敢靠近防盗门，站在楼梯上细听里面动静，果然听到易欣说话的声音，说什么她听不清，正要再靠近一点，门忽然被推开。

“去去去，下楼把垃圾丢了，买瓶醋再上来，要海鲜的。”徐慧催促易欣。

姜小余吓得连忙转身往楼下走，祈祷易欣没看到自己。她跑出楼门，躲进旁边另一个单元的门洞里，门是敞开的，她隔着玻璃紧盯外面，见易欣把垃圾袋丢进垃圾箱，不情不愿地走进小区门口一个小超市。

姜小余不再逗留，记下小区的名字，还有易欣家在七栋二单元501，等易欣买醋回来上楼后，她这才走出小区大门。

坐上公交车，姜小余再也无心去看什么地形图，而是一直琢磨刚才的所见所闻。就像解一道她很感兴趣的题，她想弄清楚答案，换句话说，她想揭穿易欣的谎言。

当初易欣给她贴上“贼”的标签，让她在学校里抬不起头，被百般霸凌，那么现在如果能奉还一个“骗子”标签给易欣，应该不算过分。

想到这里，姜小余握紧瘦弱的拳头，心情舒畅许多。

第九章 一个在南方，一个在北方

三只手握在阳光下，许下这个他们自己都不知道能不能达成的约定

Z H I R E X I N G H O N G

第一节

十二月中旬，唐薇参加了省内举行的美术生联考，一月下旬成绩出来，她不负众望，顺利通过，拿到第二年报考北京一所艺术院校的资格，初试和复试会在二三月份进行。

为庆祝唐薇联考通过，预祝接下来“进京赶考”顺利，在期末考试过后，放寒假第一天，齐颜执意请同学们聚餐，和上次生日宴的阵容比，这次少了易欣和程元熙，多了几个女生。

早在期末考试前，唐薇已经征得唐煜同意，确定在寒假跟齐颜去北方旅行。时越的父母虽然不放心儿子去那么远的陌生地方，但有唐薇跟在身边，齐颜又是个热心肠，而时越也难得有兴致出门旅行，他们思来想去只好同意。

齐颜原本也邀请了姜小余，可姜小余根本没勇气跟父母提如此奢侈的要求，她放寒假要在家里帮忙看店，照顾弟弟衣食住行，还要抓紧时间学习，只好承诺等高考结束再跟齐颜他们去毕业旅行，这次就算了。

2月2号，放假第三天，杜亚娟开车把三人送到几十公里外的机场，嘱咐齐颜好好照顾唐薇和时越。

杜亚娟夫妻俩今年也要带儿子陈扬回北方老家过年，但宁南这边还有一些事情处理，要等小年过后启程，所以没跟齐颜他们同行。

齐颜和唐薇、时越坐上飞机，五个小时的飞行旅程跨越南北，在机场降落时，天已入夜，外面正好飘起雪。

走下飞机，寒风凛冽，第一次看到下雪的唐薇和时越顿时不困了，一是因为兴奋，二是因为冷，零下二十几度，实在太冷了。

好在三人都提前穿好羽绒衣，齐颜看到两人哆哆嗦嗦的模样，忍不住笑，说明天要带他们去更冷的地方，越冷景色越美。

齐颜的爸爸齐宏毅亲自开车来到机场外，接三个孩子上了车。冰天雪地，豪华商务车在高速路上不敢快行，足足开两小时才到齐颜家所在的城市。

这座城市的规模比宁南大一些，位于长白山余脉，松花江从城中穿过，有山有水，四季分明，到了冬季就变成名副其实的冰雪世界。

齐颜家在这里有几套房产，现在一家人居住在市郊的别墅区内。齐宏毅和杜亚芹就齐颜这么一个独生子，盼星星盼月亮终于盼到儿子回家过年，夫妻俩喜悦溢于言表，对唐薇和时越这两位来自远方的小客人也十分热忱，生怕招待不周。

独栋别墅房间多，他们早就为唐薇和时越整理出两个卧室，第一天旅途劳顿，三个孩子吃过晚饭不久，各自回房间睡去。

当夜下了一场鹅毛大雪，翌日拂晓天色放晴，齐颜早早起来，唐薇和时越被他叫醒，三人洗漱后出门，来到半公里外的一所大学。寒假期间，学校内空荡荡不剩几个人，校内有一座小山，爬上去正好看到红彤彤的朝阳从东方升起，火红色阳光铺展在一尘不染的新雪上，美不胜收。

唐薇和时越被雪景折服，身体上的冷完全阻挡不住他们亲近大自然的童心，纷纷摘下手套，捧起地上比棉花还柔软洁白的雪，高兴得像孩子。

上午齐颜带他们来到江边。松江两岸栽植了很多柳树，大雪过后，江水潮气上涌，岸边的柳树被冰雪包裹，从树干到树枝，形成绝美的雾凇景观，在阳光下晶莹璀璨，完美诠释了“银装素裹”四个字。

齐颜说这叫寒江雪柳，是他家乡最著名的景观之一。唐薇不停地用

相机拍照，舍不得遗漏任何一帧美景，说回到宁南就把这些景物画下来，到时再送给齐颜一幅。

下午来到高山上的滑雪场，登高远望，这里能俯瞰整座城市和茫茫林海雪原，景色更是美不胜收。

第一次踩上滑雪板的唐薇像个蹒跚学步的孩子，只要齐颜不拉着她，她就会以各种奇奇怪怪的姿势摔倒，爬都爬不起来，逗得齐颜和时越前仰后合。

时越却很有滑雪天赋，不但平衡感极佳，有些动作要领更是一学就会，齐颜教他几次后，他玩一个小时便能独立滑行出很远距离，唐薇羡慕不已，一度怀疑自己是个笨蛋。

接下来几天里，堆雪人、打雪仗这样的传统项目必不可少。

齐颜让唐薇和时越闭上眼睛，说要给他们北方最高规格的欢迎仪式，两人天真地闭眼等候，齐颜却用堆雪人的雪锹铲起厚厚一堆雪，瀑布一样倒在两人头顶，两人差点当场冻成冰雕。

回过神的唐薇和时越奋起反击，把齐颜按倒在雪地上，发疯一样往他身上砸雪。齐颜嘴上喊着投降，手却一直在反抗，三人打成一团，直到累了才躺在雪地上，头对着头围成一个三角形，安静地看向纯澈的蔚蓝色天空。

正午的太阳照在身上，略微有些暖意，郊区空气格外新鲜，雪上也没有半点灰尘杂质。

齐颜搓搓手问："唐薇，你真不想出国？"

"怎么你也问这个？我都说了不想，一点也不想。"唐薇干脆地回答。

"如果你爸妈非要让你去呢？"

"我爸不会那样做，他顶多是听那个女人指使，做个传声筒。"唐薇举起双手，手指连成一个心形，圈住太阳，"我听我爸说上大学时那女人就有出国梦，可是条件不行，我可不会当她完成梦想的工具人，她不是还有个亲女儿么，让她亲女儿去吧。"

齐颜笑笑："有志气。你确定要考北京那所美术学院？"

唐薇笃定地答应，问："你怕我考不上？"

"说实话，有点。"齐颜直言不讳，"我听说美术生大多都要去北京集训，或者在本地找个画室，可你上学期留校学习，没去集训，离考试还有不到一个月，你真有把握？”

“五五开吧。我对专业课有信心，但第一次考，我也不知道结果会怎样。”

“尽力就好。如果万一考不上呢？”齐颜问。

“你咒我？”唐薇戳他肩膀一下。

齐颜一笑：“我当然希望你考上，可你自己都说了五五开。”

唐薇叹口气：“如果考不上那所美院，我就退而求其次，我文化课成绩不低，总会有学校要我。”

“所以我问你想不想出国，毕竟也是一条路，真想搞艺术，去外面深造也挺好。”齐颜说。

“我以后想做美术设计和漫画，归根结底靠自己努力和悟性，哪里读大学，在我看来没那么重要，当然能考上我想去的学校最好。”唐薇侧过脸看他，“别说我了，你呢？”

“我和你一样，在哪里读大学都可以，你如果能考上北京，我也努力去北京。”齐颜转过脸看她。

唐薇脸色微红，转头看向天空：“如果我考不上呢？”

齐颜不假思索：“那我也去其他城市。”

唐薇摇摇头：“你这叫意气用事，别人考大学都深思熟虑，你这么随便？”

“我目标就是中文系，学写作，全国有很多好的中文系，去哪里都一样。”齐颜说着转脸看向时越，“时越你呢？”

“我？”时越正在神游，他只喜欢安静地听两人谈话。

“你不是要考考古专业吗？想去哪个大学？”齐颜问。

“你们去哪里，我就去哪里。”时越说出几天以来最长的一句话，共十个字之多。

这正是齐颜想要的答案，他举起右手：“那我们就约定好，努力考上北京，如果考不上，我们就一起去其他城市。”

唐薇犹豫片刻，终于伸手搭在齐颜手边，时越跟着举起胳膊，三只手握在阳光下，许下这个他们自己都不知道能不能达成的约定。

齐宏毅和齐颜一起开车送唐薇、时越来到机场，短暂的旅行结束，两人要回到宁南过年。

这天是农历北方小年，杜亚娟一家三口坐下午的飞机抵达，齐颜和爸爸正好接他们回农村的外公家过年。

眨眼来到除夕夜，齐颜正和表哥以及另外几个亲戚家的兄弟姐妹打游戏看春晚，北方的农村夜里很冷，过年这天，就算城市里的店铺大多数也关门停业，所以基本没什么娱乐项目。

爆竹声从入夜开始，一直到后半夜结束。午夜吃饺子前，齐颜他们也把买来的烟花鞭炮摆在大院里，刚引燃，唐薇打电话过来给齐颜拜年，齐颜高兴至极，让她隔着听筒听院子里的爆竹声。

此时唐薇正坐在“时光号”的甲板上，海岸边游人如织，游乐场那边也在上演一场烟花秀，璀璨的烟花点亮夜空和海面，听筒中却传来几千公里外遥远北方的爆竹声，她心中莫名觉得感动，忽然对齐颜说自己来了灵感。

齐颜问她什么灵感，唐薇说想画一幅画，内容是天空中烟花绽放，左边是雪地，右边是大海，男孩站在雪地上，女孩站在大海边，抬头仰望同一片绚烂的天空。

齐颜问她能不能在天空中加一道彩虹，彩虹的一边是大海，另一边是雪原，这样男孩和女孩就可以来到彼此身边。

唐薇知道齐颜特别喜欢彩虹，一口答应，说画的名字就叫《一个在南方，一个在北方》。

齐颜想了想，一手捂住冻僵的耳朵，盯着半空中绽放的烟花说：“我想换个名字。”

“你想到好名字了？”唐薇问。

“叫星光遇彩虹怎么样？”

“好像还不错。”唐薇重复念一遍，“那就这么定了，等我画好发给你看。”

“你不用急着画，先备考，等你考完试再画就好。”

“好，那开学见。”

“开学见。”

春节过后，短暂的寒假假期也到了尾声。元宵节前五天，齐颜跟小姨一家启程，坐飞机回到宁南，还有三天就要开学，而开学那天距离高考正好一百天。

齐颜读书以来第一次如此盼望开学，他想见到姜小余，惦记她期末考试能不能进年级前五名，想见到时越，问问他有没有信心争取第一名，甚至想见到易欣，问她假期是否在复习功课。

当然他最想见到的人是唐薇，然而唐薇此刻却身在北京，明天就要参加美术学院的校考初试。

齐颜对此颇为牵挂，希望唐薇能顺利通过考试，这样他和时越就能全力向北京的高校冲刺，完成三人许下的愿望。

第二节

期末考试的成绩没有立刻公布，吊着所有人胃口。杜亚娟说学校决定在某天举行隆重的颁奖仪式，那时再公布高三学生成绩。

但杜亚娟特例开了个小灶，告诉姜小余，她期末考试进了年级前五名，至于是第几名，暂时保密。

姜小余欣喜若狂，偷偷跟齐颜说了这个秘密。齐颜为她高兴，又抱怨说小姨连自己的成绩都三缄其口，怎么问都不肯说。

课间，同学们问起期末考试成绩，杜亚娟和所有任课老师统一口径，说这是学校下达的指令，先不公布高三成绩是为了让考生们暂时忘记自己之前的成绩，重新站回同一起跑线，学习好的同学不要沾沾自喜，成绩差的同学也不会被以前的分数打击信心。

齐颜原本也不是很在乎期末成绩，他这人喜欢向前看，在他心中，下一次成绩远比上一次更有吸引力。

齐颜如愿以偿办理了住校手续，杜亚娟言出必行，同意让他住进学生宿舍，但也附带两个严格条件，只要有一次违反宿舍纪律，或者成绩有所下降，就要他立刻搬出宿舍，继续走读。

晚饭时间，杜亚娟亲自送齐颜来到507宿舍，苏岳和孙晓龙、徐云峰帮他搬运行李，像迎娶“压寨夫人”那样热情。

把齐颜送进宿舍这一刻，杜亚娟恍然有些后悔，可“嫁出去”的外甥泼出去的水，她也没有理由立刻“悔婚”，只能再次语重心长地嘱咐齐颜和三个学生好好学习，不要浪费时间胡闹，否则她绝不手软。

把杜亚娟送出宿舍楼，齐颜躺在孙晓龙床上高呼“自由万岁”。

苏岳却说：“你可真是怪人，别人都想走读，就你拼命想住校，还自由？你这是自投罗网。”

孙晓龙坐在窗边的椅子上，一边转笔一边调侃：“人各有志，《围城》看过吗？那句话怎么说来着，里面的人想出去，外面的人想进来。看你那没文化的样儿，肯定没看过。”

苏岳斜睨他：“就你有文化，整本书就记这一句吧？”

齐颜坐起身：“你还别说，用这句话形容我齐某人此刻万分激动的心情，正合适。”

“你为什么不想住杜老师家里？”徐云峰问，“她管你太严？”

齐颜打个哈欠，诉苦说：“上学被她管，放学还要被她管，在学校有一点小错误，就要被她追着数落几顿饭。上学期我感觉每天二十四小时都被她看着，压抑、窒息。”

齐颜握紧拳头，脸上做出可怜兮兮的表情，重复说一声“自由万岁”。

苏岳笑着说：“你就是身在福中不知福，咱班多少人想要这样的待遇，老师家孩子没有几个成绩差的，生在罗马。”

齐颜付之一笑：“别说生在罗马，就是生在宇宙中心，我也不想再住那里。上学期饱经摧残，这学期再住我小姨家，我这棵祖国即将盛放的花朵肯定凋零。”

孙晓龙凑过来，趴在齐颜身边问：“齐少侠，在你凋零之前，能不能帮兄弟一个忙？”

“什么忙？”齐颜问。

孙晓龙讪讪一笑：“我有一哥们儿，上大学了，今天过来看我，非要跟我打打台球上上网，不服我，我打算好好修理他一顿。”

齐颜瞬间明白过来：“你晚上出去野，让我帮你替寝？”

“这不刚开学嘛，第一天没关系，再说你刚住进来，楼下老杨不知道你，你就屈尊在我床上躺一晚，就这一次。”孙晓龙信誓旦旦。

“不行，有第一次就有第二次，我小姨刚说过，只要有一次违反纪律，立刻把我揪回去住，你这不是害我吗？”齐颜一口回绝。

苏岳在旁边说风凉话：“孙晓龙网瘾又犯了，你就是不答应他，他也会想方设法逃出去。上学期逃寝三次，差点被老杨抓到。”

老杨是学校宿舍楼主任，统管男女生宿舍，人称“诸葛神侯”，手下有看管宿舍的“四大名捕”，几乎每晚都会查寝。

“吉人自有天相。”孙晓龙自夸，“齐颜，你就帮兄弟一次，开学第一天，老杨他们不会查寝，尤其不会查复读班。”

“你怎么知道？万一呢？”齐颜一脸不情愿。

孙晓龙一笑：“我从高一逃到高四，有经验。老杨万一来查寝，你就躺着不露脸，举个手应付过去。”

“你说得简单，他推门进来怎么办？”齐颜只想劝他打消这危险的想法。

孙晓龙有恃无恐地从口袋里掏出一张请假条：“哥们儿有这东西，如果他进来突击，给他就行。”

苏岳接过请假条，在灯光下仔细看了看：“还有杜老师签字，你找杜老师请假了？”

孙晓龙神色得意：“上次请假，复印了几张，把日期改了，那复印店老板手艺好，以假乱真。”

齐颜越听越不对劲：“你这要是被抓到，那可是罪上加罪，逃寝，让我替寝，伪造假条，你想被开除啊？”

“你放心，咱们是复读班，学校睁一只眼闭一只眼，一百天高考了，谁管咱们干什么啊？老杨上学期都没进来几次，就算百分之一概率让他抓到，你们就把请假条给他，他看着差不多就算了。”

齐颜虽然不情愿，但架不住孙晓龙软磨硬泡，而且就算他不答应，也阻止不了孙晓龙旺盛的玩心。孙晓龙说什么今夜都要逃出去，只能祈祷不被查寝的老杨抓到。

晚自习下课，孙晓龙混在走读生的人群中，出了学校直接打车去见朋友。

齐颜跟苏岳、徐云峰回到宿舍，平生第一次住校，齐颜新鲜感爆棚，端着水盆跟两人来到水房洗漱。

徐云峰向齐颜请教几道数学题，苏岳也装模作样地在旁边背起英语单词，抽空给孙晓龙致电，孙晓龙那边正跟朋友激战，叫他们帮忙应付查寝，早上回去给他们带早餐。

宿舍楼十一点半拉闸熄灯，齐颜把自己的行李重新打包，堆到墙角，钻进孙晓龙被窝里，被褥是新的，他将就睡一晚在孙晓龙的床位上。

“老杨什么时候查寝？”齐颜做贼心虚。

徐云峰说：“等会儿就上来。他通常拿手电筒在门外，不一定抽查哪个房间。”

“我怎么感觉有点悬啊？”齐颜紧紧被角遮住脸。

苏岳连忙说：“别多想，老杨眼神不怎么好，真叫孙晓龙名字，你就举起手，稍微抬起脸跟他打个招呼，他基本不进来。”

正说着，外面传来清脆的脚步声，皮鞋踏在地板砖上，在深夜显得格外响亮，前一秒还能听到有说话声的走廊转瞬安静下来。

“老杨来了。”徐云峰小声提醒。

齐颜和苏岳闭上嘴，屏息凝神听外面动静。

“开门。”

长长的走廊内，老杨从西走到东，一连叫开四个宿舍抽查，没发现猫腻，脚步终于停到 507 门前。

门中间有个小窗，这已经是宁南二中特色，和教室后门的窗一样，学校规定不能用任何东西遮挡。

老杨是个五十几岁的干瘦男人，平时板着一张脸，不怒自威，学生们都把他和徐立鑫相提并论，因为只有他们两人在一起谈话时，彼此脸上才会有惺惺相惜的笑容，因此称他们是大理寺御卿二使。

老杨阴沉的脸贴在小窗上，更显得阴沉诡异，漆黑的宿舍内只有他手中晃动的光线，先是在苏岳脸上照照，又去照徐云峰，最后落到里面孙晓龙的床铺上。

齐颜不敢动，缩在被窝里屏息凝神，等待老杨把手电挪开。

“坐起来，我看看。”老杨招呼。

齐颜心弦一颤，暗想这老杨可真够敏锐，他本想装睡敷衍过去，可老杨又重复一遍，他知道躲不开，只好用手半遮着脸坐起来。

手电光照在齐颜脸上，齐颜睁不开眼睛，祈祷老杨眼花没看清。果然，老杨把手电放下，说了声“睡吧”，转身走开。

三人同时松一口气，正要悄悄庆祝，忽然听到敲门声，老杨的手电很粗鲁地打进来：“开门，开门。”

苏岳只好起身开门，齐颜躺在被窝里不敢动，老杨走进来，打开灯，再次叫齐颜坐起来。

“杨老师好。”齐颜脸上露出复杂的笑容。

老杨盯着齐颜打量：“你们宿舍今天又住进一个人，现在一共四个人，对不对？”

“对……吧？”苏岳含糊着回答。

老杨瞄他一眼，又看向齐颜：“你叫齐颜，杜老师跟我打过招呼。507 现在四个人，另一个叫孙晓龙对不对？复读班的。”

三人沉默不语。

“人呢？”老杨刨根问底。

苏岳从抽屉里拿出那张请假条，有气无力地说：“杨老师，孙晓龙请假了。”

“请假了？为什么现在才拿出请假条？”

老杨拿过请假条仔细看，他管理宿舍十几年，经验丰富至极，请假条是真是假，他火眼金睛，像老收藏家鉴宝，几乎不会走眼，加上齐颜他们行为和表情怪异，他断定几人没说实话。

“我再给你们一次机会，请假条是不是伪造的？孙晓龙是不是逃寝了？”

见老杨不依不饶，苏岳眼疾手快，急忙从老杨手中抢过那张请假条，伪造请假条的虽然是孙晓龙，可把请假条交给老杨的是他，如果学校追究起来，他肯定会被当成从犯。

“孙晓龙没请假，不知道他从哪里搞的假条。”苏岳说话间把那张请假条当着老杨的面撕掉。

老杨见苏岳知错能改，不再追究，但学生逃寝是他的底线，他必须要管。

“你们打电话把他叫回来，一个小时内让他到我办公室，这事还有商量，要不然明天叫你们班主任杜老师来处理。”

老杨转身出门，走到门口停下脚步，补充说：“叫他走南门，跟门卫说一声，别跳墙啊，敢跳墙罪加一等。”

苏岳只好再次致电孙晓龙。午夜时分，激战正酣的孙晓龙吓得魂不附体，连忙跟朋友告别，苦大仇深地打车回到学校，半小时后来到老杨在宿舍一楼的办公室。

老杨见他回来得还算及时，认错态度较好，先叫他回宿舍睡觉，明

天转交徐立鑫处理。

第三节

第二天早晨，507 宿舍全员到齐，一字排开站在徐立鑫办公桌前。老杨已经把昨晚孙晓龙逃寝的事告知徐立鑫，徐立鑫在二中纪律方面是一把抓，如何处罚逃寝学生也是他说了算。

“行啊，开学第一天，高考倒计时一百天，有组织有预谋逃寝出去打游戏。听杨老师说，你们还敢伪造请假条？”徐立鑫摇着扇子问。

“徐主任，我知道错了。”

罪魁祸首孙晓龙第一个开口认错，齐颜他们三个连忙跟进，落到徐立鑫手里，顶撞狡辩只会自讨苦吃。

徐立鑫猛一敲桌面：“这话我听你们说过几次了？每次都知道错，知道有什么用？知道下次还敢犯？”

四个人吓得一哆嗦，徐主任终于还是爆发了。

“黑板上那么大个倒计时看不到吗？昨天是‘100’，今天就是‘99’。孙晓龙你这三个月不碰游戏不行吗？是地球不转了还是月球不见了？”

徐立鑫越说越气，一顿他那个大号保温杯：“你要是真想玩，克制不住网瘾，我让你们杜老师给你批发一本请假条，什么时候想出去你就撕一张，玩够再回来，我看看你高考能考几分。”

“徐主任，我真知道错了。我再也不敢逃寝了。”孙晓龙继续认㞞。

徐立鑫瞪他一眼，又看向齐颜他们：“还有你们几个，你们十八班一共八个男生，五个不听话，怎么，是自我感觉复读班翅膀硬，还是我徐立鑫脾气太好，让你们拿捏了？”

“不是。”

“别人高中读三年，你们读四年，浪费青春很光荣是吗？周海洋我就不说了，他破罐子破摔，你们能跟他比吗？齐颜，说说你，第一天住校是不是？”徐立鑫质问。

“嗯。”

“杜老师让你住校，应该是出于对你的信任吧，你上学期成绩不错，是个好苗子，可你就是这样回报杜老师？刚住进来就帮同学打掩护，欺骗管理人员，接下来你还不把宿舍拆了啊？”

“徐主任，我下次……不对，是肯定不会再有下次。”

齐颜刚说完，孙晓龙连忙说：“您要惩罚就罚我一个人，是我非要出去玩，他们也没办法。”

徐立鑫挑眉看他：“你还挺讲义气。去年上台读检讨是不是因为去网吧打游戏？说我脑袋被驴踢了，也是你对不对？”

孙晓龙一脸难为情：“您还记得这事呢？”

徐立鑫皮笑肉不笑：“学生对我的评价，我怎么敢忘？学校对你们复读生管理已经够宽松，这也是出于对你们的信任，有过一次高考失败的经历，你们还想经历第二次？”

“不想。”几人异口同声。

“我大可不必批评你们，三个月后你们离开学校，大多数人这辈子都不会再见一面，我何苦得罪你们？以后让你们在背后骂我？你们能考什么成绩跟我也没关系，我该拿工资拿工资，该当主任当主任。”

徐立鑫平复一下情绪：“复读生，成年人了，经历一次高考挫折，应该比以前懂事很多，我不愿意多说你们。尊重都是互相的，我希望你们也尊重一下老师的付出，尊重你们自己去年的选择，三年半的高中都读下来了，人的青春很宝贵，有几个四年能让你们挥霍？高考前这几个月就不能努力为将来拼一把？非要下次高考再后悔一次？”

办公室内一阵沉默，齐颜鼻尖一酸：“徐主任，您想怎么惩罚就说吧，我们一定改。”

“惩罚永远不是我想对你们做的，我想让你们认识到错误，改正错误。”徐立鑫喝口茶，“你们如果真是不懂事的孩子，我何必跟你们浪费口舌，直接找你们杜老师，叫杜老师找你们家长，多方便。你们看看周海洋，我找他谈多少次，他改吗？我都懒得再说他。我就是知道你们比他有上进心，所以还愿意批评你们。”

他叹口气，把几张稿纸送到桌边：“这件事我暂时不会告诉杜老师，你们各写一份保证书，高考前不去网吧，不打游戏，不违反宿舍纪律，能不能做到？”

“能。”几人同时答应。

“好，写完签名按上指纹，在上面加一句话，如果违反保证书上任

何一条，自动退学回家，当然高考可以参加，看你们自己选择。”

四个人按徐立鑫要求写好保证书，早自习下课再次来到办公室，徐立鑫把四张保证书锁进抽屉，说高考过后返校拿报考资料时还给他们，到时让他们看看成绩是否对得起这份承诺。

3月10号，参加完复试的唐薇飞回宁南，第二天回到班级上课。齐颜问唐薇考得如何，唐薇说还可以，但能不能通过她也没把握。正如齐颜那天所说，真正的尖子生几乎都在考前半年内参加画室集训，主要内容就是应对考试，像她这样自学成才的野路子，能被名校录取的概率相当低。

下午放学，齐颜骑车送唐薇回家，唐薇要拿几本辅导资料，专业课考试已经结束，成绩如何全看天意，接下来三个月，她终于可以把全部精力投入到文化课学习中。

下午刚下过一场雨，海边公路上风有些凉，唐薇原本要打车，齐颜却非要骑车送她。

暮雨初晴，一道彩虹若隐若现在灰白色的鳞云间闪耀。看到彩虹，齐颜忽然想起除夕夜两人约定的那幅画，问唐薇是不是忘了。唐薇说功课比较忙，不想随便浪费这么好的创意，需要些时间打磨，大概高考后能拿给齐颜看。

海港边的小路上，离“时光号”还有几百米远，一辆亚蓝色敞篷轿车从他们身边呼啸驶过，停在身前十几米，几乎拦住整条路。

齐颜见情况不对，捏闸刹车，唐薇也从后架下来，看向那辆跑车上的四个人，她一眼认出开车的年轻人叫关喆，下意识地扯扯齐颜的衣角。

四个人开门下车，都是二十岁出头的年轻人，穿着很时尚，尤其那个叫关喆的，染黄发，打耳洞，戴着白金项链，傲慢地盯着齐颜和唐薇打量。

齐颜右脚点地，用同样冷漠的目光盯着他们看。唐薇趴在他耳边轻声说：“关小雅的哥哥。”

齐颜顿时明白过来，心中有了底。他跟关小雅之间任何事都没有，别说哥哥，就是关小雅爸爸来找他，他也问心无愧。

“你叫齐颜？”关喆来到齐颜面前，一副趾高气扬的神态。

齐颜微微点头，懒得说话。四个人气势虽强，他却一点也不怵，此刻他只想保护唐薇，但凡这几个人敢碰到唐薇一点，他肯定不会让对方占到便宜。

“我告诉你，你离我妹妹远点。”关喆努了努嘴，这句话充满敌意。

齐颜不甘示弱：“你妹妹是谁啊？”

“别给我装蒜。我警告你，你已经影响我妹妹学习，离关小雅远点，我是她哥。”关喆怒气更盛，手指几乎顶在齐颜鼻子上。

齐颜怒火上来，一把推开他手指：“我不管你是谁的哥，你说话客气点。我跟关小雅什么关系都没有，你妹妹学习怎么样，我管不着，也不想管。”

唐薇拉住齐颜手臂，不想让他继续跟对方拱火。他人单势孤，如果对方不讲道理，冲突起来肯定会吃亏。

“我跟你好好说话你不听，你是不是欠教育？”关喆揪住齐颜的衣领。

齐颜推开山地车，反手推关喆肩膀一下。

旁边三个人立刻围上来，要对齐颜动粗。

唐薇急忙挡在齐颜身边，拿出手机说：“我告诉你们，你们敢打人，我这就报警！”

关喆冷眼看唐薇：“这是不是你出的主意？你用他报复我妹妹？”

唐薇气得想笑：“我跟你们家半点关系都没有，你是不是电视剧看多了？”

“一点关系都没有，曲艳萍要花钱供你去国外读书？你以后是不是还想分我们家财产？”关喆揪住齐颜衣领不放，一边对唐薇大喊。

齐颜忍无可忍，宁可挨打也不想让对方羞辱唐薇，正要挥拳打向关喆的脸，身后一辆车停下来，车上走下一个女人，是唐薇和关小雅的妈妈曲艳萍。

“都住手，别打架！”

曲艳萍摔门下车，穿着高跟鞋小跑来到几人身旁，拉开关喆拽齐颜衣领的手，齐颜手也被唐薇按住，母女俩总算合力阻止了这场冲突。

关喆虽然不喜欢曲艳萍，但曲艳萍在关家有很高的话语权，他爸对这个后妈言听计从，以至于他从小对女强人曲艳萍心存畏惧。

“我是为你女儿好，你看看关小雅日记里都写了些什么？她喜欢这小子，影响学习，我当哥的帮她怎么了？”关喆和关小雅一起长大，对同父异母的妹妹感情很深，他前些天无意间看到关小雅在日记本上写满齐颜的名字，便猜到妹妹的心思，而且最近成绩的确下降了很多，这才找到齐颜。

“我知道你是为她好，但你这么做帮不到小雅，只能惹麻烦。”曲艳萍对关喆说。

关喆还想辩解，曲艳萍加强语气：“开着你的车赶紧离开，别等我把这些告诉你爸。小雅的事情我会处理，不用你添乱。”

关喆无奈地摊开手：“你最好能处理明白，要不然我不会放过这小子。”

关喆说着和三个伙伴上车，踩油门离开前，他转身朝齐颜威胁地比了比手势，齐颜正想回敬一个同样的手势，却被唐薇拉住胳膊。

等那辆跑车驶远，天色已经半暗，曲艳萍的车灯照在三人身上，光线把气氛烘托得很古怪。

唐薇不想对曲艳萍说谢谢，半个字也不想说，这时扶起山地车交给齐颜，催促他继续向“时光号”走。

齐颜出于礼貌，说了声“谢谢阿姨”。

“没关系，关喆那孩子性格有些暴躁，你们别怪他。”曲艳萍放下那辆车不管，跟两人一起向前走。

唐薇转身看她一眼，停下脚步：“曲艳萍，你是不是已经跟我爸离婚了？”

曲艳萍愣住：“薇薇，我……”

“有什么话，我们今天说清楚。”唐薇郑重其事转身看向她，“既然已经离婚十八年，你和我爸半点关系都没有，能不能不要再来纠缠他？这样对你现在的家庭也是不负责任。”

“薇薇你误会了，我找你爸是为了……”

“为了商量送我出国的事？”唐薇想到这个更烦，“我现在已经满十八岁，你没有义务再抚养我，也无权决定我以后的选择，我跟你没有任何关系，我有自己的打算，我不稀罕你给的东西。”

齐颜从未见一向温柔的唐薇如此激动，伸手去拉她，想让她冷静下来，可手指刚摸到衣袖就被她甩开。

曲艳萍看着眼圈发红的唐薇，深知母女间破裂十八年的感情，不是靠她一厢情愿的补偿就能弥合，只好叹口气说："对不起薇薇，是我没考虑你感受，以为出国学习你会喜欢。我再也不勉强你做不喜欢的……"

"对不起，曲艳萍女士，请管好你女儿关小雅，还有那个不懂礼貌的儿子，也管好你自己，别再来打扰我和我同学，别再打扰我爸，你的前夫不用你操心。"

唐薇说着拉起齐颜，齐颜像个傀儡，跟在她身旁加快脚步，推着山地车走向"时光号"。

曲艳萍目送女儿远去，心中打翻调味盘，各种情绪堆叠在一起，让她心乱如麻。她有两个亲生女儿，关小雅陪在她身旁长大，可她对唐薇的感情一点也不比对关小雅的少，反而因为愧疚会更加偏爱唐薇一点，还有一个原因，她觉得唐薇更像年轻时的她。

回到"时光号"，唐薇没跟唐煜说刚才发生的事，上甲板拿了辅导资料，便和齐颜离开港口，远远看到曲艳萍那辆车还在刚才的地点亮着灯，他们只好选另一条路回学校。

第四节

第二天上课，齐颜还在为昨天关喆找他麻烦的事耿耿于怀，坐在座位上摩拳擦掌，发誓如果下次那黄毛小子还敢来找碴儿，他肯定要给点颜色瞧瞧。

上午第三节下课，齐颜正趴在桌子上打瞌睡，苏岳和孙晓龙从外面回来，说门外有人找齐颜，又是文学社那个美女来送校报。

齐颜顿时清醒过来，起身朝教室外面走。无论出于唐薇的感受，还是昨天关喆的无礼，他今天都要跟关小雅划清界限，这次他必须拿出态度。

教室门外的走廊拐角，关小雅两只手拿一张报纸，脸色略显焦急。见齐颜出来，她急忙向前迎出两步，可看到齐颜脸上凝重的表情，不禁心弦乱颤。

"对不起，我不知道我哥昨天去找你，他没跟你打架吧？"关小雅嗫嚅着问。

看到关小雅着急解释的神情，齐颜无奈地叹气，这些和她也没什么关系，但这次该说的不该说的他决定都一次性讲清楚。

“你哥说你喜欢我，是吗？”齐颜不想绕弯子。

关小雅脸一红，想否认，却没说出口，低下头算是默认。

齐颜叹口气：“今天我想跟你说清楚。你才高二，要好好学习。我不喜欢你，我也不想在高中交女朋友，还有三个月我就要高考，我们都别再打扰对方了。”

虽然关小雅没有任何一句表白，但齐颜依旧铁下心肠要说出这些拒绝的话，自作多情也好，被关小雅记恨也好，快刀斩乱麻才能防止以后发生更多的不愉快。

关小雅低着头，轻轻揉搓校报的页边角，眼眶不觉间红了起来，眼神里满是失落和哀怨。等她终于鼓足勇气去看齐颜的脸，嘴唇忍不住颤抖，眼角泪水瞬间滑落。第一次被男生拒绝，从未经历什么挫折的关小雅感觉被世界无情地扇了一巴掌，却根本不知道怎样反击。

旁边几个同学路过，好奇的目光看向他们。关小雅感觉被齐颜撕裂的伤口又被别人撒上辛辣的调料，手中校报落在地上，慌忙转身朝楼梯下面跑。

齐颜彻底慌了，他的本意不是惹一个喜欢自己的女孩哭，也不是让她被打量感到难堪，急忙追下楼，可上课铃响起，身边都是上楼回班的同学，其中还有唐薇和姜小余，更可怕的是这节英语课，他追关小雅这一幕恰巧也被上楼的杜亚娟看到。

“干什么去？怎么了？”杜亚娟站在五楼和六楼交界，向下看看擦着眼泪下楼的关小雅，向上看看一脸惊慌的外甥，表情越发严肃。

齐颜无奈地停下脚步，唐薇和姜小余继续上楼，周围同学们也陆续回到班级，楼道里只剩下杜亚娟和齐颜。

“跟我过来。”杜亚娟转身朝四楼和五楼的楼梯交界走，齐颜只好跟她来到窗边。

杜亚娟压低声音质问：“怎么回事？你这又弄什么幺蛾子？”

“小姨不是你想的那样，我就是……”齐颜支支吾吾，几句话把女孩子弄哭，他实在难以启齿。

“说清楚。”杜亚娟抱起手臂，再次摆出审讯的姿态。

齐颜只好简单几句话把关小雅跟他相识的经历，以及昨天关喆找他麻烦的事情如实说出：“小姨你相信我，我刚才就是告诉她好好学习，我马上高考了，她还是高二，我不想耽误自己也不想耽误她，可她……我也不知道该怎么办。”

见齐颜一脸懊悔和焦急，杜亚娟说：“希望你没骗我。你可真不让我省心。”

“我也不想啊小姨，我明明什么都没做，现在倒好，弄得我里外不是人。”

听齐颜抱怨，杜亚娟用手戳他肩膀：“这事你不要再瞎管了，她几班？我找她老师谈谈。”

“高二（11）班。小姨你可千万悠着点。”齐颜此时依旧想亲自过去道歉。

“就你事多，回班上课去，我比你有经验。”杜亚娟把辅导书和试卷交给齐颜，“你没说谎就好。既然她家长知道这事，那也好办，我找她们班老师，叫她家长过来好好开解一下她，你以后别跟她见面。再有一次这事，你高考前一分零花钱也别想拿到。”

“放心小姨，我这边保证按你说的做。”

杜亚娟见齐颜积极配合，不再多虑，叫齐颜回班给同学们发试卷做题，她转身下楼，直奔高二（11）班。

中午曲艳萍来到学校，杜亚娟和高二（11）班的班主任对关小雅做了半小时思想工作，关小雅原本就是乖乖女，品学兼优，平时很听曲艳萍的话，这次她也积极承认错误，保证不再去找齐颜。

杜亚娟把谈话内容转告齐颜，齐颜长舒一口气，庆幸自己是个坚守原则的人，他的原则就是：谈恋爱只会影响我答卷的速度。

来到周末，齐颜骑车回到杜亚娟家，他手里有钥匙，开门回卧室拿几件换洗的衣服，本想在家吃饭，可小姨和姨夫都不在。

齐颜给杜亚娟打电话，想把钥匙交还回去，杜亚娟却让他先回学校，等晚自习见面再说。

齐颜骑车在路上闲逛，高考前的学习气氛过于紧张，难得放半天假，

他想在外面骑行两个小时，散散心再回学校。

骑车来到一片老城区，这里他从未来过，在古色古香的巷陌中穿梭，天气晴朗，心情惬意。

漫无目的地闲逛许久，齐颜正要打道回府，忽然看到路边有家店的窗边坐着两个熟悉身影，他扭过脸仔细看，竟然是杜亚娟和陈建军。

那是一个翻新的老式面馆，墙砖很古旧，门窗却是新的，招牌上写着“老约翰拉面馆”，小姨和姨夫的车都停在门外。

齐颜急忙捏刹车，在路边榕树下停好，悄悄走进面馆来到柜台边。面馆不小，齐颜远远看到两人侧脸，见小姨和姨夫脸色阴沉，尤其小姨，眼眶红红的，还残存眼泪，他心跟着一沉，暗想他俩莫非又吵架了？

他随意点一碗小面，悄悄坐到两人紧邻的桌位。座椅很高，像老式火车的座椅，正好可以挡住他，正好方便他偷听小姨和姨夫在说什么。

杜亚娟轻轻啜泣，手边堆了很多餐巾纸，餐桌上的两碗拉面已经凉了，可两人都没吃几口，显然他们不是来这里吃面的。

“这些年你也不容易，要说欠，也是我欠你的。”陈建军说。

杜亚娟擦干鼻涕：“你不用这么说，咱们俩都有责任。我知道我什么性格，一般人在我面前都觉得压抑，感觉我做什么都像老师，我自己清楚，儿子和你都很迁就我。”

“我脾气也不是很好，有时候想想，何必跟你为一些小事吵来吵去，吵过就后悔，但还放不下面子。”

齐颜猫头鹰一样竖起耳朵听，原来这夫妻俩不是来吵架的，是来开检讨大会，都数落起自己的不对，氛围还挺和谐友善。可越是如此，齐颜就越觉得不对劲，一个想法忽然涌上心间——小姨和姨夫不会是来这里离婚的吧？

“说点实际的吧，你打算什么时候跟儿子说？”杜亚娟问。

“怎么也要等今年年底，我找个机会跟他说。正好咱们年底给他买套房，他抓紧找个女朋友，明年下半年也上大四了，他愿意去谁那里住都行，自己住也行，这么大人也能理解咱们。”

“好，儿子买房工作结婚的事，你跟我还要一起给他操心，其他方面咱们各走各的，在他这里，我们还是要一条心，不能对不起儿子。”

杜亚娟说到这里又哽咽起来，陈建军抽一张纸巾给她：“到什么时候他都是咱们俩的儿子，再说我以后也不打算要孩子，这点你放心，我跟你一样。”

杜亚娟沉默片刻：“你打算这就搬过去住？”

“嗯，那边房子半年前就装修好了，齐颜现在住学校，我还是搬出去好，要不然你这边也不方便。”陈建军回答。

“你什么时候结婚？”杜亚娟问。

“明年，悄悄领个证，找几个朋友小聚一下，出去旅行。”

杜亚娟笑了笑：“挺好的。”

陈建军问：“你跟徐立鑫呢？等齐颜他们高考后？”

“我们也不打算办什么酒宴，毕竟这事在学校里也不太方便。他三年前就离婚了，但学校也没几个人知道他现在单着，我们虽然刚刚好上，可说出去多少怕人误会，慢慢再说吧。”

齐颜吃到嘴里的面差点吐回去，小姨和姨夫离婚已经板上钉钉，却无论如何也想不到小姨的隐藏爱人竟然是徐立鑫。

“难怪徐主任对我们班格外关心，那我以后岂不是要管徐主任叫……姨夫？”

齐颜胡思乱想，拿筷子在碗里搅拌，正愣神的工夫，手机铃声忽然响起，是唐薇打来的。他下意识地接通，正要起身去卫生间，听筒里却传来唐薇的声音：“齐颜，你什么时候回来？”

听筒音量很大，在四周安静的环境中更显突兀，齐颜急忙趴在桌面上，用手捂住听筒，压低声音对唐薇说“等会儿回去”，可再转身一看，小姨和姨夫这时已经站起身。

齐颜挂断电话，写满歉意的脸上硬生生挤出一个微笑，杜亚娟和陈建军也一脸惊讶地看着他，半晌没说出话。

齐颜下午没回学校，而是回到小姨家，帮姨夫收拾搬运东西。夫妻俩见齐颜把该听的不该听的都听去了，也就不再隐瞒，他们上午刚领完离婚证，正式结束二十二年的婚姻关系，这个老约翰拉面馆是当初他们定情的地方，如今也成了分手的地方。

两人让齐颜暂时保守秘密，任何人都不要告诉。

陈建军只拿走一些个人物品，理论上算“净身出户”。夫妻二人财产各自独立，陈建军那边经营着快递公司，实际经济状况要比杜亚娟好，所以这套老房他主动让给杜亚娟，毕竟儿子陈扬以后跟妈妈一起住的可能性更大。

齐颜帮陈建军把行李箱搬下楼，依依不舍。从小到大他都不把姨夫当外人，而如今小姨和姨夫就这样分道扬镳，他从心底感到唏嘘。

陈建军拍拍齐颜的肩膀，笑着说人生就是这样聚散无常，虽然他跟杜亚娟离婚，但不会因此跟齐颜关系疏远，让齐颜以后有什么需要帮忙就去找他，他答应在齐颜拿到录取通知书后买笔记本的事也不会食言，到时候让表哥陈扬带齐颜一起去买。

送走陈建军，齐颜回到楼上，见杜亚娟一个人坐在沙发上，孤零零地看着电视里情节雷人的伦理剧，神色落寞，仿佛已是剧中人。

茶几上放着离婚证，齐颜默默坐到沙发上，想安慰杜亚娟几句，可他在感情方面的经验几乎为零，根本不知怎样插嘴大人之间的事。

被外甥看到这样的自己，杜亚娟有些尴尬，却笑着说："前几天我还让你处理好早恋的事，现在……"

杜亚娟欲言又止，齐颜连忙说："离婚又不是什么丢人的事，小姨你别多想，你跟姨夫都觉得对，别人无权干涉你们。"

"你什么时候知道的？"杜亚娟问。

"去年十一，我听到你跟姨夫吵架，找他出去吃烧烤那次。我那天和唐薇、姜小余上山玩，看到姨夫跟一个女人在一起，当时想给你打电话，后来姨夫跟我说了你们要离婚的事，他让我先别跟你说我知道。"齐颜如实回答。

"你没偷偷告诉你哥？"

"想来着，但没说，你们大人的事，我也不敢乱说。"齐颜故作乖巧。

杜亚娟笑着看他："什么大人小孩的，再说你也不是小孩子。我跟你姨夫终于离婚了，不用再看不惯对方还挤在一起将就。"

"挺好的，都不用再勉强自己，要是我，我也离。"齐颜开解杜亚娟，"小姨，我还想问你一件事。"

"徐主任？"杜亚娟不再避讳。

齐颜讪讪一笑："是真的吗？"

杜亚娟思考片刻："高考前你就当什么都不知道，好好管你学习上的事，别为这些不相关的事分心。”

齐颜听出小姨言下之意是承认了，只是暂时不想明说，也就不再多问，又安慰小姨几句，这才下楼骑车回学校。

第十章 许愿与救赎

姜小余许下的第二个愿望
是想永远和唐薇、齐颜做朋友，就像现在这样

Z H I R E X I N G H O N G

第一节

早自习开始前，班长陆明宇在黑板左上角写下“85”，离高考还有不到三个月，复读班的学习氛围变得更为紧张，连周海洋都在徐立鑫的批评教育下减少了逃学翘课次数，偶尔翻开九成新的课本和辅导书，入乡随俗地复习功课。

期末考试成绩还没有公布，大多数学生都把这事忘在一边，快节奏的学习环境让他们无心想上学期考什么成绩，可程元熙却一直在惦念此事。

早自习即将下课，杜亚娟离开教室，程元熙终于按捺不住追出门，在楼梯叫住杜亚娟。

杜亚娟问他什么事，程元熙唯唯诺诺：“老师，我想问问期末成绩。”

杜亚娟笑着说：“你不用急，今天下午就公布。”

程元熙听到“公布”两个字，难掩激动：“老师，你能不能先告诉我，我考了第几名？”

这些天不止一个学生来办公室询问杜亚娟，杜亚娟三缄其口，不予回复，她本想用同样话术应对程元熙，可想想下午即将公布，而程元熙脸上写满渴求，她心一软，稍做思考说："你认为你能考第几？"

程元熙当着杜亚娟的面，只能表现的谦逊一些："年级前三。"

"前三是肯定的，如果不是第一，你能接受吗？"杜亚娟很了解程元熙的性格，盯着他眼睛问。

程元熙像被打了一记重拳，他太聪明了，一听这话就猜到，这次他很有可能没考到第一。

杜亚娟看到他慌乱的眼神，右手按住他的肩膀："无论第一第二都是过去的成绩。以后等你上了大学，步入社会，有很多比考试成绩更重要的考验，你要学着克服对名次的执念，努力提高自己就好，不必那么在意和别人比较。"

"知道了，老师。"程元熙嘴上答应，心里却更加忐忑。

听到下课铃响，杜亚娟问："你上次高考为什么没发挥好？"

"紧张。"程元熙回答。

"我跟你以前班主任打听过，你什么都好，就是心理状态不稳定，太在乎名次，这点你承不承认？"杜亚娟问。

程元熙轻轻点头，没说什么。

杜亚娟对尖子生的心理建设半点不敢放松："你两个姐姐都那么优秀，在这样环境中成长，你有压力很正常，但你想取得更好的成绩，高考发挥出真正水平，一定要克服这方面压力。无论学习还是以后工作，没有任何人能做到永远第一，别让名次拖累你。"

"明白了，杜老师，谢谢你。"

"你能想通就好，考第几名都不影响你的优秀，回班吧。"

程元熙回到教室，越琢磨杜亚娟的话，越觉得毛骨悚然。杜亚娟想教他的道理他半点没听进去，却推测出上次期末考试自己极有可能不是第一名，要不然杜老师不会讲那些大道理安慰自己。

程元熙惴惴不安一上午，下午第二节英语课，杜亚娟终于公布期末成绩，果然他上学期期末考试不是文科班第一名，而是第三名，第一名也正如他猜想的那样，是一直咬在身后紧紧不放的时越。

时越这个"千年老二"终于超过程元熙，拿到年级第一的好成绩，而且足足比程元熙多出 10 分。

听到杜亚娟公布成绩时，全班同学都感到惊讶，时越却低头摆弄书本，虽然课桌干净整齐，没有任何整理的必要。他不喜欢这种被人过分关注的感觉，那些或友善或好奇或嫉妒的目光会让他由内而外感到紧张，他手足无措地拿起书本又放下，紧张得连睫毛都在微微发抖。

一片掌声中，只有唐薇关注到时越紧张无措的动作和表情上的慌张，她急忙把手搭在时越小臂上，像哄小孩子一样柔声细语地说："时越，别怕。"

考第一名带给时越的恐惧远大于喜悦，如果能在考试前知道成绩，他宁愿少考 10 分，把第一让给其他人。

好在旁边有唐薇这把保护伞，及时抵挡外界的干扰，时越紧张情绪慢慢缓解，却还是不敢抬头迎接周围那些目光，脸上也不敢做任何表情。

姜小余如愿以偿拿到年级第五，虽然是和其他班同学并列第五名，但还是顺利达成当初和父母的约定。

齐颜年级第八，是他复读以来的最好成绩。杜亚娟虽然没提前告诉他本人，却早已打电话告诉了齐宏毅和杜亚芹，夫妻俩高兴得不得了，特意给齐颜买了很多营养品，邮寄到杜亚娟家里。

复读班的期末成绩整体呈上升趋势，就连易欣也终于突破 400 分大关，杜亚娟在课上夸奖她好一阵。易欣做梦也想不到，自己有一天也会因为学习成绩被老师表扬。

杜亚娟说两天后学校会组织一场高三学生的动员大会，届时年级前十名要上台领奖，叫时越做好发言准备，写份简单的发言稿。

成绩下来，全班同学都很高兴，只有两个人的表情格格不入，一个是继续垫底的周海洋，另一个自然是被赶下第一名宝座的程元熙。

杜亚娟当然注意到这点，下课后她把程元熙叫到办公室，再次做思想工作。程元熙表面上答应杜亚娟不会太在意名次，可"心魔"哪那么容易破解？

从办公室走回教室，程元熙像丢了魂儿，冷着脸坐回座位，不自觉地向后排墙角时越的方向瞥一眼，看到几个同学正围在那里，对成绩单议论纷纷，都在夸时越进步神速。

程元熙似乎听到别人在夸奖时越时提及自己，他心底怒火再也压抑不住，必须要发泄出来，拿起厚厚的英语辅导书狠狠砸在课桌上，刹那间全班肃然，二十几双眼睛同时看向他。

正睡觉的周海洋被声音震醒，起床气般一拍课桌，面色狰狞地看向门口：“谁啊？”

正对着时越唱赞美诗的孙晓龙也感到不爽，他成绩有所提高，时越对他帮助很大，他也了解程元熙的性格，摔书显然是给时越听。

“有些人什么臭毛病？别人考第一怎么了？第一印在你名字上了？”孙晓龙忍不住吐槽，为时越打抱不平。

程元熙弹起身：“孙晓龙你说谁？”

“我说谁谁知道。”孙晓龙挣开唐薇和姜小余的手，“你弄什么动静？给谁听呢？这复读班不是你一个人的班，你能考第一，别人也能考，不就是因为时越超过你，你不服吗？”

孙晓龙虽然成绩不怎么样，但向来以宁南二中“小诸葛”自诩，读三国时最喜欢的桥段就是诸葛亮骂死王朗，贬损别人常常能找到要害。

程元熙感觉这几句话字字诛心，浑身忍不住打战，抖着嘴唇说：“胡说八道，你闭嘴！我找杜老师……”

“哟，断奶了吗？这么两句话你就去找老师？全班谁不知道你什么德行？谁问你一道题，你恨不得让谁给你建座庙供起来，白眼就差翻到天花板上，别人碰你桌子一下，就跟踩你尾巴一样，你怎么不让学校给你单独开个班？我们是没你聪明，但我们也是人。”

孙晓龙越说越起劲儿：“再看看时越，把解题步骤给我们写得清清楚楚，他自己努力加上对全班的贡献，第一实至名归。”

这些话孙晓龙憋在心中许久，早就想说出来。

程元熙在班里搞“优等生特权”已经一个学期，随着第一名的次数增加，他感觉自己身上挂满勋章，被光环笼罩，越发变得趾高气扬，和同学们关系也渐渐疏远，他的任何东西不许别人碰触，别人向他请教问题，都会被他当面嘲讽蠢、笨、退学吧之类的话语，久而久之，大家都对他敬而远之。

程元熙不擅长和别人骂战，却无法克制愤怒和激动，抄起那本辅导书朝孙晓龙砸过去，却被人高马大的孙晓龙一巴掌打落。

孙晓龙也不生气：“成绩变差，脾气怎么还变大了？咱们班离开你，

照样年级第一，离开时越，成绩肯定下降。你呀，别太把自己当回事，跟时越比，你一点也不优秀。”

“孙晓龙你说什么，你再说一遍！”程元熙从小学到高中一直都是班里“重点保护动物”，从来没有同学敢和他这样说话，拿复读班来说，连周海洋都要让他三分，这时被孙晓龙当众羞辱，他恼羞成怒，冲过来要找孙晓龙理论。

唐薇、姜小余和另外几个女生拦住孙晓龙，还有几个女同学拦住程元熙。

孙晓龙嘴里继续叫嚣：“我再说一遍怎么了？你就是比不上时越，人品和成绩都比不上，你来打我啊？”

“别以为我不敢，孙晓龙，你这个成绩还不退学，等着高考落榜再复读一年吗？”程元熙发挥骂人不带脏字的本事，双方相隔五米展开嘲讽和“魔法攻击”。

教室里乱成两团，周海洋和易欣却悠然地抱起肩膀。秉承看热闹不嫌事大的精神，周海洋还不忘记拱火：“你们拦着他们干什么？让他们打，打一架就解决了。”

程元熙自然不敢真去打比他高那么多的孙晓龙，可越是有人拦着，他情绪越亢奋。面对孙晓龙的挑衅，他像一只冲不出牢笼的小狮子，在几个女生纠缠中暴跳如雷，精确掌握自己和孙晓龙之间的安全距离。

杜亚娟的“禁球令”执行一个学期后有所松弛，偶尔让班里几个男同学出去打打球放松一下，她也省得操心。

齐颜和苏岳、徐云峰、陆明宇抱着篮球回来，还没进教室就听里面吵吵嚷嚷，本以为是周海洋和谁争执起来，等走进门一看，好家伙，竟然是程元熙在单挑孙晓龙。

“怎么回事？别吵了，上课了吵什么吵？”齐颜立刻抵达战场，一把拉住程元熙胳膊。

程元熙没想到吵架会这么累，何况他也不敢去打孙晓龙，见齐颜劝架，立刻就坡下驴。

“孙晓龙，你也少说两句，自己班同学吵什么吵？”

齐颜两句话平定战乱，孙晓龙一指程元熙说：“你问问他，不就是没考第一嘛，在班里发什么脾气？谁欠他的？”

苏岳和徐云峰把孙晓龙塞回座位，叫他闭嘴少说话。齐颜和陆明宇也把程元熙护送回去。上课铃这时恰好响起，交战双方鸣金收兵，随着严粟走进门，教室里恢复安静。

姜小余在笔记上写下一篇五百字左右的记叙文，给齐颜描述刚才事情经过。齐颜弄清来龙去脉，看看前面呆坐的程元熙，一副无所谓的孙晓龙，还有藏在角落里与世隔绝的时越，他总感觉这事不会轻易了结，不知道该不该跟杜亚娟反映一下情况。

第二节

语文课上到一半，徐立鑫敲门进来，身边还跟着两位教导处老师。他们跟严粟打声招呼，说最近学校内有很多同学沉迷课外书，教务处要进行一次清查。

严粟很赞同这个做法，说自己上课时也经常遇到有学生看课外书的情况，看名著也就算了，可大多数学生都在偷看网络小说和各类杂志，学校是该管一管。

“一分钟内，把你们课桌和书包里的课外书上交到前面，写上班级和姓名。”徐立鑫站在讲台上发号施令。

齐颜和苏岳几人面面相觑，他们课桌里的确有些课外书，平时也拿出来翻看几页，不知道在不在徐立鑫的收缴范围。

“你们最好主动把书送上来，男生的网络小说，女生的言情小说，还有杂志，各类和学习无关的杂书，统统交上来，学校暂时替你们保管，等高考后如数奉还。”徐立鑫摇着扇子继续催促。

严粟跟着说：“看课外书很耽误学习，拿出来先让徐主任帮你们保管，等考上大学，随便你们看。”

齐颜翻翻课桌，找出几本书，都是开学前在“时光号”买的中外名著和武侠小说，写上班级和姓名，乖乖交到徐立鑫面前。怎么说徐立鑫也是未来姨夫，他当外甥的自然要配合工作。

见齐颜做了表率，苏岳拿出十几本电竞、数码杂志，徐云峰也从书包里翻出体育杂志，还有孙晓龙几本厚到离谱的网络小说……

不搜不知道，一搜吓一跳，班里不分男女，几乎每个人都有几本私藏的课外书，不一会儿工夫，徐立鑫面前的讲桌上便堆起几摞书山。

徐立鑫望山兴叹："都快高考了，还有闲心看这些书。周海洋，易欣，你们的书呢？"

周海洋一怔，故作惊讶："徐主任，我不看那些书。"

"我也不看，太幼稚了。"易欣跟着笑。

徐立鑫走下讲台，笑里藏刀地走到两人座位旁边，扇子点在易欣桌面上："我再问一遍，你们的课外书呢？"

周海洋和易欣本以为能蒙混过关，见徐立鑫不依不饶，只好无奈地从课桌里掏出几本书，规规矩矩地放在桌面上。

徐立鑫扫一眼易欣那几本言情小说，随即拿起周海洋桌上城砖一样厚的几本大书，皱着眉看看书名，慢悠悠地说："《极品小家丁》《重生之都市战神》《坏蛋怎样炼成的》？周海洋，你还用练吗？你这都看的什么书？"

"我就是偶尔翻几页，没怎么看。"周海洋继续狡辩。

徐立鑫不听他辩解，翻开书皱眉说："这叫偶尔翻几页？都快让你盘出包浆了，是打算当古董收藏吗？"

周海洋和易欣不敢再顶撞，徐立鑫一指讲桌："你们两个跟我过来搬书，以后能考上大学，拿录取通知书来换这些书，没有通知书，你们自己看着办。"

周海洋和易欣无奈，只好不情不愿地走出座位，帮徐立鑫把书搬出教室，搬到仓库。

半个多月住下来，齐颜对宿舍环境已经熟悉，和左邻右舍其他班的同学打成一片。

晚上十一点半熄灯，被齐颜和孙晓龙丢出门的苏岳穿着短裤爬回来，老杨用广播喊同学们按时就寝，走廊里喧闹声渐渐停下，四个人钻进被窝，宿舍夜谈会正式开始。

苏岳忽然问："你们说，咱们班班花是谁？"

"那还能是谁，我呗，宁南一枝花。"孙晓龙插科打诨。

"你如花吗？"徐云峰笑。

齐颜跟着笑起来："晓龙这倾城倾国的姿色，班花委屈了，校花没他我不服。"

苏岳坐起身敲敲床板："认真点，我宣布，507 宿舍班花评选现在开始。孙晓龙，你提名一个。"

孙晓龙想了想："咱们班比我漂亮的女生不多，要说跟我平分秋色，也就是唐薇和易欣。"

"唐薇，易欣，各记一票。徐云峰，你。"苏岳煞有介事。

徐云峰从不关心女生漂亮与否，想了想说："我看都差不多。"

"说一个。"孙晓龙催促。

"姜小余。"徐云峰脱口说出。

"姜小余？"苏岳语气充满疑问。

齐颜急忙说："姜小余怎么了？人家挺漂亮的，还文静。"

孙晓龙笑："就是，姜小余怎么了？就冲她是齐颜同桌，保底一票。"

"好好好，唐薇，易欣，姜小余，各一票。"苏岳继续统计。

"苏岳，你选谁？"齐颜问。

孙晓龙连忙说："他肯定选易欣。这小子说易欣像以前香港电影里的女明星。"

齐颜跟着起哄："评价很高啊，明天我问问易欣什么意见。"

苏岳再次敲床板："会议内容属于 507 绝对机密，禁止外传。你们要是敢说，我也敢说，看谁惨。齐颜同志，轮到你提名。"

孙晓龙打岔："他还用问，当然是齐夫人。"

"齐夫人是谁？"徐云峰问。

孙晓龙语气夸张："齐夫人你都不知道？退学吧。"

"到底是谁？齐颜，谁啊？"徐云峰追问。

齐颜急忙澄清："你别听他们造谣，哪有什么齐夫人。"

苏岳却笑着说："这怎么是造谣，全班都知道，除了徐云峰这大傻子。"

两人扭打成一团，正疯着，走廊里传来老杨查寝的喊声，齐颜吓得急忙钻回自己床上。

苏岳小声说："现在唐薇和易欣二比二平，班花评选先告一段落，明天统计一下陆明宇和程元熙的数据。"

孙晓龙冷笑："程元熙统计个屁，他和周海洋一样，就不是咱们十八班同学。"

齐颜叹气："还生气呢？多大点事啊，一个班低头不见抬头见，还有几十天高考了，没必要。"

"什么叫没必要？你们当时不在班里，不知道那小子多嚣张，简直就是一小肚鸡肠，时越考一次第一，他那张臭脸就差把骂人的话直接写上面。"孙晓龙对下午的争吵耿耿于怀。

徐云峰劝道："算了，你别跟他计较。学习好的孩子，成绩上压力比我们学渣大，有竞争就有摩擦，他也没做什么过分的事。"

"还要怎么过分？"孙晓龙握紧拳头，"他也就欺负时越那样的老实人，遇到个脾气火暴的，他不挨揍，我孙晓龙改姓程。"

苏岳说："听你这么一说，我也感觉程元熙现在越来越不合群。班里有什么活动他从来不参加，每天除了上课回答问题，听不到他跟谁说几句话。老师眼中的状元苗子跟咱们不是一路人。"

"说白了就是瞧不起我们，你才考几分？人家跟你说什么话？不怕拉低智商啊？"孙晓龙阴阳怪气，"这回好了，时越把他从第一名宝座上拉下来，看他还装什么？"

"好了好了，睡觉。今天的事都别再提，如果以后他还那样对时越，我找杜老师说。"

齐颜刚说完，手电光从小窗外照进来，老杨那张阴森森的脸悄悄贴在窗边，差点把几人的魂儿吓出来。

"几点了？熄灯多长时间了？还开会呢？都给我闭嘴，好好睡觉。"

几人立刻闭嘴，乖乖钻进被窝。孙晓龙一秒打起呼噜，鼾声如雷，表示自己已进入梦乡，没参加夜谈会。

老杨却用手电筒轻敲玻璃："打呼噜小点声，嘴里有蒸汽机啊？也不怕把牙打掉。老远就听到你闲扯。"

孙晓龙慌忙捂住嘴，不敢再弄出怪动静，等老杨离开，他们说一声晚安，各自睡去。

星期一下午，高三上学期期末考试颁奖典礼正式举行，此时距离高考还有八十天，学校准备借机开一场誓师动员大会。

激昂的《运动员进行曲》响彻校园，全校师生列队入场，呈体操队列站在体育场上，前面的观礼台坐满校领导，横幅和彩旗迎风飘扬，气氛很是热烈。

校长和副校长两轮发言，漫长的半个小时过去，徐立鑫又走上来强调几句万年不变的纪律问题，在同学们不耐烦到顶点时，颁奖典礼这才开始。

先是理科班颁奖，前二十名依次上台，而后是文科班，由于人数较少，所以只颁发前十名。

站在老师队伍中的杜亚娟满面红光，高三一共五个文科班，她带的复读班有四名学生进前十名，时越第一，程元熙第三，姜小余第五，再加上第八名的齐颜，刚才被主管成绩的副校长点名表扬时，她差点乐到下巴脱臼。

坐在话筒前播报名次的正是关小雅，自从上次被齐颜拒绝，她被曲艳萍批评教育后，两人已经几天没见面，当关小雅读到齐颜名字时不免有点激动，声音微微发颤。

队列中的唐薇为上台领奖的时越捏一把汗，听到关小雅念齐颜名字，她莫名觉得别扭，但看到几个最好的朋友都拿到荣誉，她从心底感到高兴。

杜亚娟特意拿来相机，等十个人接过奖状和奖金，“一”字排开转过身，她急忙找好角度拍照，打算今天就把外甥的英姿发给姐姐姐夫，也算向他们汇报工作。

时越原本不想参加颁奖典礼，跟杜亚娟请过假，杜亚娟也跟校领导反映过情况，可校领导斟酌再三却没批准，毕竟时越考了第一名，第一名如果不参加颁奖典礼，表彰大会和动员大会还有什么意义？

时越哆哆嗦嗦拿着奖状跟同学们合影，看到台下密密麻麻几千个人影，恐惧在心底像野火燎原般蔓延。以前的他学习成绩虽然也很好，但还没达到能登台发言的程度,所以这是他第一次在“众目睽睽”下读东西。

作为文科优等生代表，作为学校树立的典型励志人物，高考失败者逆袭的成功案例，几乎所有领导、老师、同学都在期待时越发言。

第三节

时越拿着发言稿来到话筒前，腿有些软，徐立鑫亲自为他调整好话筒高度，很温柔地示意他可以讲话。

时越盯着发言稿上工整的字迹，是他一笔一画写的，杜亚娟帮忙修改过，这两天他在卧室里不知练习多少遍，虽然发言稿早已背得滚瓜烂熟，可还是没有勇气脱稿读。

程元熙站在后面冷漠地盯着时越背影，多希望现在做学生代表发言的是自己。强烈的嫉妒让他对时越越加厌恶，他祈祷时越一定要把发言搞砸。

程元熙的祈祷似乎真的应验，高度紧张令时越感到呼吸有些困难，登台前杜亚娟和同学们的鼓励安慰显然没起到多少作用，真到发言时，他还是怕到唇齿打战，甚至连自己写的字都差点不认识。

"各……各位老……老师同学们好，我叫时……时越，是高……高……"

时越也是最近发现自己紧张时会口吃，因为他从来没当众读过长篇大论，老师也从不找他背诵和朗读，好好的一句话被他磕磕绊绊读成八段，而且他刚刚知道自己的声音被扬声器扩大后会如此难听。

激动紧张之下，他的演讲戛然而止，不敢再往下读。看着台下交头接耳议论嘲笑自己的人，他那点可怜的自信心被瞬间击垮。

程元熙忍不住发出冷笑，故意让时越听到。

近在耳边的嘲笑声成了压倒时越精神防线的最后一根稻草，不等徐立鑫过来询问情况，时越转身冲下观礼台，朝教学楼跑去。

所有人都看得呆住，齐颜第一个反应过来，立刻跑下台，跟在时越身后追过去，台下的杜亚娟连忙转身招呼唐薇，两人也跑向教学楼。

同学们回过神，方阵中的笑声此起彼伏，程元熙更是有一种报复性的满足感，他毫不掩饰扭曲的心理，忍不住嘀咕："傻子就是傻子，高分低能。"

徐立鑫急忙拿起话筒："都别笑了，有什么好笑的？有些人如果有时越一半聪明努力，能考那点分？"

他说完把话筒交给校长，校长示意他赶快追过去看看情况，千万别出什么差错。

时越跑进教学楼一楼的男卫生间，等齐颜追上他时，他已经锁好门，躲在里面不肯出来。

齐颜没想到时越跑这么快，急忙拍几下门："时越，时越，你开门，有什么话好好说。”

时越却蹲下身，只想蜷缩在这个阴暗隐蔽的角落，不想见任何人。

杜亚娟和唐薇来到卫生间门外，男卫生间她们不敢擅闯，还好徐立鑫这时抵达现场，杜亚娟急忙叫他进去支援齐颜。

“时越，出来吧，老师们不让你上台发言了，是我们疏忽，没考虑你的感受。”徐立鑫朝门内道歉。

卫生间外面的杜亚娟和唐薇也跟着喊话，几人足足劝了十分钟，时越终于擦干眼泪打开门，惶恐激动的情绪已经稳定下来。

校领导和杜亚娟都长舒一口气，还好时越没做什么傻事，只是找个地方自我冷静，要不然学校肯定要担责任。

杜亚娟不敢疏忽，带上齐颜和唐薇，跟徐立鑫一起把时越送回家。

几人跟时越父母说明情况，时越父母虽然心疼儿子，但学校让时越领奖发言是出于好意，无可厚非，他们都能理解。

杜亚娟提议给时越两天假期，让他在家调整好心态，把今天不愉快的事情忘了再去上学。

转眼表彰大会过去三天，时越依旧没来上学。

星期日下午，齐颜和唐薇结伴去看望时越，时越状态已经调整好，只是心里还有些顾虑，怕回学校时遭到同学们嘲笑。

齐颜告诉他不用担心这个，听杜亚娟说，学校领导很重视这件事，特意叫来各班班主任开会，让老师们在各自班级做思想工作，如果发现有对时越这样的孩子进行嘲讽取笑者，一律严肃处理。

时越答应明天星期一去上学，齐颜和唐薇心满意足离开，今天他们还有一件重要的事情去办——为姜小余庆生。

今天是姜小余生日，齐颜早已经准备好礼物，是一套价值几百元的精美文具，专门为高考准备，他知道姜小余一定喜欢。

除了这套古风文具，齐颜还在蛋糕店订制了一个中号生日蛋糕，上面写着“生日快乐，金榜题名”的字样，是齐颜和唐薇一起挑选设计的。

下午三点，齐颜去拿蛋糕，唐薇先去姜小余家侦查情况，如果姜小余父母允许姜小余出来，他们就在外面找个餐厅吃，如果不允许，两人就去登门祝寿，姜小余父母对女儿再怎么刻薄，也不会阻止同学来家里

给女儿过生日。

下了公交车，唐薇背书包朝姜小余家那条老街走去。那条街离公交站点有几百米，她正走着，听到左边一条胡同里有说话声，扭脸朝里面看，见几个穿宁南二中校服的女生正围在墙边，其中一个女生说：“你是不是作弊了？你说实话。”

唐薇离她们有二十几米，听这个声音很熟悉，仔细看背影，竟然是易欣。

“我没作弊。”

唐薇支起耳朵细听，第二句是姜小余的声音，连忙停下脚步。

被易欣和几个女生围在墙边的正是姜小余，她可怜兮兮地看着易欣，小心翼翼辩解。

“没作弊？你骗鬼呢？”易欣推姜小余肩膀一下，姜小余撞在墙上，“你上学期刚复读考什么成绩你忘了？现在提高这么多，你跟我说你没作弊？”

“我真没作弊……”

唐薇听清两人谈话内容，气呼呼地走过去：“干什么呢？你们为什么欺负人？”

易欣她们闻声转身，姜小余也朝这边看。

见到唐薇，姜小余像见到救星，却不敢开口求救。

易欣手揣口袋，定定地看向唐薇：“不关你事，你别多管闲事。”

“什么不关我事？你凭什么欺负姜小余？”唐薇早就看不惯周海洋、易欣欺凌姜小余的行径，本以为他们现在有所收敛，想不到暗地里还是这副德行。

易欣两手叉腰，和身边几个女生相顾一笑，这几个女生都是外班学生，唐薇并不认识。

“我欺负她怎么了？你以为你是谁啊？”易欣说。

“姜小余是我朋友，我就是不能让你欺负她。”唐薇说着走到姜小余身前，拉起姜小余冰凉如水的手，明显感觉到她在发抖。

易欣晃着身体冷笑：“朋友算个屁。她作弊，你也作弊，你一个美术生成绩那么好，是不是和她用一样的方法作弊？”

唐薇听易欣把脏水泼到自己身上，更是气不打一处来：“我和姜小余都没作弊，你说话要讲证据。今天是姜小余生日，如果你再欺负她，我现在就给杜老师打电话。”

易欣见唐薇执意为姜小余打抱不平，还搬出杜亚娟来恐吓自己，杜亚娟昨天刚找她谈过一次话，她心中多少有几分忌惮。

“你也就会找老师告状，两个作弊的，牛什么牛？”

甩下这句话，易欣瞪唐薇一眼，随即给姜小余一个凶巴巴的眼神，带领那三个女同学朝胡同出口走去。

危机总算解除，唐薇转身抓起姜小余双手，心疼又略带懊恼地问：“小余，她们现在还欺负你？”

姜小余不敢看唐薇眼睛，低着头说：“他们偶尔欺负我一次，没你想的那么……”

“偶尔？一次也不行。”唐薇态度坚决，“小余，你能不能别这么软弱？以后他们再敢欺负你，你告诉杜老师，老师不会不管你。”

“好，我知道了。”姜小余反握住唐薇的手，“薇薇，谢谢你。”

“我们去你家，告诉你爸妈。”唐薇拉起姜小余，往她家的方向走。

姜小余乞求道：“别，别告诉他们。”

“为什么？他们是你爸妈，你被欺负，当然要找他们。”唐薇说。

姜小余轻轻叹气：“他们不会管的，只会嫌我累赘，还会骂我没跟同学相处好。”

唐薇做出一个不可理喻的表情，可想想姜小余父母对女儿冷若冰霜的态度，竟越发觉得姜小余说的有道理。

“他们现在让我继续读书，我已经很知足了，不想因为这些小事让老师和他们操心，还有几十天高考，我想好好考试。”

唐薇被姜小余这个隐忍的理由说服，一只手抱住她的肩膀，边走边说：“你说得也对，上这么多年学，又复读一年，高考的确很重要。小余，上大学就好了，以后你要自信点，你自信了，别人就不会欺负你。”

姜小余冲唐薇一笑：“我听你的。薇薇，你别把刚才的事告诉齐颜。”

“你怕他去找易欣？”唐薇问。

姜小余没直接回答：“别因为我的事影响到他。我们都安安稳稳高考，你说的，上了大学就好了。”

两人说着来到那条街上，唐薇问：“你能出来吃吗？”

“我妈刚才给我打电话，让我晚上回去给我弟做饭，我下午不能出去。”

“那我跟齐颜去你家，我们买了一些吃的，还有蛋糕，你弟要吃就给他分一些。”唐薇说到这里一顿，“你今天过生日啊，他们不给你庆祝就算了，还让你给你弟做饭？”

“我习惯了，从小到大也没有人给我过生日。”姜小余转念笑起来，“能认识你跟齐颜真好。”

唐薇更是心疼她，握紧她的手说：“以后我们考同一座城市，过生日时再聚。”

“好，我努力。”姜小余笑，“齐颜呢？他怎么没跟你一起来？”

“他取蛋糕呢。”

姜小余握住唐薇臂弯：“薇薇，我发现一件事。”

“什么？”唐薇问。

“你刚才吵架的样子，和齐颜发脾气时好像啊。”姜小余抿嘴。

唐薇诧异，指着自己鼻子问：“我怎么可能跟他像？”

“这句话也像。”姜小余忍不住嘴角笑意。

唐薇仔细回想齐颜的体貌特征，神态语气，耸耸肩被自己逗笑：“近朱者赤，近墨者黑。看来我被他染黑了。”

姜小余跟着笑，犹豫片刻问：“同学们都说你们关系非常好，是不是啊？”

唐薇脸色红起来：“你听谁说的？别听他们乱讲。再说马上要高考了，这群人就是聊八卦解压。”

姜小余看出唐薇没说真心话，但也不再追问，两人说话间来到两元店门口。

姜小余妈妈在店铺里面码货，见女儿终于回来，正要吼过来帮忙，转眼看到唐薇，她态度转变得温和许多。

第四节

唐薇打过招呼，说自己来给姜小余过生日，姜小余妈妈一愣神，似乎才想起今天是女儿生日。

“你们几个同学啊？家里地方小，等会儿小余还要给她弟弟做饭。”

见姜小余妈妈很委婉地表达不欢迎，唐薇没退缩，笑着说："阿姨，我们就两个同学，还有一个男生叫齐颜，经常来你们这里买东西。"

"齐颜啊，我知道。"姜小余妈妈搓搓手，"那你们上楼吧，我五点多要去菜市场帮她爸装货卸货，小余要帮忙看店，还要给她弟弟弄吃的，应该不会打扰你们。"

"不会。"姜小余连忙承诺。

唐薇也说："放心阿姨，我们就是简单庆祝一下，还买了蛋糕和一些吃的，到时候会给小余弟弟吃，五点之前我们就回去。"

姜小余妈妈听会给儿子分吃的东西，态度越发和善，叫唐薇去姜小余卧室，让姜小余好好招待同学。

踩着狭窄的楼梯来到二楼，有一百平方米左右，三室一厅，虽然装修陈旧，但还算宽敞。

姜小余住在靠北墙那个卧室，是三个卧室中面积最小的，打开门，一扇小窗漏进外面微弱天光，房间里面除了一张单人床，还有一个古董般的衣柜靠在墙边，衣柜门敞开着，里面没有几件衣服，俨然成了书架。

没有布娃娃，没有精美的装饰和粉刷，没有梳妆台和化妆品，甚至没有一面像样的镜子，唐薇完全看不出这是女孩子的闺房，除了它很干净。

"有点小，你跟齐颜将就一下。"姜小余说着整理书桌上的物品，都是书和笔。

唐薇走进门，把书包放在床边，正要夸这里整洁干净，却见姜小余忽然愣在那张陈旧的书桌前。

"怎么了小余？"唐薇走到她身边。

姜小余正盯着书桌上两张用胶布粘好的奖状发呆，奖状上面不知谁用刀划了几十条痕迹，还有桌角叠放整齐的试卷，同样被人用黑色笔画出凌乱的线条，像马蜂窝，显然有人故意在搞破坏。

唐薇惊得几秒钟说不出话，缓过神来问："谁干的？你弟弟？"

姜小余眼眶发红，蜷缩的手指半握着，嘴角在发抖。可听到唐薇这么问，她迟疑两秒钟，还是笑着说："不是，我自己弄的。"

"你别骗我了小余，到底是多恨你才能这样做？我去找你妈妈。"唐薇再次被气到。

姜小余急忙拉她的手："别去，这些东西也没什么大不了，老师说了，下次成绩更重要。"

唐薇知道姜小余这是怕惹事，为"顾全大局"所以又选择忍气吞声，跺一下脚坐到椅子上，气呼呼盯着那两张奖状说："你可真能忍辱负重，如果换我，早就疯了。"

姜小余笑笑没说什么，当着好朋友的面，再苦的滋味她只能往肚子里咽。

手机铃声响起，唐薇接通，是齐颜打来的。齐颜已经取出蛋糕，正在打车赶来的路上，唐薇告诉他直接来姜小余家，两人在门口等他。

十分钟后，齐颜提着一大盒蛋糕赶到。姜小余妈妈很是热情，毕竟齐颜是他们店里的大客户，人也懂事会说话。

齐颜前脚刚进门，后面姜小成抱着一个篮球摇摇晃晃跟进来，按时回来吃饭。虽然离中考不远，但他跟全力备考的姐姐不同，该怎么玩还是怎么玩，而且身材越发肥胖。

"你们又来干什么？"姜小成很不客气地对齐颜和唐薇说。

姜小余妈妈急忙说："这孩子怎么说话呢？今天你姐过生日，同学来家里聚一聚，你别那么不懂事。"

姜小成翻个白眼："你不是说姜小余是捡来的吗？不用给她过生日，为什么现在有人给她过生日？"

姜小余妈妈一脸尴尬，叫姜小成别乱说有的没的，摆手叫姜小余赶紧带同学上楼。

姜小余脸色有些难看，但她逆来顺受的技能登峰造极，很快调整好状态，拉起唐薇的手，招呼齐颜上楼。

齐颜愣在原地几秒钟，不知为何，每次见到姜小成，他都有暴揍熊孩子一顿的冲动，如果这是他弟弟，他已经出手教训了。

来到姜小余卧室，书桌上被破坏的奖状和试卷已经被姜小余藏起来，还嘱咐唐薇不要跟齐颜说。

齐颜把蛋糕打开放在桌上，让姜小余亲自插上十九根蜡烛，三人围坐在桌边，桌上除了蛋糕，还有齐颜和唐薇在超市买的水果和熟食、饮料，简单而丰盛。

"小余，点蜡烛，许愿吧。"齐颜把打火机交给姜小余。

姜小余起身点燃蜡烛，看着十九根蜡烛星光般亮起来，中间的小仙女八音盒绽放，旋转，发出轻灵的音乐声。她心中无限感动，出生到现在，第一次有人为她这样隆重正式地庆祝生日，还没等许愿，泪水便在眼眶里打起转。

她生疏地握紧两只手，在蛋糕前闭上眼睛，紧张虔诚地许下愿望，睁开眼睛，用两口气吹灭所有蜡烛。

齐颜和唐薇跟随八音盒的旋律唱起生日快乐歌，温馨气氛被烘托到顶点，几人还来不及感动，墙板却被隔壁的姜小成拿棒球棍连敲几下，随即听他嚷嚷道："姜小余，告诉你同学小点声，别打扰我玩游戏。"

姜小余急忙关闭八音盒，不想弄出太大动静打扰到弟弟。

齐颜站起身，正要去隔壁找姜小成谈几句，弟弟这么欺负姐姐，他还是第一次遇到。

姜小余却拦住齐颜，叫他坐下不要生气。齐颜只好冷静下来，设身处地为姜小余着想，如果他这时找姜小成吵几句，等他和唐薇离开，姜小余只怕要被父母责怪。毕竟在姜小余父母眼中，女儿生日哪有儿子玩游戏重要。

"算了，不跟这小崽子计较。"

齐颜心中暗骂一句，转过脸问姜小余："你许的什么愿？"

姜小余正要说，唐薇却作势捂住她的嘴："不能说，说出来就不灵了。"

齐颜却笑唐薇："别那么迷信，说出来比憋在心里更灵。这叫人和地球的磁场感应，说出来让全世界知道才好。"

姜小余点头答应："说出来也挺好。我许了两个愿望，是不是很贪？"

"不贪，小时候有一次我许了八个，要买八个玩具，跟我爸说，他第二天就带我去买了。"齐颜开个玩笑，"你快说都是什么？"

姜小余又对着蛋糕合十双手，再次虔诚地说："第一个愿望是考上我喜欢的大学，第二个愿望是……"

唐薇见她难为情，连忙叫她有一说一。

"第二个愿望是想永远和你们做朋友，就像现在这样，我知道这个愿望太奢侈了，不好意思说。"姜小余红着脸。

齐颜一笑，"这有什么奢侈？只要互相关照，真心对待，我们就是……"

这句话还没说完，卧室门忽然被推开，姜小成胖墩墩的身躯堵在门口，叉腰对姜小余说："我妈让你给我做饭？饭呢？我饿了。"

姜小余正要站起，齐颜却按住她的胳膊，随手拿起桌上一盒熏酱猪蹄："拿去吃，别来打扰你姐。"

"你敢跟我这么说话？"姜小成歪着头看齐颜。

齐颜冷冷一笑，指着他说："来，你进来，我跟你好好说说。"

姜小成见他笑里藏刀，当然不敢进门："你要干什么？你敢打我？好啊，姜小余，你的生日愿望就是叫你同学来打我。"

"我没有。"姜小余连忙解释。

"你就是有，你就是叫他来欺负我。"姜小成一口咬定，像拿到了什么如山铁证，转身朝楼梯跑，"妈，姜小余叫她同学来打我。"

姜小成像杀猪一样撕心裂肺地跑下楼梯，姜小余吓得急忙起身追出去，弟弟告状冤枉她，导致她被父母教训已经太多次，她不敢怠慢。

齐颜和唐薇也跟下楼，齐颜暗自运气，不信自己收拾不了这个小惹事精。

姜小成鬼哭狼嚎地来到楼下，他爸爸正好开一辆小货车停在门口，夫妻俩见儿子大呼小叫，都愣着看向店铺里面。

"爸，妈，姜小余叫她同学打我。"姜小成信誓旦旦，宛如他已经被齐颜打了一顿。

姜小余慌忙否认，唐薇跟姜小余爸爸解释："叔叔，我和齐颜来给姜小余过生日，吃完蛋糕就走，真没打他。"

姜小余爸爸很快弄清原委，知子莫若父，女儿和儿子是什么性格，他平时装糊涂，但怎会真的不清楚。

他笑着对齐颜和唐薇说："你们上楼吧，没事。"转脸又对姜小成说，"再胡闹，看我抽不抽你。"

姜小成见污蔑不成，正要撒泼打滚，齐颜走过来满脸堆笑对他说："小成，哥哥带你买礼物去怎么样？"

姜小余和唐薇同时愣住，姜小成也难以置信地盯着齐颜："你带我买礼物？"

"今天你姐过生日，我们给她买了礼物，当然不能少了你那份。"

齐颜继续引诱。

姜小成却恍然大悟说："你是想找个没人的地方打我。"

"我打你干什么？我真给你买礼物，你脚上这双球鞋不是正品吧？我带你买双真的。"齐颜盯着他脚上的篮球鞋。

"真的？"姜小成还是不敢相信。他这双篮球鞋的确是仿货，他做梦都想拥有一双正品。

"我有这店会员卡，很久没去了，不差你一双鞋。"

齐颜说着手搭住他肩膀，从钱包里掏出会员卡。

姜小成看到卡，对齐颜的戒心瞬间土崩瓦解。

"你真给我买鞋？"姜小成两眼放光。

"骗你干什么？出门打车就去。"齐颜拍着胸脯。

姜小余父母见齐颜不是在开玩笑，连忙作势阻拦，都说这怎么好意思，又不是姜小成生日。

姜小余也不想让齐颜破费，因为齐颜给她买蛋糕和那套文具已经很贵重，如果再给姜小成买一双正版球鞋，她实在受之有愧。

齐颜却已经打定主意，说自己这几天正好打算买球鞋，带姜小成一起，买两双还能优惠。他叫唐薇和姜小余先回卧室，拽上姜小成出门打车，直奔几公里外购物街。

一小时后刚好五点，姜小余父母开车去了菜市场，唐薇和姜小余坐在楼下门口照看商店。

出租车停在门外，齐颜和姜小成推门下车，各自手中拎一个购物袋，姜小成还拿着一个大号冰激凌，吃满嘴奶油。

唐薇和姜小余停下写试卷的笔，起身迎接，还没等她们跟齐颜说话，姜小成忽然跑到姜小余面前，很亲昵地叫一声"姐"。

姜小余怔住，甚至有些惊恐。她跟姜小成平时都以姓名称呼对方，有记忆以来，姜小成管她叫姐的次数，一只手肯定能数过来，她呆呆看着眼前这个满脸堆笑像是被施了魔法的弟弟，感觉陌生又畏惧。

齐颜站在姜小成身后，朝傻愣着的姜小余做个胜利的手势，传达给她两个字信息：摆平。

"姐，生日快乐。"姜小成郑重其事地对姜小余说。

姜小余答应了一声，暗自琢磨一双球鞋会有这么大魔力，让弟弟变

了一个人？

齐颜一手搂住姜小成肩膀：“还有几句话，跟你姐说说。”

姜小成像在完成约定，对姜小余说：“姐，以后我不打扰你学习了，希望你能金榜题名，考上好大学。”

姜小余彻底蒙了，想问齐颜是不是把姜小成卖了，带回来一个赝品。

“谢谢。”姜小余试探着回答。

进门后，几人把蛋糕和熟食拿到楼下，围坐在一起吃。

姜小成跟换了人似的，不但跟齐颜有说有笑，还主动和姜小余沟通，一声声的“姐”叫得姜小余战战兢兢。

第十一章 拯救天才时越

看海的时候他感觉最放松，因为他知道大海跟他一样孤独，他不需要像跟人交往那样防备什么

Z H I R E X I N G H O N G

第一节

六点多，齐颜和唐薇离开姜小余家，漫步在通往海边的公路上。唐薇好奇，问齐颜是如何改造姜小余那个顽劣弟弟的，齐颜边说边笑，概括为四个字——威逼利诱。

“我给他买一双球鞋，还跟他说，只要他姐能顺利考上喜欢的大学，我会把家里收藏的球鞋给他寄过来几双。那小胖子脚跟我差不多大，我那些鞋买了就后悔，正好给他穿。”

“你可真行。利诱有了，威逼呢？”唐薇问。

齐颜撸起衣袖，亮出胳膊上棱角分明的肌肉：“我吓唬他，说他姐如果考不上好大学，我肯定回来找他算账。他有多怕我，你也看到了，一边是穿不完的正版球鞋，一边是挨揍，他精得很，你说他选哪个？”

唐薇忍俊不禁：“你可真行。你们小男生的世界真简单。”

“我可不是小男生。”齐颜扭两下脖子，“其实他想法还挺简单的，他说他从小就嫉妒小余比他学习好，他也知道他爸妈偏袒他，因为他是男孩子，如果小余也是男孩，他爸妈肯定更喜欢小余。”

唐薇轻叹："果然是嫉妒。他把小余的奖状和试卷都画乱了，小余不让我告诉你，但现在矛盾解开，说也没关系。"

齐颜跟她对视一眼，也叹了口气，说："小余真是太能隐忍，换成我们，真不敢想。她一直这样把委屈藏在心里，真怕她以后心理上会出问题。"

"我也这么跟她说过。"唐薇顿了顿，"还有一件事我想告诉你，但小余也不让说。"

"你这么说就是想告诉我，说吧，我不跟小余说。"

"今天易欣带几个女生欺负小余，易欣让小余承认自己作弊，看来她也嫉妒小余的成绩。"唐薇总算把憋在心里的话说出来，她实在瞒不下这样的心事，不吐不快。

齐颜皱眉："你亲眼看到的？"

"嗯。"

"我去找易欣……"

"千万别。小余不让我告诉你，就是怕你找易欣。还有两个月考试了，我觉得小余说得对，安安稳稳参加完高考比什么都重要，这机会对她太难得，高考后她顺利读大学，会好的。"

听唐薇劝说，齐颜只好打消找易欣理论的想法。虽然都是复读生，但高考对姜小余的重要程度显然更大，容不得半点闪失，所以能忍则忍。

两天后，正好到3月份校考出成绩的时间，唐薇的校考成绩终于可以查询，她以留校生身份顺利通过名牌艺术院校的专业考试，拿到合格证，这充分证明她的确有绘画和艺术天赋，算是创造了一个不大不小的奇迹。

接下来两个半月，只要她继续提高文化课成绩，可以肯定地说绝对能拿到那所学校的录取通知书。

早自习，杜亚娟当众表扬唐薇的优异成绩，不夸张地说，唐薇是宁南二中今年第一个踏进重点高校门槛的学生。

齐颜还有时越、姜小余纷纷和唐薇击掌，庆祝她提前跑到终点线，离梦想中的大学仅有一步之遥。

杜亚娟叫同学们安静，走下讲台打开教室门，这时走进来一个女生，高挑纤细，蓬松的泡面发型时尚又不失活泼，脸很小，发卷的棕色刘海遮住上额，更显小巧，精致的杏眼带着美瞳，小鸟嘴上薄薄的涂着唇釉，脸上还擦了粉底，笑起来能看见若隐若现的腮红。

这是班里除了易欣之外，第二个带较浓妆容上学的女生，而且化妆技术似乎比易欣要高明许多。

女生穿一身复古风的黑色连衣裙，典雅中带一丝俏皮，不必说漂亮出众，单是敢穿这么夸张的裙子上学，在宁南二中已经是一道靓丽风景。

“给大家介绍一下，这位同学叫林可可，和唐薇一样是艺术生，学音乐，来咱们班备考。大家欢迎一下。”

那女生丝毫不怯生，漂亮脸蛋上仿佛镶嵌着半永久笑容。等杜亚娟介绍完，她优雅地向同学们微微鞠躬：“大家好，我叫林可可，很高兴来十八班和大家一起学习。”

掌声响起，齐颜感觉眼前一亮，但是也没多在意，鼓掌后继续做数学题。

坐在齐颜前面的苏岳和孙晓龙却显得格外兴奋，手心拍得通红。

齐颜揉揉耳朵，伸长胳膊拍苏岳的肩膀：“干什么呢？吃兴奋剂了？小点声。”

苏岳眼神很费力地从林可可脸上挪开，转身对齐颜说：“齐颜，我恋爱了。”

齐颜一怔，看看前面的林可可，反应过来，摇头说：“谈恋爱只会影响你答卷的速度，快高考了，别想没用的。”

不等齐颜说完，孙晓龙也转过身，盯着他说：“颜弟，哥也恋爱了。”

齐颜见前面一大一小两张脸上都做花痴状，心中泛起阵阵油腻，颇为鄙夷地说：“谁是你弟？你们俩能不能别这么丢脸？新来个女生还没说话就把你们迷成这样？渣男。”

易欣也忍不住吐槽：“就是，没见过漂亮女生啊？头给我转回去。”

她刚说完，正看武侠小说的周海洋抬头看看林可可，对易欣说：“比你漂亮。”

易欣像被踩了尾巴，狠狠捶了周海洋胳膊一拳：“周海洋你是不是想死，说话注意点。”

几人正闲扯，杜亚娟让林可可随便找个座位坐下。复读班学生少，

最不缺的就是座位，两个学期过去，教室里最初的排位早已换了几十次，只有齐颜所在的最后一排风雨不动安如山。

林可可提着书包左顾右盼。

有七八个空座供她挑选，她正不知坐哪里，苏岳和孙晓龙指着前面的空座招呼她，就差给她铺一张戛纳式红毯。

林可可见他们如此热忱，盛情难却，笑着坐到他们身前。

早自习下课，苏岳和孙晓龙跟苍蝇一样围在林可可身边嘘寒问暖，叫她有什么需要帮忙尽管开口。林可可笑盈盈地答应，却从书包里掏出几袋零食，起身走向教室后排。

苏岳和孙晓龙本以为那些零食是给他们的见面礼，却见林可可来到齐颜面前，把零食轻轻放在课桌上："齐颜你好，我叫林可可。"

"你认识我？"齐颜好奇地看她。

"那天看你上台领奖，和别人打听的。"林可可毫不掩饰，"齐颜，认识下？"

听到这句话，所有人都朝这边看过来。齐颜虽然不止一次遇到这样的情景，可还是手足无措，转脸看看旁边吃瓜看戏的唐薇，把桌上零食推还给林可可："不好意思，我不想吃。"

见齐颜委婉拒绝，林可可却不打算退缩："没关系，等你什么时候想吃就跟我说。"

唐薇忽然站起身，瞥一眼齐颜，欲言又止，对姜小余说："小余，走，别打扰人家说悄悄话。"

姜小余虽然木讷，但也看出唐薇的状态大概叫吃醋，答应一声，跟唐薇向教室门口走。

林可可同样接收到唐薇传递来的信号，盯着她背影看，转过身对齐颜说："好漂亮的女生，你女朋友？"

"不是。"齐颜坚定回答，他现在恐惧"谈恋爱""女朋友"之类的字眼。

"那我跟你说话，她生什么气？"林可可嘟嘴问。

易欣冷眼旁观，终于找到插嘴时机，冷笑说："因为你刚来就插队。"

林可可听易欣不怀好意，不愿搭理，傲娇地抱起那几袋零食，依旧笑着对齐颜说："什么时候想吃就来找我，等你。"

齐颜朝易欣翻个白眼，叫她谨言慎行别乱扯，易欣却朝他吐舌头扮鬼脸，故意气他。

周海洋这时把武侠小说摔在桌子上，啐一口说：“这书里的张无忌啊，招蜂引蝶，自己还装清高。”

齐颜自然听出周海洋是在讽刺自己，习惯性地想要还嘴，说一声“宋青书的命你怪谁”，可看看黑板上的倒计时“75”，转瞬压下心底怒气，提醒自己别跟他置气。

林可可坐回座位，把零食塞进课桌。嗷嗷待哺的苏岳和孙晓龙连忙围上来，苏岳坐到她身前，孙晓龙坐在她身后，呈包围之势，相亲现场一样进行自我介绍。

林可可敷衍一笑，显然对他们不是很感兴趣。

“林可可，齐颜不吃，我吃。”苏岳厚着脸皮说。

“我也吃，我最喜欢吃零食。”孙晓龙不遑多让，班里空降这么一个漂亮女生，他比苏岳还兴奋。

林可可却很冷漠地晃晃肩膀，似乎是在表达向自己献殷勤的男生太多，她懒得搭理，转身含情脉脉地瞄齐颜一眼，故意抬高声音说：“我的零食只给齐颜吃，不给你们吃。”

齐颜两耳不闻窗外事，只顾着做题。

苏岳站起来看看齐颜，问林可可：“为什么啊？因为他长得帅？”

林可可直言不讳：“对啊，又高又帅，又会打篮球，学习还那么好，我听朋友说了他很多风云事迹。”

孙晓龙转身看齐颜，齐颜依旧八风不动，像突然失聪一样装作什么都听不到。

“他哪里帅啊？有我帅吗？”孙晓龙露出一个油腻微笑，朝林可可做个生硬的 wink（眨眼），嘴和眼睛像打架一样不协调。

林可可嫌弃地“噫”了一声，躲孙晓龙那张脸远远的：“齐颜就是帅，不许你们说他坏话。你们两个别围着我，OK？”

苏岳叹口气：“旱的旱死，涝的涝死。”

吃过晚饭，齐颜一如往常来到篮球场打球，唐薇和时越跟他告别，直接回班。

林可可从食堂一路跟踪到篮球场，这时站在场边，肆无忌惮呼喊齐颜名字，想让全世界都知道她对齐颜的喜欢。

同在场上的苏岳和孙晓龙辛酸又尴尬，直言要跟齐颜断交，齐颜却让两人赶紧把林可可带走，这个林可可不但想影响他答卷的速度，现在还影响他投篮的精度。

第二节

唐薇和时越来到教室门外，姜小余恰巧吃完晚饭回来，叫住两人。姜小余挽住唐薇的手臂，在她耳边说悄悄话，说上楼时看到新来的女生林可可在篮球场给齐颜加油助威，唐薇摆出一副无所谓的姿态，掩饰心里的别扭。

两人说着进门，身旁忽然传来程元熙一声怒吼，吓得她们同时一抖，转身看才知道，原来时越不小心碰到程元熙课桌上的水杯，程元熙正趴在桌上做题，水洒在试卷上，浸湿了一大片。

“啊！”程元熙一声惨叫，如同自己掉进水里，“时越，你是不是故意的？我刚做好的卷子还没来得及检查，你……”

程元熙一惊一乍，平时文文静静的他发飙起来，连周海洋都不是他对手，更别说胆子比指甲盖还小的时越。

时越连珠炮一样说着“对不起”，比程元熙高半头的他藏在唐薇和姜小余两个瘦弱的女生身后，像个犯错后被家长批评的孩子。

唐薇和姜小余弄清状况，连忙帮时越道歉。

程元熙却没有半点同情怜悯。自从几天前颁奖典礼过后，他对时越的嫉恨越发深刻，感觉比被人当众打几个耳光还要耻辱，堵在心里那口气让他寝食难安，他发誓下次考试一定要拿回属于自己的第一名，这几天学习变得更认真刻苦。

偏偏在他加足马力时，时越却给他泼了一杯“冷水”，他心底恨意像沉睡的野兽被唤醒，大有新仇旧恨一起算的气势，对时越大声怒吼，宣泄情绪。

“你就是故意的，别以为我不知道，你怕我下次考试拿回第一，才用这样下三烂的办法打扰我学习。时越你这个卑鄙小人！”

听程元熙骂出这么难听的话，直接攻击污蔑时越人品，唐薇再也不想隐忍，挡在时越身前说：“你说话别这么刻薄，时越他不是那样的人，他不是故意……”

“你怎么知道他不是故意的，你又不是他。”程元熙不依不饶，“我知道你们跟他关系好，他像个傻子像个巨婴一样，做什么在你们眼中都是无辜的，可他就是利用你们同情心，装傻装可怜。”

坐在讲台边做题的陆明宇猛然站起，身为班长，他本不想偏袒哪一方，而且最近他成绩下降，压力上来，一心忙着补功课，没有心情管班级上的琐事，可他实在听不下去程元熙这几句话。

“好了程元熙，时越是什么人大家都知道，你别得理不饶人。”

听班长发话，程元熙怒火更难以控制：“我得理不饶人？陆明宇，你当班长就是这样拉偏架的？好，你们都帮他，就我是坏人。”

陆明宇见他情绪失控，只怕他比时越先疯掉，连忙走过来安慰：“程元熙你别误会，你体谅一下时越，他……”

“他精神有问题”这几个字，陆明宇当着时越的面难以启齿，只好给程元熙一个眼神，希望程元熙理解万岁。

可气头上的程元熙只感觉全世界都在和他为敌，他压抑多时的怒火蹿上来，绝不想向谁妥协。

他抄起桌上的水杯，“砰”一声摔在地上，玻璃杯和地板相撞，瞬间炸得粉碎，吓得时越紧紧躲在唐薇和姜小余身后，可唐薇和姜小余也被突然爆发的程元熙吓到，跟着一起向后挪。

程元熙指着陆明宇和时越，又指向唐薇、姜小余，然后是全班每个人，咬牙说：“他是好人，他可怜，他无辜，他考第一你们都高兴，我考第一没见你们这么高兴，都巴不得他把我拉下来对不对？”

教室里充斥程元熙的怒吼，连走廊里其他班学生都被吸引过来看热闹，陆明宇和唐薇等人被问得哑口无言，不知怎样回答这个角度刁钻的问题。

易欣憋不住笑，每次看热闹她都最起劲，就差搬个小板凳去前面嗑瓜子。

周海洋见教室里安静下来，连忙说：“别㞞啊，你们怎么不骂回去？这么多人骂不过一个人？”

陆明宇正愁无处发泄，转身看周海洋："你能不能闭嘴别添乱？"

周海洋正津津有味吃瓜，被陆明宇抓典型呛了一句，怒火被勾起来，站起身踢一脚课桌："陆明宇你跟谁说话呢？"

"跟你。"陆明宇早就看他不爽，"徐主任说你是根搅屎棍，你不以为耻，反以为荣，班里多少矛盾是你挑起来的？"

周海洋一把推翻课桌，要冲过去找陆明宇理论。易欣急忙拉住他，却被他一把甩开，他攥紧拳头冲向陆明宇，班里基本都是女生，没人敢阻拦他。

陆明宇不甘示弱，立刻跟周海洋短兵相接，四条粗壮的手臂扭打在一起，几张课桌顿时被撞翻，教室里鸡飞狗跳。

齐颜和苏岳他们打完篮球回班，林可可手中拿一瓶冰镇饮料，非要给齐颜喝，齐颜说什么也不肯接，林可可要扔掉，却被苏岳和孙晓龙抢过来，一人一口喝光。

几人在卫生间洗脸，边擦脸边往教室走，刚上楼就听教室里桌椅挪动的声响，门口还围了许多人。徐云峰猜是扫除，可仔细一听不对劲，扫除哪有这么激烈，何况还夹杂着阵阵骂声和摔东西的声响。

齐颜第一个反应过来，踮起脚从后窗瞄一眼，看到教室里乱成一锅粥，急忙撇开篮球冲进门，大喊一声"别打了"。

苏岳和孙晓龙、徐云峰跟进门，和齐颜一起拉架，几人费尽九牛二虎之力，总算把周海洋、陆明宇分开。

周海洋被齐颜、孙晓龙、徐云峰按住胳膊，但他野性难驯，威胁几人赶快松开手，要不然他照打不误。

齐颜虽然讨厌这家伙，但同学在教室里面打架，他当然不会袖手旁观，劝周海洋冷静下来，冲动是魔鬼。

易欣这时也凑过来安抚周海洋的情绪。

这边战况刚稳定，讲台上的时越不知受了什么刺激，忽然发疯跑回教室后面自己的座位，一边声嘶力竭地哭喊，一边撕扯课桌上的试卷书本。唐薇和姜小余以及附近几个女生连忙去阻止，教室里又陷入混乱。

齐颜松开周海洋，跑过去抱住时越，他一个人力气比几个女生加起来还大，总算把发疯的时越制止下来。

林可可站在教室门外，第一天来上课，她经历了复读班两学期以来最热闹的一幕，惊得合不拢嘴，可目光依旧集中在齐颜身上，心中只有一句话：连拉架都这么帅。

林可可正犯花痴，教室门口忽然走进来两个人，是徐立鑫和另一个教导处老师，通过走廊监控，他们已知晓了事情的大概。

徐立鑫办公室内，除了几位教导处老师，还有两位副校长，以及杜亚娟，参与打架、吵架、拉架的学生悉数到场，共有十几人。

杜亚娟脸色十分难看，班里成绩前几名的学生都在其中，五天前他们登台领奖学金，此刻却被集体带到这里批评，她这个班主任面子当然有些挂不住。

还好学生们都没受伤，周海洋和陆明宇也只是擦破一点皮，而时越的情绪在齐颜和唐薇安抚下，现在也已经平稳下来。

通过走廊监控和学生们的口述，校长老师们很快捋清整件事的来龙去脉，矛盾主体有两个，一个是程元熙和时越，另一个是周海洋和陆明宇，其余几人都围绕在这两个主要矛盾身边。

花了足足一堂晚自习时间，在校长、教导主任、班主任“三堂会审”下，冷静下来的周海洋、陆明宇、程元熙积极承认错误。

念在他们是复读生，平时也没什么劣行，周海洋这些天也只是闷头看课外书，没惹什么乱子，学校给予记过处分，每人写一份千字检讨，其他人引以为戒。

经历这次事件，高三（18）班的气氛变得格外诡异，坐在门口的程元熙只顾闷头做题，不和任何人说话，上课不再积极抢答，老师问他，他只说自己不会，不知在跟谁耍小脾气。

坐在墙角的时越更加沉默寡言，甚至面对唐薇和齐颜时，他脸上也没有曾经的笑容，在墙角一坐就是半天，同样半个字不说。

周海洋更是一副死猪不怕开水烫的模样，除了易欣外，班里每个人似乎都是他仇人，谁多看他一眼，他都能用眼神“揍”对方一顿，叫人望而生畏。

其他人也同样沉浸在这样的忙碌和压抑中，教室里连空气都变得凝重，再难听到往日欢声笑语，哪怕再要好的朋友，在班里说话时都要压低几个声调，每个人都变得小心翼翼，生怕说错哪句话，再惹出新的矛盾。

齐颜很不习惯这种氛围，可转念想想这样也好，至少能把更多精力放在学习上。直到第三天早上，唐薇急匆匆跑来告诉齐颜，时越打算休学在家，直到高考。

早自习下课，齐颜和姜小余凑到唐薇身旁，苏岳和孙晓龙、徐云峰也围上来。

唐薇说昨晚时越父母给杜亚娟打电话，时越说什么也不肯来上学，执意在家复习备考，杜亚娟劝说无果，只好暂时批准。

唐薇早上去找时越上学才得知这个消息，心里着急，可无论怎样劝说，时越就是不肯跟她一起上学，她干着急也没办法。

孙晓龙瞪一眼门口程元熙的背影，抱怨说："都是因为那小子。自从时越考了第一，他就冷嘲热讽，到处找碴儿。"

苏岳急忙捂住他的嘴："你小点声，还嫌不够乱？"

孙晓龙一把推开他，说："我哪句不是实话？要不是他骂时越那么难听，时越能受刺激，好好的怎么会休学？"

"好了，别吵了。"齐颜皱起眉，"现在问题关键是用什么办法让时越回学校上课，他在家休学肯定影响成绩，没有考试状态，拿什么去高考？"

唐薇忧心忡忡："齐颜说得对，时越最大的问题不是成绩，是心理状态，他在家复习，考试的时候肯定会紧张。"

姜小余点点头："我也有考试紧张的时候，何况时越情况特殊，他如果现在回家休学，这两学期岂不又浪费了？"

徐云峰想了想，说："他平时在家复习，考试回来参加怎么样？"

"我看行，这样既不耽误复习，也不耽误他训练考试状态。"苏岳赞成。

齐颜却摇头："时越怕人多的环境，不是参加几次模拟考试就能解决的。他回来上学才能融入环境，保持状态，我们要想办法帮他克服心理障碍，不是帮他逃避。"

孙晓龙无奈一笑："我们又不是心理咨询师，时越现在连唐薇的话都不听，我们能行吗？"

齐颜说："行不行总要试过才知道。心理咨询师也不一定比我们管用，我们是他的朋友，现在不帮他，谁还能帮他？”

“时越不能再错过这次高考了，我们总要试一试，让他找回信心回学校上课。”唐薇语气笃定。

齐颜把手放在课桌上，手心朝上，环顾几人：“我知道大家都忙着复习，时间很紧张。愿意去帮时越，手伸出来，不想去的不道德绑架，谁高考都很重要，没义务为别人付出。”

唐薇把手放在齐颜手掌上，姜小余也没多思考什么，随即是徐云峰，孙晓龙想了想说：“我成绩能提高，时越帮我很多，不去帮他我还是人吗？”

见孙晓龙的胖手落上去，苏岳瞪圆眼睛龇牙一笑，几人同时看向他那张表情丰富的娃娃脸。

“苏岳你怎么想的？去不去给个痛快话？”孙晓龙催促。

苏岳轮圆胳膊，右手狠狠拍在孙晓龙手心上，疼得孙晓龙直咧嘴，朝苏岳小腿踢一脚。

苏岳笑嘻嘻地说：“你岳哥我是那不地道的人吗？我宣布，拯救天才时越计划现在开始执行，都给我打起精神，把时越弄回学校上课，我还要问他题呢。”

几人商量妥当，具体计划交给齐颜和唐薇安排，第二天是星期日，下午仍有半天假期，他们打算利用假期展开行动。

第三节

中午下课铃响，地理老师刚说下课，程元熙像听到发令枪，没有半秒钟延迟，屁股下面如同安装了弹射座椅，起身走出教室。

齐颜像猫抓老鼠，三步并作两步，跟在程元熙身后冲出教室，在楼梯拐角追上他，轻轻一拍他肩膀。

“程元熙，速度这么快？”齐颜尝试跟他套近乎。

程元熙扭过脸看到齐颜，没说什么，继续加快脚步下楼，他不想耽误哪怕一秒钟，也许一分之差就会让他再次失去第一名，再次和心仪的名校擦肩而过。

齐颜追上去，好在他们十八班在顶楼，就算程元熙跑再快，楼梯这时已经被下面几个楼层的学生堵住，不得不放慢速度。

“我想跟你商量个事。”齐颜不屈不挠，抱着被程元熙臭骂一顿的风险。

“什么？”程元熙不看他。

齐颜润润喉咙，“你跟时越，还生气呢？”

“我没生气，谢谢。”

齐颜耐着性子：“时越的情况你也了解，不论他那天是不是有意撞你水杯，你也别跟他计较了。”

两人跟随人潮一点点向下走，程元熙终于转身看齐颜：“别再提这件事，如果你是帮他来道歉的，没必要。”

齐颜笑得有几分尴尬，好在他脸皮够厚，还没破防：“好。时越他休学了。”

程元熙一顿，皱眉抿几下嘴唇，说：“你不会把他退学也赖在我身上吧？”

“我不是那个意思，我就是想说……”齐颜心一横，“我们明天约时越出来，想劝他回来上课，你和他之间毕竟有些误会，如果能当面说清，解开矛盾，对你们都好。”

“我不需要。”程元熙冷冰冰回答。

两人说话间来到一楼大厅，出了教学楼再向前走一百多米就是学校正门，程元熙的妈妈正开车在外面等候。

齐颜见程元熙如此决绝，心中不免有些寒意。时越休学这件事，很大一部分责任在于程元熙，程元熙在检讨书中也明确写道不该和时越争吵，现在却翻脸不认账。

“可是他需要。”齐颜加强语气。

程元熙板着脸：“他需要跟我有什么关系，我又不欠他。”

齐颜压下怒火：“我知道你跟时越因为成绩有些矛盾，但你们成绩都很好，真不必那么在乎第一第二。”

“你是说我嫉妒他考第一，故意把他排挤到回家休学？”程元熙转身质问，“我就知道在你们眼中，我是个小人，是卑鄙自私。”

齐颜听程元熙发完牢骚，又加快脚步追上去：“过去的事没必要争论谁对谁错，我们只想请你来帮时越一次。同学一场，大家有什么矛盾当面说清，都能好好参加高考。”

“我不需要，我说了。”程元熙不回头，前面不远就是校门。

齐颜再次停下脚步：“时越休学，你不是一点责任没有。他和我们不一样，他在家复习两个月，成绩很可能还不如上次高考。”

程元熙放慢脚步，想反驳却不知说什么。

齐颜盯着他的背影，边走边说：“我知道他来不来上学都跟你没关系，你照样能考上好大学，可时越也许就这一次机会，如果还考不上，他不会再有勇气上学，甚至以后没勇气做其他事，我们怕他这辈子就这样毁了。”

程元熙在校门前停下，两只手抓紧英语书，喉结滚动几下，张嘴似乎想说什么，却欲言又止，迈步走出校门，走向对街一辆银白色轿车。

齐颜失落地盯着程元熙背影，孤零零地站在向前涌动的人群中，他不想责怪程元熙，只是感到无助和自责。

“别多想了，他不答应，我们早就猜到。”身后传来唐薇的声音。

齐颜转身朝她笑笑，故作轻松：“没关系，他答不答应，我们都要按计划做。你跟你爸商量好了？”

“嗯，我爸说明天下午天气好，风不大，他带我们出海。”唐薇笑着说。

齐颜会心一笑：“好，今晚我们就约时越，如果明天天气不好就改天，我去跟杜老师请假。”

之所以选择坐船出海，因为唐薇说时越跟齐颜一样喜欢海，时越说过，看海的时候他感觉最放松，因为他知道大海跟他一样孤独，他不需要防备什么。

跟时越父母沟通好，也征得时越本人同意，星期日下午，齐颜和唐薇把一整天没出门的时越带到“时光号”。

唐煜和唐薇从昨晚开始检查整理船只，出海一次要费很大劲儿，书店停业一天，直到姜小余和苏岳他们赶来帮忙，开航前的工作才准备妥当。

这天下午艳阳高照，风也轻柔，唐煜在驾驶舱掌舵，船航速很慢，十分平稳，而航线早已设计好，最远处离海岸仅有五海里左右。

时越上船后依旧不说话，甲板上，齐颜和唐薇几人像往常那样闲谈，

在遮阳伞下享受难得的惬意时光。

等船离海岸渐远，波光粼粼的海面越发壮阔，蓝天白云下几十只海鸟在画卷一样的风景中翱翔，让人心驰神往。

坐在众人旁边安静倾听的时越不由得站起身，悄悄走向船舷，一个人安静地看海。

遮阳伞下的几人对对眼神，苏岳和孙晓龙继续玩飞行棋，其他几人边吃边谈，尽量不打破这和谐恬静的氛围，不敢打扰时越。

几分钟过去，时越依旧像雕塑一样望着大海出神，齐颜给几人一个眼神，独自起身走过去，试探着来到时越身边。

时越余光看到他，没说什么，继续看远处。

“在家开心吗？”齐颜问。

“嗯。”时越低声答应。

齐颜一笑：“去年我在家休学一年，最开始感觉自由自在，没有老师管我，是挺开心的。”

时越虽然不愿说话，但什么都懂，早已猜到他们的意图。

齐颜继续说：“可在家久了，越来越没意思，要不然也不用来这里复读。”

“嗯。”时越又给出一个字回答。

“其实我挺高兴的，如果不来这里复读，我就不会认识你们。”齐颜看着时越，“时越，你高兴认识我吗？”

时越犹豫，几秒钟后微微点头。

齐颜问：“我想和你一直这样做朋友，怎么样？”

“嗯。”

“那就好。”齐颜笑起来，“还记得春节前你到我家那边旅行吗？”

时越点头，脸上若隐若现露出一丝笑容，似乎是回忆起那段美妙经历。

齐颜心中一喜：“我们看雾凇，看日出，滑雪，打雪仗，堆雪人，还吃了那么多好吃的。”

“嗯。”从语气判断，时越这个嗯显然变得更积极。

齐颜趁热打铁：“你滑雪太棒了，我学很长时间才学会，你一学就会，而且你是第一次见雪，你是我见过在滑雪上最有天赋的人。”

时越脸上终于出现久违的笑容。第一次滑雪的经历他记忆犹新，他以前从未做过关于体育运动的梦，但自从北方回来，梦到滑雪已经不止三次。

“等我们考到北京，冬天还找机会去滑雪。”齐颜观察时越脸色，“对了，我们打雪仗后躺在雪地上，你还记得吧？我们约定考到同一座城市。”

时越再次点头，他当然不会忘。

“现在薇薇已经通过考试，基本确定会到北京读大学，我也努力考到那里，你呢？”齐颜进入正题。

时越果然对这个话题有些敏感，脸上残存的微笑渐渐消失，两只纤瘦修长的手紧握船舷边的扶手，表情肉眼可见的局促起来。

齐颜的手轻轻搭在他肩上，但很快放下，循循善诱道：“你比我们聪明，虽然不爱说话，但我知道你什么都明白。你自己在家复习，成绩肯定不会比在学校好，少考 50 分都有可能，那是天差地别。对你来说最关键的是克服紧张，你同意吗？”

时越沉默不语，齐颜小心翼翼地继续说：“我们都不想让你重蹈覆辙，人要经历挫折才会成长，我们都一样，你想高考取得好成绩，就要学会面对和克服心里的恐惧。回来上课吧，时越，最好的复习就是我们一起在学校上课。”

时越依旧不回答，但从眼神和表情的微妙变化中看得出，他内心在动摇，做出在家休学的决定，他思想上原本就很犹豫挣扎。

正如齐颜所说，经历颁奖典礼和“教室大混战”两次事件，他内心积攒大半年的平静再次被打破，加之临近高考，那股紧张压抑的情绪再度卷土重来，他不堪重负，被压得喘不过气，所以只能选择逃避令他感到不安的校园生活。

“时越，回来跟我们一起上课吧。”唐薇这时走过来，站在时越另一侧。

姜小余和苏岳他们也站起身，孙晓龙说：“时越，你对咱们班太重要了，你就回来吧，你回来，我少说能多考 30 分。”

时越感受到大家的热情，他也明知自己在家复习肯定会影响高考成绩，却还是迈不过心中那道坎，他找不到刚来复读时的勇气，不敢回去

面对。

齐颜这时朝船舱的方向打个响指，两秒钟后，舱门打开，一个戴眼镜的小个子男生走出来，竟然是程元熙。

“时越，对不起，你回来上课吧。”

时越转身看到程元熙，一时愣住，随即往唐薇身后挪挪脚步。

程元熙慢慢朝他走过去，红着脸说：“时越，我真是来跟你道歉的。之前是我做得不对，我……我嫉妒你考第一，嫉妒同学们都对你那么好，是我争强好胜，所以对你有偏见，希望你能原谅我。”

时越被突然出现的程元熙惊呆，不知该说什么，只是怔怔地盯着看，但眼神中没有半点责怪的意思，他向来不会记恨别人。

程元熙连忙说：“当然你不原谅我也可以，但我希望你能回来上课，你真的很优秀，第二次高考对我们都很重要，我不希望你因为这些事错过，那样我也会愧疚。”

程元熙走到时越面前，伸出手等待。

齐颜见时越犹豫不决，手轻轻搭在他胳膊上说：“时越，你就原谅他吧。他今天上午特意找我，主动要来跟你道歉，他真的很自责。”

程元熙见时越迟迟不伸手，右手只好慢慢拳起，缩回到身旁，擦擦鼻尖说：“齐颜刚才说得对，其实每个人都有压力，不只是你。我两个姐，一个在最好的大学读研，一个每天都拿奖，跟她们比，我感觉自己什么都不是，只有第一名能满足我一点虚荣心。我们应该从挫折中学会成长，不论你原不原谅我，我都感谢你，你让我认识到自己的另一面。我希望你能回学校上课，你需要十八班，十八班也需要你。”

程元熙低下头，镜片后面的眼眶渐渐湿润。昨天回到家，他对齐颜中午那些话反复斟酌，回想曾经因为成绩问题和同学们几次发生摩擦，越发觉得自己小肚鸡肠，懊悔自责，所以今天上午他找到齐颜，答应一起来劝说时越，也算对曾经的自己完成救赎。

时越不肯原谅自己，也在程元熙预料中，他正要识趣地转身离开，时越这时却伸出手，很温柔地说了声“没关系”。

程元熙立刻握住时越那只手，眼睛里闪动泪光：“对不起，时越，你能回学校上课吗？”

时越看着程元熙真诚的目光，又环顾齐颜和唐薇他们同样写满期盼的脸，终于说出一个“好”字。

风平浪静的大海上，“时光号”在碧蓝中游弋，伴着温暖和煦的海风，小船周围飘荡起七个年轻人肆无忌惮的呼喊声，直到很晚。

第十二章 弱者挥刀向更弱者

周海洋挣扎过，但无能狂怒，他只能恶者恶行地麻痹自我堕落

Z H I R E X I N G H O N G

第一节

休学一天的时越终于回来上课，杜亚娟听齐颜描述整个劝说过程，对外甥大加称赞，直夸他长大了、懂事了、省心了，知道帮自己排忧解难，记大功一件，等高考过后一起奖励。

晚上十点，宁南二中三公里外的一栋旧楼里，破损的墙壁重新粉刷过，在路灯照耀下依然能看出它斑驳陈旧的模样。周海洋背书包走进楼道，左手揉着脸颊上成片的淤青，膝盖上的伤让他爬楼有些吃力，他扶着扶手，一级级台阶向上走，爬到六楼，狠狠喘了会儿粗气。

掏出钥匙拧开门，不算宽敞的两室一厅，没什么像样装修，橙黄色的粗布沙发几乎是客厅里唯一的暖色调，爷爷正坐在沙发上看电视。

耳背的爷爷即使戴了助听器，电视也要放很大声音才能听到。周海洋习惯性地揉揉耳朵，皱起眉，让爷爷把电视调小点声，别影响奶奶休息。

他刚要走进卧室，爷爷看到他脸上的伤，将遥控器不轻不重地拍在茶几上。

“又打架了？”爷爷质问。

周海洋侧过脸，不耐烦地说：“没有，跟朋友吃饭，做游戏不小心碰的。”

“你是不是当我老糊涂了？整天不学好，还在外面鬼混？”爷爷耳背，说话声也大，总像在吵架，“你徐叔跟我说，你在学校不好好学习，又像以前那样……”

徐叔就是徐立鑫，周海洋不听他唠叨：“你们可真能闲操心，我的事不用你们管。”

“你这孩子能不能懂点事？这么大的人了，怎么还跟小孩子一样？要不是你徐叔，你早就开除了，怎么不用管？”爷爷大喊，声音压过电视。

“开除就开除，我正好不想上学。”周海洋赌气说。

卧室里卧床的奶奶听到争吵声，咳嗽两声，用祈求的语气劝架，让他们别吵了。

周海洋转身走进奶奶的卧室，告诉老人家别激动，拿起床头柜上用温水加温的汤药袋，细心地给奶奶撕开一角。

客厅里爷爷还在喋喋不休数落着，周海洋把门关上，眼不见心不烦，握住奶奶粗糙的手说：“奶奶，我在学校挺好的，你别多想。”

“你爷爷也是关心你，你跟他说话时别那么顶撞他，他年纪大，耳朵也背。”

“嗯。”

“你爸明天就出来了，看看你现在，你爷爷心里能不急吗？”奶奶握住周海洋的手，语气低沉，说着又咳嗽两声。

“我的事你不用操心，养好身体，我以后想出去做生意，赚大钱养你们，上不上学无所谓。”

“你还有两个月高考了，怎么说这些？现在做生意也要有文化。”奶奶有些心急，喝到一半的汤药放到一边。

周海洋急忙宽慰她：“放心奶奶，高考我肯定参加，能考多少分算多少分。”他顿了一下，“他明天回来，住家里？”

“肯定住家里啊，你爸睡沙发，你还睡自己房间。”

“我出去到同学家住两天，明天后天不回来了。”周海洋说。

奶奶皱眉：“你想出去躲着你爸？”

周海洋不答，把手绢递给奶奶擦嘴，打开书包，从里面拿出一袋水果放在床边。

奶奶用手绢擦擦他脸上的淤青，叹气说：“你呀，出去别打架，零花钱不够就说，出去散散心也好，跟你爸这么多年没见，生疏是肯定的，但父子间没有深仇大恨，你过两天回来见到他，别总是耷拉着脸，怎么说他也是你爸。”

周海洋敷衍着答应一声，出门回到自己卧室。明天是周日，他打算今晚和明天都在网吧度过，等周一晚上再回家。

之所以要出去放纵两天，正是他不想见到刚出狱的爸爸周成达。

换好衣服，周海洋回到客厅，给爷爷洗一盘水果。爷爷余怒未消，又数落他两句，叫他明天务必回来给周成达“接风”。周海洋嘴上答应，心中却一百个拒绝。

曾经周海洋也有一个完整家庭，虽然父母总是吵架，有时候甚至动粗，但偶尔也会有温馨幸福的时刻。

那时他家里开了一个不大不小的饭店，父亲周成达厨艺很好，只是年轻时在外面混迹，染上酗酒和打架的习惯，脾气格外暴躁，有时能跟吃饭的客人打起来，跟左邻右舍也常有矛盾，因为打架的事，时常能把大半年的利润都赔出去。

终于在九年前一个下午，周成达和一位来吃霸王餐的老人争执起来，老人故意在饭菜里做手脚，想要讹一笔，哪知道周成达不是善茬，争吵演变为推搡，最终情绪激动的周成达把老人推进门外的排水沟，老人索性躺在里面不出来，改变策略变成碰瓷，可等儿女赶到时，那老人却因为头上脚下倾斜太久，脑出血去世。

周成达落下过失杀人的罪名，锒铛入狱，饭店和房子用来赔偿死者家属，再加上他外面本就欠了一些债，可谓倾家荡产。

妈妈把周海洋送到爷爷奶奶这里抚养，只身去外地打工，前两年还会给周海洋寄一些抚养费和物品，到周海洋十五岁时，妈妈就再也没跟他联系，杳无音信。

独自走在四月初的深夜，街道两边灯火通明，周海洋吹起口哨，看上去很悠闲。周成达明天出狱，勾起他最不愿回忆的那些往事，他真想这个夜晚永远不会过去，这样他就不必面对他不愿面对的事情。

从家里去网吧本可以走近路，周海洋却特意绕路来到海边。他平时可没什么闲情雅致学文艺青年来看海，但心情烦闷时，听听海浪也能缓解压力。

海边有很多大大小小的酒店宾馆，游客们精力旺盛，其他城区渐渐安静下来，这里却依然热闹。

周海洋在路边走着，四处张望，似乎想融入这片热闹景象，转眼看到海边一家酒店的沙滩上，秋千椅上坐着两个熟悉身影，他揉揉干涩的眼睛仔细看，好像是徐立鑫和杜亚娟。

“徐主任，杜老师？大半夜，他们怎么会在这里？”

周海洋躲在路边花坛后，看了又看，确定没认错，他看到徐立鑫的手轻轻搭在杜亚娟肩上，两人动作虽然不算亲昵，但完全超过普通人应有的社交距离。

今天是杜亚娟生日，班里举行了简单的庆祝仪式，杜亚娟不收礼物，同学们给她唱了《生日快乐歌》。

“杜老师过生日，徐主任大半夜陪她来这里，还把手放在她肩上，他们来干什么？”

周海洋从好奇变为兴奋，悄悄打开手机相机，动作隐蔽地给两人拍照，换了两个角度，一连拍了六七张。

坐在电脑前，周海洋反复观看那几张照片，发挥自己阅读上百本网络小说培养出来的想象力，一边玩游戏一边琢磨，最终他得出一个结论:教导主任和复读班班主任在秘密约会？

通宵过去，周海洋在网吧的沙发上睡了一上午，中午醒来，他重新开一台机器，简单洗漱后泡碗方便面，继续在虚拟世界征战。

易欣打车来到网吧，周海洋已经在旁边开好一台机器等她。

“你怎么又没上学？”易欣坐下。

“没心情。”周海洋喝口饮料，眼睛不离开屏幕。

易欣忍不住叹气，抽出湿巾擦拭键盘和鼠标，“那你还想不想考试了？”

“就我这成绩，给高才生凑分母？”周海洋自嘲，“我连专科都考

不上，再说考上我也不想读，没意思。”

“那你想干什么？出去打工？”易欣斜眼看他。

“打工是不可能打工的，再说吧，车到山前必有路，我还想和朋友做生意呢。”

“就你那智商做生意？小心被人骗得只剩内裤。”易欣嘲讽。

周海洋回敬她一个白眼：“你能不能盼我点好？就我这智商去上学，考那几分我都嫌寒碜。”

“你努力考个专科也好啊。我听同学说，好的专科比本科差不了多少。”易欣试图劝他，“不想考你复读干什么？这两个月你认真努力点……”

“Stop！你怎么这么磨叽？我啊，回班坐着就闹心，再说我考上有什么用？还要再读几年书，我这性格就不适合读书。”周海洋吹起口哨。

“你就适合逃课打游戏？一辈子没个正形。杜老师今天还问你去哪里呢。”

“你怎么说的？”

“我能怎么说，我也不知道。”易欣娴熟地登录游戏账号，“她说要跟徐主任反应情况，叫你回去直接去徐主任那里谈，再这样逃课出去，对学校影响很大。”

周海洋忽然冷笑，“杜老师和徐主任啊，我跟杜老师谈就行，徐主任晚上就能知道谈话内容。”

易欣不明所以：“你说什么呢？”

周海洋退出游戏，拿出手机找到昨晚拍的几张照片，递到易欣眼前：“认识这两个人吗？”

易欣接过来仔细看，表情逐渐从费解变成惊讶：“杜老师和徐主任？徐主任怎么……搂着……”

“昨天还是杜老师生日，深更半夜，海边约会，够浪漫的，也就我这大侦探能抓到他们。”周海洋得意一笑。

“他们……怎么会……”易欣语无伦次。

“没错，就是你想的那样。你让我找他们谈什么？我是不遵守校规，但我人品不烂，哪像他们，有家室的人。”

易欣把手机还给他："这里面会不会有什么误会啊？"

"能有什么误会？成年人的世界就是这么精彩，现实又魔幻，哪像咱们，被关在他们打造的笼子里，你看到的，都是他们想让你看到的，小孩子。"周海洋继续装深沉。

易欣翻个白眼："没见你多成熟。这照片你打算怎么办？删了？"

"删什么删，说不定以后能用上。"周海洋把手机揣进口袋。

易欣诧异地盯着他："你用这些干什么？杜老师和徐主任对你挺好的，你可别乱来。"

周海洋讪笑："我随便说说，你别多想。"

第二节

晚上七点，易欣陪周海洋玩了一个下午，周海洋叫她通宵，她不肯，说回去还要做题，请周海洋吃顿饭就回家。

"你今晚还不回家啊？"易欣往身上喷香水，遮掩网吧里的烟味儿。

"不回，明天去学校睡觉，晚上还在网吧过。"周海洋说。

"你疯了？这么黑白颠倒，身体能吃得消吗？"

周海洋把屏幕上锁，眨眨发沉发涩的眼皮："周成达回来了，我不想见他。"

"周成达？你爸？你爸出狱了？"易欣问。

"你小点声，什么露脸的事？"周海洋无奈叹气，"我真希望他一直在里面蹲着。"

易欣劝道："再怎么说他也是你爸。你今天不回去，明天不回去，还能一辈子不见他啊？"

周海洋接过易欣递来的纸巾擦脸："也许我等不到高考，哪天就离开宁南，打工也好，创业也好，我不想看到他。如果我也有个好点的爸，也不至于混这个德行。算了，不说这些，吃饭去。"

易欣知道在这个问题上谁也无法劝周海洋改变主意，只好不提，背起书包，正要离开座位，却见几个人朝这边走过来，她心弦一颤，吓得呆立在原地。

周海洋见易欣脸色不对，转身看向那边。四个三十岁左右的男人径直朝他们走来，领头的那个他认得，叫徐大辉，是宁南有名的混混。

“怎么了？”周海洋问易欣。

易欣咬着嘴唇不敢说话，等那四个人来到面前，她终于鼓足勇气说：“辉哥，我……”

叫徐大辉的人身材不算高，但很壮实，黑色短袖，手臂上有很复杂的文身图案，脖子上缠一条白金项链，低头看看周海洋，凶巴巴的目光又落回易欣脸上。

“不接我电话，我以为你掉海里了，跑这里玩得开心吗？”徐大辉皮笑肉不笑。

“辉哥你别误会，我不是故意躲你，欠你的钱下个月……”易欣含糊其词。

徐大辉瞪起眼睛：“下个月？这都几个下个月了？过年你就说还，一直拖到现在，连利息都见不到一分，你当我开慈善机构的？”

周海洋知道徐大辉开了个信贷公司，暗地里做一些高利贷的勾当，这时听懂两人谈话，想必易欣在他那里借钱没还，这些人是来讨债的。

“辉哥，她欠你多少钱？”周海洋站起身问。

徐大辉瞥他一眼：“怎么，你帮她还？”

“我先问问。”周海洋客客气气地说。

“不多，五万，利滚利，给她打个折，算八万。”徐大辉歪着脸说。

周海洋皱眉咽口水，别说八万，他口袋里连八十块都拿不出。

“怎么，嫌多？”徐大辉冷笑着看他，又盯着易欣问，“我看你是小女生，够迁就你了，别给脸不要脸，今天你还不上利息，有你好看的。”

易欣吓得发抖，不敢看徐大辉眼睛。她去年朝徐大辉借的高利贷，早已经挥霍一空。

“辉哥，求求你，再宽限我一段时间，等我高考后，我打工赚钱还你。”

见易欣哭着乞求，徐大辉和手下几个人相视一笑：“你是我谁啊？我等你高考？给你爸妈打电话，让他们来还钱。”

易欣擦擦眼泪：“辉哥你知道，我家里破产了，他们也没钱。”

“少跟我说这些废话，见不到钱，你今晚别想回家。”徐大辉说着去拽易欣。

易欣不敢反抗，被半拖半拽向前走。

周海洋急忙上前劝说，却被徐大辉指着鼻子骂开，叫他少管闲事。

眼看易欣被徐大辉拖下楼，周海洋从惊慌中回过神，说什么也不能让他们把易欣带走，一个妙龄少女被抓去还债，结果是什么，他想都不敢想。

周海洋咬咬牙，握紧拳头追下楼，在网吧门外拦下几人，徐大辉的面包车就停在路边。

“辉哥，咱们有话好说，她欠你的钱，我们想办法还你。”周海洋低声下气地求他。

徐大辉不想跟他啰唆，再次威胁他滚开。

周海洋见拦不住他们，情急之下伸手去抓易欣，想把人抢回来。

徐大辉见他一再纠缠，忍无可忍，和几个兄弟同时出手把周海洋按在地上，开始拳脚相加。

周海洋抱着头，易欣在旁边大呼小叫，就在这时，不远处传来一声喊，声音浑厚：“干什么呢？报警了！”

听到这声颇有震慑力的呼喊，徐大辉他们做贼心虚，也顾不得去抓易欣，立刻钻进那辆面包车逃之夭夭。

躺在地上的周海洋缓缓坐起，惊魂未定的易欣连忙蹲在他身旁，查看他伤情。

周海洋虽然被打得很惨，却还是擦去脸上的血迹，跟她笑了笑，转脸去看那个喊报警的人。

他正要说声谢，可等看清灯光下那人的脸，他脸上强撑的笑容渐渐凝固，而那个中年男人的目光锁定在他脸上，起初神色有些犹疑，像是在辨认，但很快变得坚定。

“海洋？真是你？”中年男人试探问，抑制住语气中的激动。

这个衣着朴素的高个子男人正是周成达，虽然和周海洋九年没见，但中午出狱回到家后，他看了很多儿子的照片，又从父母那里得知周海洋喜欢去的几个娱乐场所，他不放心过来找，找了很久，想不到会在这里帮儿子解围。

周海洋一眼认出周成达，复杂的情绪无以言表。也许因为刚见面爸爸就帮了他一次，他没有想象中那样愤怒，可心底怨恨没有半点释怀，冷着脸，不想管这个人叫爸。

在医院经过简单处理，周海洋身上的皮外伤都无大碍，幸好周成达来得及时，要不然他肯定被打得更惨。

周成达叫周海洋跟自己回家，或者就在医院住一晚也可以，但周海洋哪肯听其摆布，执意要回网吧过夜，周成达和易欣联手都劝不动他，只好任由他胡闹。

在医院给周海洋处理伤口时，易欣如实交代出家里破产后借高利贷挥霍的事，感谢父子二人挺身而出，帮她暂时摆脱危险。

周成达劝易欣去报警，钱要还，但高利贷不能还，而且报了警起码能保证人身安全。易欣只是敷衍答应下来会去报警，但她心底还没有报警的勇气，一是怕徐大辉他们报复，二是不想让父母知道。

周海洋在旁边听着，一言不发。他并非不想责怪和安慰易欣几句，只是他讨厌周成达，讨厌到不想让周成达听到自己说话的声音。他和这个将近十年没见面的男人实在太陌生,不想认这个坐过牢的男人做父亲。

周成达有几次试图跟周海洋沟通，可说出口的话就像石沉大海，得不到周海洋哪怕一个表情的回应。

易欣从未见过如此形同陌路的一对父子，感觉自己快被他们之间的冰冷空气冻僵。她很清楚周海洋的倔脾气，只怕周海洋永远也不会叫出那声“爸”。

易欣没回家，给父母打电话说在朋友家过夜，实则是在网吧照顾带伤打游戏的周海洋。两人开个包间，她后半夜困得睁不开眼睛，躺在沙发上睡了。

第二天是星期一，早晨七点，两人醒来后去卫生间简单洗漱，迷迷糊糊走出网吧，要打车回学校，却看到对面广场的花坛上坐着一个形神枯槁的男人，是周成达。

周成达在门外守了一晚，凌晨才睡。他不放心，怕那伙人还会来找碴儿，所以不敢回家。

易欣有些感动，快步走过去问：“叔叔，您在这里过夜？”

“啊，外面不冷，我刚从里面出来，早就想在外面走走。”周成达看向五米外一脸不屑的周海洋，“你们上学去？”

“嗯，周海洋，跟你爸说句话啊。”易欣有些急。

出门看到周成达那一刻，周海洋心中的确掠过一瞬间感动。他当然明白周成达守在外面是为了保护自己，可和过去多年的孤苦无依相比，这一夜守护又算得了什么。

周海洋依旧冷着脸，不想跟周成达有眼神上的交流，径直朝街边一辆出租车走去，叫易欣赶快上车。

易欣只好跟上去，开门前对周成达说声叔叔再见，叫他赶快回家休息，不用担心。

看着出租车驶远，周成达落寞地站在街边。他在监狱表现良好，减刑两年出来，就是想尽早见到父母和儿子，补偿这些年对家人的亏欠。周海洋冷漠的态度他早有预见，毕竟在他服刑期间，儿子没来探望他一次，但他相信只要自己真正改过自新，开始为家人付出，这样的局面迟早会转变。

出租车上，易欣又劝周海洋几句，周海洋不耐烦，让她先管好自己，当务之急是处理好高利贷的事情，报警是唯一选择。

易欣心烦意乱，此刻她最担心的除了怕被报复，就是怕耽误高考，她不清楚报警后会面临什么样的局面，搞不好什么问题都解决不了，反而打乱她复习的节奏。和那些社会人士相比，她一个高中学生实在太嫩，根本不知道如何应付。

倘若复读一年的努力付诸东流，她肯定承受不起这样的挫折，只好先谨慎地走一步看一步。

回到班级，早自习已经上了一半，周海洋脸上的淤青太过明显，同学们都看到，但没人敢议论他。

杜亚娟把周海洋叫出教室，询问情况。周海洋没说实话，只说自己路上和人发生口角，打架受伤，拿出医院开的证明，杜亚娟看了不再追究。

黑板上的高考倒计时来到 69 天，为了不让学生们陷入过于紧张的备考氛围，各班班主任偶尔会组织一些活动来缓解压力。

下午第三节课，杜亚娟和另一个复读班老师联系好，两班相约打一场篮球友谊赛，同学们兴致高昂，都来到篮球场。

周海洋和易欣自然没闲心去看球，昨晚的困倦还没完全消散，难得教室里这么安静，都趴在课桌上补觉。

正睡得香，耳边忽听“啪”一声响，两人同时吓一跳，周海洋翻个

身，骂句脏话继续睡，易欣睁开眼睛，看到姜小余课桌上一个日记本落在地上。

她满心怨气坐起身，昨晚的惊吓和委屈、怒火正愁没地方发泄，恍然想起最合格的出气筒不正是姜小余吗？

她懒洋洋地走过去，踢开姜小余的座椅，捡起那个卡通封面的日记本，看崭新程度，应该是刚刚买的。

“什么破东西，low（廉价）货。”易欣气不打一处来，看看前面的垃圾桶，走过去要把日记本丢进里面，捉弄一下姜小余，调节郁闷的心情。

“你干什么呢？”周海洋半梦半醒地问。

“姜小余的日记本，给她扔进垃圾桶。”易欣轻描淡写，说着来到垃圾桶前，忽然想到刚买的日记本密码通常是“0000”，不知道姜小余有没有修改。

易欣随便一试，密码锁果然打开，她翻开扉页向后看，满满几页工整秀气的小字，竟然是一首诗：

像行星围绕寂寞
像恒星燃烧孤单
像宇宙永远守护一个奇点
你遥不可及，又近在心间
我将思念，织成远航的帆
寻找你，潜藏的彼岸
在银河系的悬臂
在猎户座的正南
我穿越黑洞的吸引
撕开星云的烂漫
固执地向你靠近，蔓延
不知穿越几亿光年
当我终于遇见你
在时光尽处，宇宙边缘
我们如同物质的正反

也像两个量子在纠缠
在各自轨道循环运转
也在引力牵动下紧密相连
最终，我们成为两颗双子星
相伴着，永恒着盘旋

像山脉守望湖泊
像大地滋养森林
像世间最不起眼的一粒轻尘
你五光十色，又明澈单纯
我跟随你的呼吸
跋涉你留下的足印
候鸟飞过西伯利亚林海
蒲公英吹落满地伤痕
从子夜到破晓
从黎明至黄昏
我们忘记柴米油盐的琐碎
也谈论鸡毛蒜皮的纷纭
在彩虹之上轻舞
也在泥土里面生根
我问你，这算不算爱情
你对我说
爱会在雪山峰顶开一朵最美的花
爱会在峡谷深处发一根小小的芽
芽不会对花诉说它的卑微
花不会对芽炫耀自己的伟大

易欣小声读完，看到最后一行字，眼睛瞪大一圈，不禁大声读出来："送给你，世界上最美的颜色，我的同桌？"

"你读什么呢？叽叽喳喳的。"周海洋撑起眼皮。

易欣激动得像发现藏宝图："好啊，姜小余给齐颜写情诗。看她那么老实，原来都是装的。"

"情诗？姜小余给齐颜？"听到这个，周海洋顿时不困了。

易欣走过来："写得还不错呢，你看。"

周海洋接过日记本，翻看那三页小字："这个齐颜到处招蜂引蝶，竟然连姜小余都逃不过他魔爪？"

"怎么能怪齐颜？都是姜小余癞蛤蟆想吃天鹅肉。"易欣说。

周海洋冷冷地着看她："你又维护那小子？你没给他写一首啊？他算什么品种的天鹅？这叫癞蛤蟆想吃癞蛤蟆肉。"

周海洋粗略读完那首诗，灵机一动："既然是首情诗，锁在日记本里孤芳自赏就浪费了，要不然咱们帮帮姜小余？"

"怎么帮？"

周海洋喝口汽水，站起身抻个懒腰，瞄向黑板。易欣瞬间领会他的想法。两人默契一笑，昨晚被讨债者围殴的耻辱萦绕心间，抑郁之情还没能排解，堵在心里憋得慌，正好拿姜小余出出气。

下课铃响，篮球赛散场，林可可为齐颜加油喊得口干舌燥，这时提前回到教室，买一瓶冰镇饮料，准备当着全班同学面送给齐颜，气气唐薇。

刚进教室，她看到周海洋和易欣正在黑板上写字，好奇地问："你们写什么呢？"

"诗。"易欣回答。

周海洋冲林可可一笑："情诗，美女，你看写得怎么样？"

林可可诧异，走到教室中间看。周海洋和易欣大功告成，粉笔扔进垃圾桶，拍拍手上灰尘，请林可可欣赏杰作。

"你们写的诗？挺好的啊。"林可可手托下巴，像个文学评论家一样品味欣赏黑板上的诗句。

易欣憋不住笑："是班里一位女诗人写的，写给班里一位男作家。"

"谁？谁写给谁的？给齐颜？"林可可燃起八卦之心。

周海洋一笑："等会儿你就知道了。"

同学们陆续走进教室，看到黑板上密密麻麻的字，都觉得好奇，纷纷开始议论。

齐颜和苏岳几人抱着篮球回到教室，看到周海洋像老师一样杵在黑板前，严肃的表情搭配脸上的淤青，莫名喜感，不知道这小子被谁揍了，又看到黑板上那么多字，不知这厮作什么妖，总之看来还是揍得轻。

周海洋冲齐颜挑眉一笑，齐颜后背发凉，总觉得他笑里藏刀，可又不方便问。

易欣站在门口放哨，看到唐薇和姜小余终于上楼，连忙走进门冲周海洋咳嗽一声，周海洋接到信号，翻开手中日记开始朗读。

同学们更好奇，注意力完全被他吸引。

齐颜看到他手中的日记本，觉得眼熟，却一时想不起在哪里见过。

唐薇和姜小余这时走进教室。听到周海洋拿腔拿调的朗读，起初不知他发什么疯，可听着听着，姜小余感觉情况不对，转眼看到周海洋手中的日记本，还有黑板上那片字，她怔怔地呆在原地，感觉从头到脚像触电般浑身发麻。

“怎么了小余？”唐薇问她。

迟疑两秒钟后，姜小余回过神，忽然冲上台去抢那本日记。她从未像此刻一样想要夺回一件东西，哪怕那东西在她最畏惧的周海洋手中。

“你还给我！”

姜小余伸手去夺，可周海洋比她高十几厘米，臂展更是占优，日记本被高高举起，姜小余跳起来都很难摸到。

“我穿越黑洞的吸引，撕开星云的烂漫，固执地向你靠近，蔓延……”

周海洋肆无忌惮大声朗读，看到姜小余急得跳脚。

易欣拍手大笑，嘲讽道：“写都写了，还怕别人看？就会装单纯，闷骚，癞蛤蟆想吃天鹅肉，也不照照镜子看看你德行。”

齐颜恍然想起那本日记是姜小余早上买的，他当时还问姜小余在上面写什么，原来是这样一首诗。黑板上两种字体显然是周海洋和易欣的，眼看姜小余被他们捉弄得哭出来，齐颜再也坐不住，把桌子一拍叫易欣他们闭嘴，起身朝讲台走去，一边吼道：“把日记还给她！”

周海洋见齐颜挺身而出，冷笑说：“怎么，急了？这首诗是姜小余写给你的，看来你知道啊。”

姜小余天旋地转，这是她心底最不可告人的秘密，如今被周海洋以如此野蛮的方式扒出来，她感觉自己像个中世纪的女巫一样，在众目

睽睽下被钉在火刑架上焚烧，这一刻的周海洋在她眼中像个无恶不作的魔鬼。

她够不到那本日记，又急又怒下，指甲狠狠在周海洋胳膊上抓一把，瞬间抓出三条长长的红色抓痕。

周海洋感觉手臂一痛，低头看见胳膊上的抓痕，转瞬想起昨天在网吧门外被人殴打的场景，心底怒火勃然而起，被外人打也就算了，被姜小余抓伤简直是奇耻大辱。

周海洋脸色一变，咬着牙用力推向姜小余，日记本也朝姜小余飞过去，正好砸中她额头。

姜小余瘦弱的身板哪经得起他推搡，几乎横着从讲台上飞出去，后背狠狠撞在程元熙课桌上。

齐颜和唐薇、程元熙急忙围上来，见姜小余撞得不轻，连忙询问她伤势，姜小余捂着额头，感觉眼前发晕说不出话。

陆明宇前几天刚因为和周海洋冲突被通报批评，从写那篇检讨过后，班里大大小小的事他都不想管，尤其是有周海洋掺和进来的事，他更是避而远之。

但眼前的周海洋气焰嚣张到这般程度，随意欺辱同学，他身为班长如果再不制止，连他都会瞧不起自己。

陆明宇站起身，正要质问周海洋闹够了吗，杜亚娟忽然小跑着进门，她原本是来宣布第一次考试的考场和时间，看到班里又乱成一团，瞬间感觉血压飙升，心肺也跟着一阵阵紊乱，差点站不稳坐在地上。

齐颜和唐薇把姜小余送到医务室，周海洋和易欣则被杜亚娟领到徐立鑫办公室。

徐立鑫了解事情经过后，气得脸色发红，像关公一样，怒得将手中保温杯直摔在两人脚下，拍着桌子教训两人："周海洋你要是能在学校好好待到考试，你就给我安安静静别惹事，你要是不愿意待下去，趁早滚蛋回家，别一条鱼腥一锅汤，你不想学习，其他人还想学习！"

周海洋不说话，低头看自己脚尖，不甚在意地微微前后摆动身体以示抗争。

徐立鑫锋芒对准易欣："还有你！前段时间表现不错，学习也有进步，我还跟你们杜老师说你上进了，你就是这么上进的？怎么离高考越近越不守规矩？还想像去年那样？”

“徐主任，杜老师，我错了。”易欣一脸诚恳，扭捏着承认错误，又娴熟地挤出两滴眼泪。

“不是一个两个人跟我反映，你们还有欺负同学的现象，我看你们比以前收敛不少，知错能改就挺好，我真是把你们想得太善良了！”

徐立鑫拍案而起，指着两人说：“姜小余多老实的孩子，要不是杜老师去家访，她连上学的机会都差点没有，你们不向她学习也就算了，还多次欺负她，你们心里就没点自责愧疚吗？”

易欣连忙说：“徐主任，我真知道错了，以后再也不欺负姜小余，向她学习。”

“认错第一名，然后不执行。”徐立鑫戳穿易欣的本质，“你好歹还知道认错，周海洋你呢？”

“知道了。”周海洋不情不愿。

徐立鑫被他气笑，对杜亚娟说：“杜老师，你带易欣出去，好好说说她。”

杜亚娟会意，把易欣领出办公室，无奈地看周海洋一眼，这么操心的学生真没见过几个。

徐立鑫坐回椅子上，缓缓情绪：“你爸回来了是吧？”

“别跟我提他。”周海洋早就猜到徐立鑫会问这个。

徐立鑫叹气：“我本打算这几天过去看你爸，可你现在这个样子，这个成绩，我都不好意思去见他。”

“你没对不起他，是我自己不上进。徐主任你不用勉强自己，你如果觉得我是害群之马，开除我就好，我一点都不怪你。”周海洋低头说，语气中毫无起伏。

徐立鑫苦着脸盯着他：“开不开除你，不是我说了算。如果你不是复读生，学校早这么做了，学校就是想给你个改正的机会。道理我跟你讲了千百遍，你能不能稍微往心里去去？多大年纪了？家里什么情况你自己还没数吗？”

周海洋不反驳，但也不附和，依旧盯着脚下，神色冷漠，如同受委屈的人是他。

“星期日干什么去了？怎么没来上课？”徐立鑫问。

周海洋在心中回答“看你跟杜老师去约会了”，但这样的话他不敢真说出口，毕竟徐立鑫和杜亚娟都待他不薄，只好撒谎说：“我跟杜老师说了，那天在外面跟别人打架，医院开的证明给杜老师看了。”

“打架很有理吗？”徐立鑫加强语气，“这比逃课还严重。”

周海洋想认错，可话到嘴边，总是不想服软说出口。

徐立鑫起身捡回水杯，在周海洋面前转悠：“在外面挨打，回来欺负同学？弱者挥刀向更弱者？”

周海洋脸一红，这句话戳中他敏感的软肋。他想顶撞回去，可想想还是算了，他和易欣整蛊姜小余，的确有这方面原因，想拿姜小余为昨晚的遭遇撒气。

“我不应该欺负她，是我的错。”周海洋终于承认错误。

“真心认错？”

“嗯。”

徐立鑫坐回办公桌后：“你跟我认错没用，你和易欣要向姜小余认错，当着其他同学面，只要她原谅你们，学校可以不追究，但要通报批评，引以为戒。”

周海洋听说要当众向姜小余道歉，心中当然是拒绝的，可想想大丈夫敢作敢当，事后冷静下来，他也觉得刚才那样对姜小余的确有些过分，犹豫片刻只好答应。

下课铃正好响起，到了晚饭时间，徐立鑫点点头：“等晚自习我带你回班，你跟易欣向姜小余道歉，要诚恳。再有一次类似事情发生，绝不姑息。”

“她不原谅我们怎么办？”周海洋问。

“你先道歉再说。”徐立鑫起身从衣架上拿下外套，“我带你回家，去见见你爸。”

“要去你自己去，我不回去。”周海洋语气笃定，丝毫不给徐立鑫商量的余地。

徐立鑫见他情绪又上来，猜到周海洋对周成达意见太大，父子二人之间的矛盾不是他三言两语能解决，也就不再强求，告诉周海洋去食堂吃饭。

姜小余额角被日记本砸出一道血痕，后背也撞出淤青，但跟心中的屈辱相比，这些皮外伤都可以忽略不计。

齐颜和唐薇、时越陪她在医务室吃的晚饭，晚自习回到班级，教室里一切如常。

上课铃刚响过，徐立鑫和杜亚娟带周海洋、易欣走进教室，直接来到姜小余面前站好。

那个密码日记本已经被姜小余毅然决然扔进垃圾箱，黑板上那首诗的字迹也早已擦干净，可姜小余还是忘不了当时场景，记忆不会像黑板上的字那样说擦去就能擦去。

她甚至感觉自己卑鄙龌龊，竟然偷偷给齐颜写这样一首“不要脸”的诗，最对不起的人当然是唐薇，她害怕齐颜和唐薇从此会对她产生芥蒂，害怕失去两个仅有的朋友，心中既悲愤又忐忑。

当姜小余看到周海洋和易欣两人时，心中那根刺越发锋利，她真想起身撕碎她们光鲜却可憎的皮囊，可她不敢。

在徐立鑫主持下，道歉仪式正式开始。周海洋和易欣像被赶鸭子上架，当众作秀一样在姜小余面前微微鞠躬，说声廉价的“对不起”。

姜小余被扑面而来的虚伪熏的一阵阵恶心，想拒绝这个道歉，却又怕周海洋和易欣说“我都道歉了，你还要我怎样”，怕徐立鑫和杜亚娟责怪自己不以大局为重，怕同学们嘲笑自己小肚鸡肠……她没有拒绝道歉的理由，只能面无表情地违心接受。

第三节

风波仿佛在姜小余的沉默妥协中悄然过去，可齐颜咽不下这口气，想到周海洋凌辱姜小余那些场景，他心底愤怒的小火苗越烧越旺，气得胃疼肝儿颤，真怕自己憋出内伤，必须发泄出来。

下课后，看到周海洋独自走出教室，齐颜若无其事地跟出去，在去往卫生间的路上悄然追上他脚步，压住怒火说：“你真应该被开除。”

周海洋扭脸看到齐颜冷峻的表情，非但没生气，反而像胜利者炫耀战绩一样，调侃说：“好啊，高三（18）班大英雄，你去叫学校开除我啊，我谢谢你。”

齐颜知道他死猪不怕开水烫，真跟他掰扯起来，肯定对自己影响更大，但面子上又不想输，胸有成竹般冷笑说：“放心，高考之前你肯定会被开除。”

“真的？那可太好了，你要是能帮我被开除，我请你吃饭。”周海洋继续拱火。

“一言为定。”齐颜停下脚步。

周海洋站在卫生间门口，半转身轻蔑地看向齐颜，耸耸肩说：“别光耍嘴皮子，你最好说到做到，别让我瞧不起你。See you（再见）。”

周海洋挑衅地敬个礼，大摇大摆地走进卫生间，故意吹起口哨给齐颜听。

齐颜虽然气，但无可奈何，总不能在风口浪尖上再惹什么事，给杜亚娟和徐立鑫添堵，只好说句“等着”，转身离开。

第二天早上，一辆豪华白色轿车停到宁南二中门口，早自习开始前十分钟是学生入校的高峰期，易欣从车上下来，一如往常吸引了大多数人目光。

但今天气氛有些古怪，易欣感觉同学们的表情似乎和以往不同。她租车上学原本就心虚，每次都提心吊胆，害怕被别人戳穿，所以看到周围那些异样目光，她浑身不自在，却只能故作镇定走进校门。

这是她最后一次做这样的蠢事，因为她囊中羞涩，再也拿不出租赁豪车接送上下学的钱。昨天当众道歉有些丢脸，她想用这样的方式找补回来。

两天前徐大辉找她索要高利贷的场景历历在目，她每时每刻都笼罩在那层阴影下，她也不理解为什么自己在这样的境况中还如此爱慕虚荣，也许自己一辈子都是个虚伪的人吧？

易欣心里暗自琢磨，越发感到空虚。走进教室，班里同学都在，连周海洋都比她来得早。她面无表情地走回自己座位，教室里没有任何人跟她打招呼，她早已习惯。

可今天从踏进校门直至回到座位，一路走来，易欣感觉自己被一股奇怪的氛围笼罩：为什么很多人看自己的眼神都那么不怀好意？

易欣想跟周海洋询问一下情况，可周海洋没心没肺，正边吃包子边看小说。她想转身问齐颜，但想想昨天欺负姜小余的事，齐颜还因为这个生着气，想必不会搭理自己。

易欣不再疑神疑鬼，过几天就要考试，这次她给自己定的目标依旧是前三十名，这是本科线的安全门槛，对她而言有一定难度。

很快第二节课下课，周海洋和易欣来到操场，第八套广播体操的音乐响起，两人站在十八班队列末尾，漫不经心比画体操姿势。

“你发没发现今天有些怪？”易欣转脸看周海洋。

周海洋正蹲下压腿：“哪天不怪？怎么了？”

“我怎么感觉他们都在看我们。”易欣问。

“男帅女靓，看就看呗。”周海洋伸伸懒腰，不以为意。

就在易欣百思不得其解时，旁边十七班有个和她关系不错的女生凑过来：“易欣，你看校内论坛了吗？”

“没有啊，看它干什么？”易欣诧异。

“有你的帖。二中贴吧里也有。”女生的语气还有表情都显得小心翼翼，点到为止地说完就离开了。

易欣察觉情况不妙，连忙打开手机，登录校内论坛，刚点开首页就看到一个热帖，回复高达上千楼，醒目的标题写道：周海洋、易欣撒谎成性，二中之耻！

易欣两腮发抖，感觉心快从嗓子眼跳出来，想点开却又不敢，可好奇心催促她点进去，主楼的内容映入眼帘，是几行小字：

> 易欣家去年已经破产，玩具厂倒闭，酒店和商场转让，海边别墅和私家车都已经卖出去抵债，现居住在尚城嘉园小区，爸妈在二道街世贸商城附近开早餐店，接送她的车都是她在车行租赁，没有一辆是她自己家的车，她是个穷光蛋，不是大小姐。

易欣盯着那言简意赅甚至有些粗糙的一段文字，感觉每个字都像没开刃的钝刀一样扎在心底。周海洋这时凑过来，还没等看清内容，单单看到帖子标题，他两个拳头顿时硬起来。

易欣颤抖的手继续往下翻，二楼是关于周海洋的内容，用更为精简的文字写道：

周海洋的爸爸十年前因为过失杀人坐牢，杀人犯之子，上梁不正下梁歪。

看到这两行字，周海洋已经克制不住怒火。他家里的情况，理论上只有徐立鑫知道，他从不跟外人讲，不知道发帖人是谁，竟然连这都清楚。

再往下翻看，连续几楼都是照片，分别是易欣家曾经开的那个玩具厂，现已关张，还有转让出手的商场酒店，以及她父母现在经营的那家早餐店，不仅有店面，还有易欣父母在里面忙碌的画面，易欣家此时居住的小区和门牌号也被曝光出来，当然还有她租车上下学的图片，包括那家租车公司的门脸，加起来共有十几张照片，照片旁边附有简要的文字介绍，有理有据，铁证如山。

易欣逐楼向下看，这才知道自己老底已经被人揭穿，难怪她感觉今早那些人看自己的眼神充满嘲笑讥讽，原来直觉是准的。

她心跳加速，耳朵里嗡嗡作响，不敢去看周围人的眼神。

周海洋也意识到事态严峻，看到楼主最后一帖，上面有张照片竟然是他和易欣去年十一假期在水上乐园拥抱的画面，下面还搭配一段文字：

杀人犯的混混儿子周海洋，撒谎成性的小太妹易欣，你们真是天造地设的一对人渣，祝你们百年好合，合并同类项，千万不要分手去祸害别人。

易欣浑身发抖，见楼主的 ID 叫“看也不告诉你”。她实在想不出是谁这么恨她，或者说恨她和周海洋的人太多，不知道谁有胆量发这个帖。

【我早就发现易欣租车，那时没多想，还以为她家车坏了，原来是演给咱们看的。】

【我也看到易欣总往尚城嘉园那边走，原来她爸不是大老板，是包子铺小老板。】

【世界上真有这么虚荣的人？】

【你不懂，人家以前也阔过，从大小姐到小太妹，谁能适应？】

【哈哈哈，满分阅读理解。】

【周海洋他爸真是杀人犯啊？】

【这叫犯罪基因，遗传的，正常人家孩子谁像他那样？】

【暴力倾向，小混混配撒谎精，他跟易欣可真是绝配。】

【你们把 ID 藏好，小心周海洋把你们马甲扒下来，顺着网线去打你们。】

【哈哈哈哈哈哈哈哈！】

……

看到这些刺眼的评论，周海洋和易欣不敢再向下浏览，甚至不敢环顾周围那些探究的目光，他们不知道有多少人看过这篇帖子，但可以肯定的是，他们此时已经成为载入二中史册的大笑话。

广播体操的音乐停下，各班同学陆续离开体育场，朝教学楼走去。

缓过神的周海洋攥紧拳头，目光在人群中搜索，很快看到齐颜谈笑风生的身影，他加快脚步，径直冲过去。

“周海洋，你干什么去？”易欣平生第一次想找个角落把自己藏起来，奈何这时却身处操场，想叫住周海洋又不敢大声说话。

拨开前面挡路的人，周海洋来到齐颜身后，正想用力推齐颜后背一把，可齐颜听到身后的嚷嚷声，很机警地察觉到异常，连忙躲开。

“周海洋你疯了？”齐颜被周海洋凶狠的眼神吓到，不知自己哪里又得罪他。

“齐颜，你个卑鄙小人！你不想让我在二中混下去，直接找我就行，没必要用这些下三烂的手段。”周海洋怒吼着，几乎吸引整个操场的注意力，大家都朝这边看过来。

齐颜莫名其妙，根本不知道周海洋在说什么。

易欣这时挤进人群，想要阻止周海洋发疯，周海洋却甩开她，继续靠近齐颜，好在有陆明宇和孙晓龙他们阻拦，两人中间始终隔着几米距离。

齐颜尽量保持理智：“周海洋你能不能正常点，我根本不知道你在说什么？”

“你装什么蒜？敢做不敢当？小人，懦夫……”

周海洋还在喋喋不休地骂着，徐立鑫和杜亚娟以及另外几个老师走

进人群，挡在周海洋面前，警告他不要口无遮拦，别说脏话，更不能打架，有什么问题冷静下来说清楚。

周海洋面对劈头盖脸就指责自己的徐立鑫，心笼里那只愤怒的小狮子更难控制，颤抖的手指向老师们说：“我就知道你们都护着他，好，你们别后悔！”

他说着拉起易欣手臂，穿越一片喧闹的人群，朝校门方向走。

徐立鑫大喊一声，想抓周海洋回来，却被周海洋用力推开，他只能看着越跑越快的两人，朝不远处敞开的校门跑去。

齐颜回到教室，终于从苏岳口中得知校内论坛帖子的事，苏岳说自己也刚看到，那时正准备和齐颜说，周海洋就像疯牛一样冲过来。

“不是你发的吧？”孙晓龙问。

被冤枉的齐颜也正在气头上：“我昨天是跟他吵了几句，可我没那么闲。”

“那是谁发的帖？这可够狠的，一下把周海洋和易欣老底都揭穿了。”苏岳感叹。

孙晓龙冷笑：“他们平时那么霸道，得罪的人多了，校内网谁都能上，说不定是校外谁做的，活该。”

齐颜转身看唐薇，唐薇两耳不闻窗外事，他又看旁边的姜小余，自从昨天日记事件后，姜小余也许是因为情诗被发现而害羞，直到现在都没主动跟他说过话。

“小余，你猜是谁做的？”齐颜试探地问。

“我……我不知道，也许是其他班同学做的。”姜小余抿着嘴，不敢看齐颜的眼睛。

齐颜想不出子丑寅卯，索性不再瞎琢磨。无论怎样，他身正不怕影子斜，周海洋再来胡搅蛮缠，他直接去找徐立鑫就好。

第四节

周海洋气冲冲地离开学校，此时身上仿佛笼罩一层与全世界为敌的气场。他认定齐颜就是发帖的人，恨巫及巫，他也同样憎恨徐立鑫和杜亚娟，此刻他心中只有四个字：以牙还牙。

易欣和周海洋初中就相识，知道周海洋是个混不懔的狠角色，自从上了复读班后，脾气已经收敛很多，但这一刻易欣感觉到，当初那个可怕的周海洋又回来了。

两人坐上出租车，直奔周海洋家。车上易欣劝他别意气用事，冷静下来想想怎么办，周海洋反叫她闭嘴，说自己已经想好办法。

两人来到周海洋家楼下，周海洋拿出钥匙，直接启动他那辆摩托车，叫易欣坐上去。

易欣犹豫，可想想自己和周海洋现在是同一条绳上的蚂蚱，只能追随周海洋坐上摩托车。

“你怎么知道是齐颜开的帖？”易欣问。

周海洋咬牙说：“都到这时候了，你还帮他说话？”

“我不是替他说话，我也想揪出开帖的人，可齐颜他为什么……”

周海洋用力拧油门，等车速慢下来才说：“昨天他亲口跟我说，想找办法让学校开除我，没想到他竟然用这么下三烂的手段。”

易欣一直认为周海洋是过于敏感多疑，哪怕他现在平地摔个跟头，都能认定是齐颜在诅咒他，连忙说：“齐颜不是那样的人啊，他……”

“知人知面不知心，你怎么知道他不是那种人？他仗着是杜亚娟外甥，杜亚娟又跟徐立鑫搞在一起，加上这小子家里有几个钱，成绩不错，在学校为所欲为，就是个纨绔子弟。”

听周海洋像怨妇一样数落齐颜的罪行，易欣也有些动摇，思考片刻说：“他跟你有矛盾，为什么要针对我？那个帖子全是说我的，他怎么可能这么了解我？”

周海洋冷笑：“针对你，是因为你跟我在一起，欺负姜小余最多的也是你，你自以为跟他关系不错，可他跟姜小余是朋友，跟你是吗？别自作多情了。”

易欣心烦意乱，忽然皱起眉：“会不会是姜小余？我们昨天刚欺负过她。”

周海洋也怔住，但很快摇摇头：“不会是她，借她一百个胆子。但她有可能是给齐颜提供情报的人，姜小余四年同学，肯定比齐颜了解我们。”

周海洋在路边停下车，打开手机，校内论坛那个帖子已经被删除，

但二中贴吧里的帖子还在，他找到其中一张照片给易欣看，易欣对这些内容有心理阴影，想看又不敢看。

“这张照片，去年十一在水上乐园，我们在水池里，你记不记得？”周海洋问。

易欣回忆起来：“记得。”

“那天他们也去了水上乐园，有他，有唐薇，好像还有姜小余，你要过去和他打招呼，我没让你去。”

易欣边听边点头：“你是说这张照片是他们那时拍的？”

“不是他们还有谁？”

“可这张照片明明是用手机拍的相机屏幕，齐颜如果想拍我们，直接用相机就好了，何必再用手机拍相机？”

周海洋不耐烦：“你哪那么多为什么？他把你当敌人，你却总把他当圣人，你是不是傻？”

易欣心中纠结，周海洋沉声说：“我现在只想对付两个人，一个是他，还有一个是徐大辉。”

“你要做什么？我告诉你周海洋，你可不能乱来。”易欣有些怕。

“我以前还想上学，所以对那小子太客气，他以为我好惹。还有徐大辉，他不是想办你吗？你看我怎么废了他。”

听周海洋说出狠话，易欣急忙拉住他。深知以周海洋的性格，冲动起来什么都做得出，她连忙劝道：“你不上学可以去打工，你如果报复他们，那是犯法，你……你想和你爸一样坐牢啊？”

“别跟我提他！”周海洋呵斥，“我没他那么蠢。你要是怕，你自己回学校，回家也行，我不会连累你。”

易欣欲哭无泪，捶他后背一拳：“我怎么能扔下你，你像个大傻子一样，我当然要看着你别做傻事。你带我去哪里？”

“我要把这车卖了，钱我们平分，算是我给你留下点东西。”

易欣越听这话越别扭，禁不住问：“然后你呢？你不会真要去做傻事吧？”

周海洋冷冷一笑：“办完该办的事，然后我就远走高飞，等我混出名堂再回来看你。”

易欣根本拦不住发疯的周海洋，只好跟在他身边，起码在他真要做傻事的时候还能有个规劝。

周海洋骑车来到一个修理铺，店长是他朋友的朋友，他早就联系好要卖这辆车，店长当时也开了价，这时见他急匆匆骑过来出手，趁机又杀一口价，讲好的九千变成八千。周海洋毫不犹豫，一手交车一手收钱。

坐在快餐店里，周海洋数出四千元交给易欣："拿去用，我只有这么多。"

易欣把桌上的钱推还给他："我要你的钱干什么？别闹了，咱们回学校吧，其实也没什么大不了。"

"怎么没什么大不了？因为帖子是他发的，所以你投降了？"周海洋问。

易欣放下手中的冰激凌："你魔怔了周海洋？不管帖子是谁发的，我真觉得没必要为了这点小事毁了你前途。"

"我有个屁的前途？我再回那个狗屁学校，这辈子都耽误了。"周海洋自暴自弃，"你放心，我不会连累你，下午你就回去上课。"

"你这个样子，我怎么安心回去上课？"易欣抓住他，"我们一起回去吧，我求求你了。"

周海洋却推开易欣："我早就不想上学了，你不用劝我。齐颜，徐大辉，我一个都不会放过。"

"你究竟想干什么？报复他们？"易欣忧心忡忡。

周海洋狠狠一砸桌角："我咽不下这口气。远走高飞之前，我肯定拿他们壮行。"

"你要打他们？"

"你心疼齐颜？"周海洋赌气问。

易欣叹口气："你能不能别那么幼稚？真把人打坏了，就不是开除这么简单，你能飞到哪里？"

周海洋揉揉肩膀："好，不打他也可以，你把钥匙给我。"

"什么钥匙？"易欣不解。

周海洋伸出手："你不是跟我说，你有一把钥匙能打开去天台那扇门吗？"

有一次两人路过那扇小门，易欣的确跟周海洋提过一嘴，但周海洋没有齐颜那样好的待遇，易欣没带他爬上天台。

易欣警觉地问：“你上天台干什么？你不会想不开吧？”

周海洋忍不住笑：“你看我像吗？我自有用处，别啰唆，给我。”

“不给。”易欣拒绝。

周海洋却说：“两个选择，一，打得那小子不能高考；二，把钥匙给我，我肯定不动他，我说到做到。”

“真的？”易欣有些信不过他。

周海洋抬起右手冲玻璃窗外的太阳，正要发誓，易欣连忙把钥匙给他，叫他别乱发誓，万一灵验了怎么办。

这时易欣的手机铃声忽然响起，她看来电显示，皱起眉说：“我妈。”

“看来学校找我们家长了。”周海洋握住她手，“你回去上课，别耽误学习。”

“你呢？”易欣还是不敢接电话。

“我自有打算，你烦不烦？别问了。”周海洋催促，“我肯定不打那小子，要不然我不是人。你先回去，我晚上回学校。”

“这可是你说的。你千万不能去找徐大辉，我的事我自己解决，不用你管。”易欣连忙嘱咐。

周海洋一笑：“好，快接电话吧，等会儿你妈该着急了。”

易欣终于接通电话。

电话那边，她妈妈情绪激动，对她一通乱吼，叫她赶快滚回学校，要不然她真有被开除的可能，易欣不敢再拖延，只好答应回去。

易欣离开快餐店前，周海洋一再嘱咐她跟自己撇清关系，老师如果问起自己，叫她一问三不知就好，这样才不会连累她。

易欣打车回到学校，中午已经放学，她直接来到徐立鑫办公室，爸爸妈妈都在，周海洋的爸爸周成达也在，都是徐立鑫打电话叫来的。

易欣直接认㞞，说自己当时只是一时冲动，不明不白跟周海洋离开学校，在校外冷静下来，已经深刻认识到错误，诚心接受批评教育。

徐立鑫见她认错态度良好，让她父母把她带回家反省两天，调整好心态再回来上课。

易欣欣然答应。谎言刚被戳穿，此刻让她回班上课，和押送刑场没什么区别，她心态的确需要调整一番，才有勇气去面对同学们。

徐立鑫和周成达问她周海洋在哪里，易欣不想出卖周海洋，只好说离开学校后他们各奔东西，不知道周海洋现在干什么去了。

回到家，易欣被关进卧室反省，曝光她的帖子，她爸爸妈妈都看了，他们自然了解女儿是个虚荣心爆棚的女孩，气愤归气愤，但一点也不觉得奇怪，只好教育她人穷志不短，以后别再做那些虚荣心作祟的傻事，反省好了乖乖回去上学。

易欣趴在床上看书，心烦意乱，半个字看不进去，给周海洋打电话，周海洋关机，她心中更烦，不知道那小子正犯什么混，借那把通往天台的钥匙想做什么。

她正胡思乱想，齐颜忽然发来一条信息："我是齐颜，你回家了？"

易欣激动，想不到如此落魄之际，齐颜还能搭理自己。

"嗯，你们上课呢？"易欣不知回复什么好。

"刚上课，你现在怎么样？"齐颜正用唐薇的手机发送信息。

"挺好的。徐主任叫我回来反省，过两天回去上课。"

"周海洋呢？"

"我不知道他在哪里，打电话关机。"

"你也认为那帖子是我发的？"齐颜问。

易欣稍做思考："我跟周海洋说应该不是你发的，可他认准是你，你昨天说要想办法开除他？"

"我是说过，但都是气话，我也不知道那帖子是谁发的，天地良心，我怎么可能知道你们那么多事？"

"我是这样跟周海洋解释，可你们平时针尖对麦芒，他对你的讨厌已经走火入魔了。"易欣唉声叹气。

齐颜发个无奈的表情："他爱怎么想是他的事，你没误会我就好。你在家别忘了学习，别想太多，等你回来上课。"

易欣此刻正好看到日记本中夹着的一张纸条，纸条上写着"加油"二字。上学期出第一次月成绩，她考得稀巴烂，心灰意冷到极点，幸好齐颜用这两个字鼓励她，她才没有放弃努力学习的信念，再之后也是齐颜屡次开解和帮助她，她的成绩才在努力学习下一点点提高。

这时再次看到齐颜发来鼓励的话语，她感觉齐颜就是照进她黑暗世界的一束光，心中更加感动。

她按动键盘，在信息中输入："周海洋朝我借了去天台的钥匙，我不知道他想干什么，你……"

输入一半，易欣忽然停下手指，想到明明一无所有，可卖一辆摩托都要跟自己五五分账的周海洋，相比于要什么有什么的齐颜，周海洋简直可怜自己，在整个二中也只有自己一个真朋友，如果现在连自己都出卖他，只怕周海洋真的会产生成为"世界公敌"的想法。

易欣想到这里心一软，把那段话删除，重新发送一条："好的，过两天我就回去。"

她放下手机，看看墙上的电子钟，刚好下午三点，想起周海洋说下午回学校，她越想越觉得不踏实，连忙从床上坐起，既然不能出卖周海洋，索性就亲自回学校阻止那小子乱来。

她穿好衣服，推开卧室门正要出去，客厅里的易明诚和徐慧却拦住她。他们怕女儿顽劣不改，还要出去鬼混，哪怕易欣说要回学校，两人也不同意，还没收了易欣的手机，拔掉网线，让易欣在卧室里好好反思。

本就有错在身的易欣不敢忤逆，乖乖回到卧室，断绝了和外界的所有联络，只能祈祷周海洋迷途知返，千万别再惹出什么乱子。

第五节

下午五点，宁南二中南门，相比于人来人往的正门，这里一整天也没几个人进出。

门正对着一条小路，路两边是尚未拆迁的老旧住宅区，墙外有很茂密的野草，蓝色铁皮垃圾箱固定在草地上，油漆和铁锈斑驳交错，附近时常有野猫过来觅食，这是小城为数不多的脏乱角落。

出租车在路口停下，周海洋背一个新买的大书包下车。从高二开始，他每次逃学回来都喜欢走这边小门，当然通常是跳墙进学校，但现在墙上围了很高的一圈铁丝网，专为防止学生翻墙，他不会飞檐走壁，只好走门。

每次来这里时，他总会买一小袋猫粮投喂那些流浪猫。他小时候养过几只猫，不是走丢，就是被老鼠药毒死，也算给他幼小心灵留下过一些阴影，从那之后他再不敢养猫，但看到猫时，还是忍不住想要亲近。

他当然知道流浪猫又脏又危险，不喜欢让那些小家伙接近自己，但每次看到它们无家可归的可怜相，他总会联想起被父母抛弃的自己。

虽然已经一个月没来投喂，但有几只猫依然认得他这个老熟人，不等他拿出猫粮，六七只围上来，“喵喵”叫着似乎在跟他打招呼。

如此强烈的被需要感，竟然是从流浪猫这里获得，周海洋苦笑着，不想多愁善感犯矫情，撕开猫粮袋，把猫粮哗啦一下倒在那些小猫面前，然后站起身退到两米开外。

“吃吧，多吃点，这应该是我最后来这里也是最后一次喂你们这群小没良心的，希望你们以后能遇到好心人，不会再把你们丢掉。”

他自言自语感慨，呆呆盯着那些小猫看了几分钟。他喜欢听它们发出响亮的呼噜声，心中感到一阵温暖又觉得此情此景显得凄凉：流浪猫的呼噜声应该很难听到吧？毕竟它们很少有高兴的时候。

周海洋把猫粮口袋丢进垃圾箱，调整好情绪，来到门卫室窗外，笑嘻嘻跟里面看门的大爷打招呼。

他此时回学校是打算做一件“轰轰烈烈”的大事，然后被学校开除，开除后，他就可以名正言顺地离开宁南，踏上所谓的远走高飞之旅。

周海洋谎称徐主任打电话叫他从这里进去，老大爷听之信之，叫周海洋签字写下时间，开门放行。

周海洋潜入教学楼，看看时间，还有十几分钟下课，他赶到来到六楼的楼梯间，找到那扇通往天台的小铁门，看看四周没人发现，他悄然爬上去，开锁推门上了天台，靠墙坐下来，把书包放在脚边。

他掏出手机，看着早已写好的一篇帖子，帖子内容简明，题目是：教导主任徐立鑫和高三（18）班班主任杜亚娟，深夜约会。

主楼贴上几张照片，正是徐立鑫和杜亚娟被周海洋偷偷拍下来的那几张，一旁还写了地点、时间。

“徐立鑫，我说你怎么那么关心十八班，尤其护着那小子，原来是一家人。不就是发帖吗？他会我也会，今天就让你们三个身败名裂。”

周海洋自言自语给自己打气，其实他心底也很纠结，可犹豫几秒钟后，终于还是按下确定键。同样在校内论坛和贴吧把帖子发出去，然后连续顶帖，直到看见其他人顶帖，他这才忐忑地把手机揣进口袋。

他打开书包，从里面拿出厚厚一沓 A4 纸，上面印刷着和帖子内容

相同的文字图片，帖子可能会被管理员删除，所以传单更保险。

书包里还有一条用白布红笔写的条幅，上面写了十个大字：齐颜卑鄙无耻，下贱小人。

强烈的仇恨心理已经冲昏周海洋最后一丝理智，除了以牙还牙，做出这些野蛮且幼稚的报复行为，他想不到任何能让自己心灵解脱的方法。

下课铃终于响起，晚饭时间，人流量最大，楼下是学生前往食堂的路径之一，周海洋像听到冲锋号，起身将那二百张传单分批扔向楼下。

传单纷纷扬扬从楼顶飘下来，像天女散花。走出教学楼的同学越来越多，有些人好奇捡起传单，看到上面简单劲爆的图片和文字，纷纷议论起来。

林可可每天都换不同的裙子穿，最喜欢往人多的地方凑。前些天他对齐颜追求无果，心灰意冷，昨天又物色到一个新目标，是个打篮球特好的高三理科班男生，下课铃刚响她就冲出教学楼，急着去食堂给那个男生打饭，此男生不像齐颜那般难追，已经答应和她共进晚餐。

她正哼小曲向前走，看到漫天飞舞的传单，愣神接过一张，等看清上面内容，惊得下巴掉下来。

“杜老师和徐主任？”

她抬头向楼上看，正诧异时，那条用红墨水写的条幅从天而降，将近十米长的条幅飘扬在半空，能清楚看到上面写着的十个大字。

“齐颜卑鄙无耻，下贱小人？什么情况？为什么骂齐颜？站在楼顶的人是谁？”

林可可急忙掏出手机，却想到齐颜手机在杜亚娟那里，怎么说齐颜也是她上一任男神，虽然此刻她已经处于爬墙状态，但该维护还是要维护。她当即逆着人流向楼上跑，想第一时间把消息告诉齐颜，可回班才发现，齐颜根本不在教室里。

齐颜和唐薇、时越从另一侧下楼，这时已经来到食堂，正在人群中排队打饭。

苏岳忽然拿一张传单跑过来，上气不接下气，扶着齐颜肩膀说：“总算找到你了，你看看。”

齐颜皱眉接过传单，等看完内容，两条剑眉皱得更紧，尤其看到醒目的“有妇之夫”和“有夫之妇”几个字，心底怒火瞬间被勾起。

唐薇问苏岳怎么回事，苏岳喘着粗气说：“不知道谁干的，传单满学校都是，大家都在传，还有论坛和贴吧也有这些帖子，几百楼。我们几个分开来找齐颜和杜老师、徐主任。”

结合这些信息，齐颜心中只能想到一个名字：周海洋。

他环顾周围，果然看到很多人手中拿着和自己一样的传单，他知道如果现在不解释清楚，不把谣言就地扼杀，谣言只会随着时间推移而越传越广，众口铄金，假的到时也能变成真的。

他想到这里把手中那张传单撕碎，揣进口袋，当即朝食堂楼下跑，发帖和印传单回击谣言都来不及，唯一的办法就是用广播直接辟谣，粗暴但是有效。

唐薇和苏岳根本追不上他，他像风一样来到办公楼，轻车熟路找到广播室，校内几个大喇叭在播放歌曲，他知道这些都由关小雅负责，关小雅通常一个人在里面操作。

关小雅手拿一杯奶茶，听到敲门声，她开门看到慌慌张张的齐颜，一时不知所措。自从上次被齐颜拒绝，闹到曲艳萍来学校教训她一顿，她再也没去找过齐颜，不知齐颜这时来做什么。

“对不起，借我用一下广播，你就说是我抢的，不会连累你。”

齐颜说着闯进门，为了不让关小雅被牵连，他只能把柔弱的关小雅硬推出门，反锁在外面。

齐颜以前用过学校的广播，这时熟练打开开关，稍微整理下思路，对着麦克字正腔圆说：“我是高三（18）班齐颜，你们手中那张传单都是造谣，高三（18）班班主任杜亚娟是我小姨，她跟我姨夫一年前已经协议离婚，离婚证我亲眼见过，徐主任三年前也已经离婚，他们都是单身，不是什么有夫之妇和有妇之夫，他们是光明正大在一起。周海洋，我知道是你，你有什么不满就冲我来，我奉陪到底，但我跟你说清楚，发你和易欣帖子的人不是我，你败坏我小姨名声，我饶不了你！”

……

周海洋这时正坐在楼顶，听楼下议论纷纷，享受报复带来的快感，他抱着必定被开除的心态，所以半点也不觉得恐慌和内疚。

直到听见广播中齐颜笃定愤怒的话音，周海洋脸上得意的笑容渐渐消失，他忽然意识到，莽撞冲动的自己这次又办了件错事。

他站起身看向楼下，楼下仰望条幅的人也同时看到他，就在他愣神思考的工夫，身后那扇小铁门被推开，一个胖大的身体费劲巴拉从里面爬出来，正是徐立鑫。

徐立鑫脸色比生锈的铁还难看，左手叉腰喘粗气，右手拿扇子指向周海洋，想骂却又忍住了，苦笑一声说："周海洋，行啊，我徐立鑫是哪里对不起你？你这次可太让我失望了。"

……

校长办公室内，学校的主要领导汇聚一堂，包括徐立鑫和杜亚娟，七八个人坐在沙发和椅子上，办公室中心站着受训的齐颜和周海洋。

这次事件虽然没造成什么人员和经济损失，但也堪称宁南二中近几年影响最恶劣的事件之一,几位校长大为冒火,势必查清原委,严肃处理。

相比于校领导的严肃态度，被周海洋造谣中伤的徐立鑫和杜亚娟却很克制，屡次为周海洋求情，希望学校能宽大处理。

周海洋原本不想领情，毕竟在他决定做这些蠢事的时候，他就已经抱着被学校开除的心态，可当他得知徐立鑫和杜亚娟"婚内出轨"都是他不明真相的捏造时，他的嚣张气焰顿时被浇灭。

人心都是肉长的，徐立鑫和杜亚娟对他什么样，周海洋心里有数，如果不是出于对齐颜的恨意，不是被仇恨左右心智，他根本不会拿两位老师当枪使，做出这样毒蛇反咬农夫的缺德事。

齐颜极力澄清那篇曝光周海洋和易欣的帖子不是自己发的，他根本没注册校内论坛的账号，也不曾登录宁南二中贴吧，更没有闲情逸致去关心别人的私生活，他连学习的时间都嫌不够用。

冷静下来的周海洋忽然开了窍，他也觉得以齐颜直来直去的性格，不像背地里使阴招的人，难道自己一整天把齐颜当成天敌，做出那些疯狂愚蠢的报复行为，竟然是一场可笑的误会？

周海洋正自我反思，校长办公室的门被敲响，徐立鑫打开门，看到姜小余唯唯诺诺地站在外面，脸红得像涂了一层草莓果酱。

"姜小余？你来干什么？"徐立鑫低声问。

姜小余不敢看他眼睛，两秒钟后鼓足勇气：“徐主任，那篇帖子是我发的。”

“你？”徐立鑫愣住，示意姜小余进门，叫她当着校长老师面说清楚。

第六节

半小时前，当姜小余看到周海洋撒下的传单，还有写着“齐颜卑鄙无耻”的条幅时，她心情惶恐至极，坐在教室里感觉心跳得厉害，随即又听到齐颜用广播为徐立鑫和杜亚娟极力澄清谣言，她终于意识到这件事已经闹大了，如果再不主动承认错误，牵扯出更多不必要的麻烦，她不敢想象后果会怎样。

曝光周海洋和易欣的帖子是她起早去网吧发的，起因自然是她经常被两人欺辱，心中怨愤积攒多时，而导火索是前一天周海洋公然朗读她日记里那首诗，那是击穿她心理防线的最后一颗子弹，她终于决定对两人展开反击。

自从去年发现易欣家的真正住址后，姜小余便利用假期闲暇时间去搜集关于易欣和周海洋的信息。凡事只怕用心，她像个纪实节目的记者，明访暗访，很轻易就整理出那篇帖子内容，直到昨天忍无可忍，才狠心把帖子发出来。

姜小余的意图很简单，以彼之道还施彼身，让周海洋和易欣也尝尝被嘲讽和羞辱的滋味，仅此而已。可随着事件失控，成功报复的快感渐渐被恐惧取代，直到这时她承受不住压力，哭着来校长室承认错误。

事件终于水落石出，接下来，校领导开始商讨惩罚措施。

天色刚入夜，周成达和姜小余的父母接到电话赶来学校，易欣也在父母陪同下返校。眼看就要高考，几位家长自然不想功亏一篑，纷纷为孩子求情，希望学校能网开一面。

经过校领导半小时的商议，念在姜小余平时刻苦用功，遵守纪律，发帖曝光同学隐私的事情虽然过激，但事出有因，属于被霸凌者的反击行为，而且已经取得周海洋和易欣原谅，学校给予的处罚是记大过一次。

易欣作为霸凌者之一，跟随周海洋擅自离校，但看在她复读以来表现良好，认错积极，从轻处罚，同样被记大过一次。

齐颜强行闯入广播室，发表不当言论，学校也给他记一次过。以上三人都要进行全校通报批评。

最棘手的当然还是周海洋，他不但这次闯祸，而且屡教不改，按照几位校长的商议结果，开除离校已经板上钉钉。

可周成达竟然当众给几位校长下跪，不惜出卖尊严也要挽回儿子读书的一线希望，吓得众人连忙去搀扶他。

全程冷眼旁观的周海洋在父亲下跪那一刻，麻木的心终于有所触动，但他转念冷冷一笑，实在不明白以自己这个破烂成绩还有什么挽留的必要。

周海洋任由这些人为他是否被开除而来回拉锯，半个字都不说，冷漠得像个旁观者。

徐立鑫和杜亚娟不计前嫌，极力为周海洋开脱、担保，齐颜和姜小余也表示原谅他。几位校长架不住众人七嘴八舌求情，终于把对周海洋的惩罚降一格，改为留校察看。

周海洋却漫不经心，因为他心底已经有另一个打算，开除与否对他来说都无所谓。

晚上十点多，徐立鑫开车把周成达和周海洋送回家。周成达对徐立鑫百般道歉，徐立鑫却告诉他不必在意，年轻人犯错能改就好，只要周海洋今后别再犯错。

周海洋心底对徐立鑫和杜亚娟有愧，表面上冷着脸，一路上却愧疚的不知道如何说声抱歉，可直到下车，那声如鲠在喉的“对不起”也始终没说出口，他放不下面子。

姜小余爸妈这次非但没责怪姜小余，竟然破天荒地安慰她，让她不要为这事分心，继续努力备考。也许是因为成绩优秀，他们对姜小余态度也悄悄改观。

经过女儿姜小余被欺负这件事，他们也想明白了，儿子姜小成学习成绩差得很，能不能考上大学都在两说，更别说考上名牌大学，家里如果能供出姜小余这么一个高才生，他们在教育子女方面也算没白忙一场。

姜小余从战战兢兢到受宠若惊，本以为父母会严厉批评自己，没想到他们只字不提刚才的事，还给自己做了一顿丰盛晚餐。

经历这一天莫名其妙的折腾，齐颜身心俱疲，辗转反侧直到后半夜才入睡，但第二天清晨他依旧如往常一样早起，无心去食堂吃早饭，直接回到教室，打算靠做题排解郁闷的心情。

他本以为教室里不会有人，可刚一进门却看到易欣在座位上，正伏案做题。

“来这么早？”齐颜走过去打招呼，语气自然，像昨天什么都没发生。

可经历昨天的事，易欣感觉自己在学校成了一个毫无隐私可言的撒谎精，看到同学和老师的目光，她都会感到羞愧，会不自觉地闪躲，但面对齐颜时，她多少放松一些。

“本来还能在家反省一天，可我还是觉得上学踏实点。”易欣柔声说。

齐颜坐回座位，笑着说：“士别一日，刮目相看。你继续这样努力，肯定能考好。”

易欣停下笔，原本白净饱满的脸色，今天却显得憔悴些许：“齐颜，谢谢你一直鼓励我，要不然我肯定连400分都考不到。”

“那是你自己努力的成果。”齐颜话音一顿，“别再为之前的事不开心，向前看，再提高几十分。”

易欣脸上笑容凝固：“你是不是觉得我特虚伪？”

齐颜一怔，微笑说：“过去的都过去了，别耿耿于怀。人有点虚荣心很正常，说起虚荣心，你跟我比就是个弟弟。”

“弟弟？”易欣不解。

齐颜翻出练习册，一边眉飞色舞对易欣说：“我小时候家境也一般，可我特能吹，那时我才小学五年级，我跟同学说，我家有别墅有山庄，有花园有高尔夫球场，飞机什么的……应该是电视剧看多了，特别能幻想。”

“真的？”易欣问。

“骗你干什么？你看我现在写作不错，那是因为小时候我就会编故

事，他们都信以为真，有一天周末，我约他们到我家玩，说明天会派车队去接送，让他们起早到学校路口等着。”齐颜憋不住笑。

“然后呢？”易欣见他说的煞有介事，也提起兴趣。

“然后我就失眠两个晚上。”齐颜摇头嘲笑自己，“吹牛的时候我特爽，可一想到他们大早上去路口等我幻想中的车队，连根毛都等不到，我就想找个地缝钻进去，不敢去上学。”

易欣“扑哧”一笑：“你去上学，他们怎么说？”

“我当时非常之尴尬，都想转学了，撒谎骗那么多人，真不知道他们背后怎么看我。”齐颜憨憨挠着脖子笑起来，“可我回班后，发现他们没人提这事，我这才知道是我自作多情，胡思乱想。”

“他们不嘲笑你说谎吗？”易欣问。

“当然嘲笑，但他们都顾及我面子，也很快就把这事忘了，因为我从那次教训后就不再说这样的谎。”齐颜盯着易欣眼睛，眼神中满是真诚，“既然认识到错误，改正就好，别总放在心上惩罚你自己。”

“谢谢你齐颜。”易欣腼腆地抿抿嘴唇。

齐颜这时从书包里拿出易欣送他那支钢笔：“你送我这支笔很贵啊。”

易欣脸色微红：“我就是爱面子，笔是别人送我爸的，但他一次没用，我就求他给我，我知道你会喜欢。”

“非常喜欢，谢谢你这么用心。”齐颜收起笔，犹豫片刻说，“姜小余的事，你也别怪她……”

“我不怪她，我真的认识到自己有错，我只希望她能原谅我，其他同学也别再把我当成以前那个易欣，我讨厌以前那个我。”易欣一口气说出这些，有感而发。

教室里这时走进几个女同学，齐颜笑着对易欣说：“好，我会告诉小余。做题吧，别因为其他事分心，高考重要。你如果觉得在班里孤单，就找我说说话，别太在意那些事，同学对你印象会一点点改观的。”

两人相视一笑，不再多说，各自拿出辅导书做题。

易欣忐忑不安的心情在齐颜安慰下果然轻松许多，她知道哪怕全班同学都讨厌自己，起码还有齐颜这个朋友会体谅和关照自己。

上午第二节历史课，历史老师刚打开试卷，叫齐颜背诵天朝田亩制度的意义，徐立鑫和杜亚娟忽然来到教室门口，把易欣叫出门。

易欣以为自己又犯了什么错误要被批评，可一问才知，原来是周海洋留下一封信要离家出走，他们是来问易欣是否知道周海洋去向。

易欣说早自习下课给周海洋打电话没打通，还以为他在家隔离反省。

“你真不知道他去哪里？”杜亚娟急得直叹气。

“我真不知道，但他跟我说过他想出去打工或者创业，还说要去大城市。”易欣也跟着着急。

徐立鑫猛摇扇子扇风，气得脸通红：“这孩子可真够不懂事的，昨天刚给他做保证。信里是说要去大城市，但没说具体哪里。”

易欣想了想，说：“以我对他的了解，他不管去哪里，应该会在网吧玩一段时间才会上车。”

徐立鑫合上折扇：“有道理。他玩心重，到哪里都会先去玩。你知不知道他喜欢去哪里上网？”

“车站附近是有几个他喜欢去的网吧台球厅，如果他没上车，应该会在那些地方。”

杜亚娟不再迟疑：“必须把他找回来，我叫几个男生出来，咱们分开去找，注意安全。”

杜亚娟把齐颜、陆明宇、苏岳、孙晓龙、徐云峰、程元熙都叫出来，加上周成达，按照易欣给的地址，十个人兵分三路，徐立鑫开车带着易欣和陆明宇、周成达，杜亚娟带上程元熙和徐云峰，齐颜和苏岳、孙晓龙打车，朝三个不同的车站同时赶去。

火车站附近有大大小小很多个网吧台球厅，周海洋最喜欢这些乌烟瘴气的地方，如果没人限制他，他能在里面混上几天。

昨晚回家他躺在床上彻夜难眠，想起白天在学校做的一系列荒唐事，他自己也觉得脸红，无地自容。毋庸置疑，此刻他已经成为宁南二中历史上最大的蠢人，丢脸丢到校外。

他无颜面对徐立鑫和杜亚娟，甚至再也找不到自信去面对齐颜和姜小余，以及二中每一个老师同学，思来想去，逃避是让他唯一感到安全的选择。

他睡了两个小时，醒来时天色拂晓。他终于打定主意，撕张草纸，

写下一封简单潦草的信，叫爷爷奶奶好好照顾身体，自己要去大城市努力打拼，有了成绩就跟他们报喜，只字不提周成达。

书包里装好衣物和个人用品，卖摩托车那几千元当作启动资金，他心情放松，信心满满，走出卧室正好遇到做早饭的周成达，周成达叫他吃了再去上学，他没搭理，和爷爷奶奶打声招呼，直接出门。

周海洋心中依旧固执地对周成达充满恨意，虽然出狱后的周成达给他带来非常大的改观，可他就是不肯原谅，因为一旦原谅周成达，周海洋就再也没法给自己这些年的自暴自弃找借口。

在周海洋心中，周成达必须保持一个坏人形象，他才能顺理成章地麻痹自己——正是因为遗传了周成达的劣质基因，所以他才混到这步田地，不能怪自己不求上进。

周海洋来到售票厅，买了一张晚上九点的车票，去上海。也许因为小时候江湖电影看多了，他心中始终有一个去上海滩闯码头的热血情节。

他一整天都泡网吧里，上午十一点，他缩在墙角的沙发上，一边听歌一边在游戏中鏖战，似乎暂时忘记了烦恼。

他正全神贯注玩着，旁边的沙发上忽然坐下三个人，他起初没在意，直到两分钟后一局游戏打完，他转身看到那三张脸，顿时吓得向后一缩肩膀。

那三人正是齐颜和苏岳、孙晓龙，他们在附近找了半个小时，终于在这里发现目标，十分钟前已经给徐立鑫和杜亚娟打电话，另外两队人马很快就会赶到，所以他们才过来见周海洋，不怕周海洋跑掉。

第七节

周海洋镇定下来，用不屑的语气问：“你们来干什么？看我笑话？”

齐颜靠在沙发上，漫不经心地说：“学习这么紧张，我们可没闲心大老远跑来看谁笑话。”

“徐立鑫叫你们来的？”周海洋继续玩游戏。

“是。徐主任，杜老师，还有你爸，加上易欣和咱们班男生，都出来找你了。”齐颜一顿，“班里任何一个人逃学，都不会有你这样优厚待遇，洋哥够牌面。”

“辛苦，回去吧，别耽误你们考大学。”周海洋不看他们。

齐颜一笑：“你是不是觉得你很潇洒啊？”

“用你管？那么喜欢管闲事？”周海洋转身瞪齐颜一眼。

齐颜举起手说：“我们是不应该多管闲事，为一个逃兵。”

“你说谁是逃兵呢？”周海洋一撴鼠标。

苏岳和孙晓龙急忙在中间调和，叫齐颜少说两句，千万别在这时跟周海洋起冲突。

齐颜不以为然，继续说：“你不是吗？开学的时候十八班三十六个人，现在新来一个林可可，还是三十六个人。”

“关你什么事？不想挨揍就滚。”周海洋不耐烦，可他嘴上虽然放狠话，心中却不想跟齐颜争执，因为昨天的事，他自觉愧对齐颜。

齐颜冷笑：“今天就算挨揍，有些话我也要跟你说明白，你不是要出去闯世界吗？你是不是以为你出去一定能闯出名堂？”

周海洋翻个白眼不搭理他，继续玩。

“跟外面比，学校简直是天堂。”齐颜盯着周海洋的屏幕，“不论你现在成绩怎么样，你决定复读那一刻起，是奔着参加高考来的，没错吧？”

“怎么了？”周海洋语气强硬。

“还有两个月高考，你现在想着放弃，最低难度的游戏你都半途而废，你在外面创业也好，打工也好，都比这难很多倍，你凭什么让你爷爷奶奶相信你能成功？”

听了齐颜的话，周海洋一怔，却说：“不用你教我大道理。自以为是。”

齐颜摇头一笑：“反正你就要离开学校，我说说心里话，你爱听不听。考多少分没关系，最可怕的是半途而废，因为这东西会上瘾，我以前试过，学什么东西遇到点困难就放弃，有第一次就有第二次，第三次，遇到点挫折就改变当初的计划，不想着克服困难，只想逃避……”

“够了，闭嘴。”周海洋拿起键盘拍在桌子上。

齐颜不听他威胁，继续自顾自唠叨：“和你同班这些天，我也算看明白了，你真的很害怕面对困难，真的，做事没一点毅力，和以前的我一样，不克服这个缺点，你做什么都一事无成。”

“我让你闭嘴！”周海洋站起身，“齐颜你是不是觉得你很优秀？你跟我臭显摆什么？”

“我不优秀，就是比你多明白一个道理，做一件正确的事，坚持下去肯定比半途而废有意义。”齐颜表情平静，“你听我说完这些话，如果想打我，我不还手，说到做到。”

周海洋默不作声，坐回沙发上，转身不看他。

齐颜接着说：“你成绩没差到离谱，努力两个月，肯定会拿到录取通知书，到时候是选个专业学习，还是出去闯荡，选择权在你，这样你也算完成复读的目标，没半途而废。你不差这两个月，但如果你现在放弃高考，你以后遇到其他困难，也会习惯性放弃努力，这不是开玩笑，坚持做一件事很难，放弃却很容易，但这就是决定成功的关键，做什么事都一样。所以我不相信你现在逃避高考，出去做其他事就能成功，你自己信吗？”

周海洋释然一笑：“我成绩没你那么好，如果像你考那么多分，我肯定考，何必听你说这些风凉话？”

“我底子好，复读后比以前更努力，你就算底子差，400分肯定能考到，每科提高一些就足够了。”齐颜继续劝说。

“我这点分，考上那些破学校有什么用？”周海洋自嘲。

“没听说哪个名牌学校出来的学生都飞黄腾达，但我听说很多大人物不是名校出身。学校好坏只是给你提供一个学习机会，关键看你自己。我希望你能努力两个月，给自己多一个选择，将来怎样都不后悔。”

听完齐颜这番话，周海洋再次陷入沉默，想反驳却无言以对. 因为他也觉得齐颜说得有些道理，可他又不甘心被齐颜几句话打乱刚刚制定好的计划，那样一来，他岂不是又输给齐颜一次？

“周海洋，回去吧，两个月努努力，考什么样都不后悔。”苏岳终于有插嘴的机会。

孙晓龙也说：“去外面闯没那么容易，还是上学多学一些知识，以后做什么也有一技之长。”

周海洋心思已经动摇，但面子放不下，从口袋里掏出车票，凝神看了足足半分钟：“不管怎么说，谢谢你们几个，我……我不回去了，车票已经买了，我想出去拼一次。”

齐颜却说："你没那么大决心出去拼一次，你只是想出去逃一次，你犹豫是因为放不下面子。"

周海洋正想回应齐颜这句话，徐立鑫和杜亚娟一行人匆匆赶到。

终于见到儿子，周成达心总算落回肚子里，可他虽有千言万语，看到儿子那张阴沉沉的脸，实在不知从何说起。

"可算找到你了，好好的学不上，马上高考了，现在急着出去打什么工？跟老师回学校。"杜亚娟劝道。

徐立鑫不停地擦汗："你这孩子，什么时候能让你家人省省心？昨天刚为你跟校长担保，今天你又弄这么一出，你让我这脸往哪儿放？"

易欣来到周海洋身旁："回去吧，闹什么闹啊？你出去小心被骗，在学校多好。"

周海洋见这么多人来找自己，劝自己，面子的确给足了，足到他受之有愧，他虽然脾气倔，但也不想做不识抬举、不识好歹的人，低着头没说话，却把那张车票撕成两半。

众人松一口气，脸上都露出笑容，周成达正要感谢大家帮忙，手机忽然响起，是周海洋爷爷打来的。

周成达连忙接通，问老人家什么事，周海洋爷爷语气急促，说周海洋奶奶心脏病犯了，现在正送医院抢救，叫他们赶快过去。

周海洋的奶奶心脏做过支架手术，只能做一些轻体力活，大部分时间卧床静养。自从早上看到周海洋离家出走那封信，她担心上火，状况越发严重，直到十几分钟前昏倒，幸亏有周海洋爷爷在身旁照顾，及时喂药，拨打救护电话。

杜亚娟叫苏岳、孙晓龙他们几个回学校，她和徐立鑫分别开车，带上周成达和周海洋，还有齐颜和易欣，立刻赶往医院。见到周海洋爷爷时，周海洋奶奶已经被推进手术室。

周海洋自责忏悔，坐在长椅上泪如雨下。直到此刻他才意识到亲人对他意味着什么，他只顾着抽泣，如果奶奶真因此有个长短，他一辈子都不会原谅自己。

齐颜和易欣坐在他两边，安慰这个哭成泪人的大男孩，那边徐立鑫和杜亚娟也在宽慰周成达和周海洋爷爷，一多半手术费还是两人帮着垫

付的。

三小时后，手术终于做完，周海洋奶奶脱离危险。漫长的等待过后，所有人都长舒一口气，尤其周海洋，他感觉像是自己捡回一条命，又坐在长椅上哭了半晌，情绪这才平复。

几人一整天几乎都没吃饭，下午五点，徐立鑫请客，在医院对面找个餐馆，简单吃一口。

周海洋食不甘味，吃几口回到医院，但此刻他只能隔着窗看望病床上休息的奶奶。

齐颜、易欣要回学校上晚自习，和周海洋来道别，周海洋叫住两人，要亲自送他们出去打车，他想跟齐颜说点什么。

“我不上学，你不应该高兴才对吗？为什么来找我劝我？”周海洋问齐颜。

齐颜释然一笑：“我跟你又没有深仇大恨。有时候我是很烦你，可气消了又觉得没必要，能在一个班就是缘分，我这人挺信缘分的。”

周海洋似笑非笑：“其实你在网吧跟我说的那些话，我挺佩服的。你考虑事情的确比我明白周到。”

“旁观者清，人都这样，劝别人头头是道，轮到自己就犯糊涂。”

易欣听齐颜说完，看看一左一右两张脸，努嘴皱眉：“听你们俩这么说话，我怎么浑身起鸡皮疙瘩？还记得你们在班里第一次见面吗？你们像两只斗鸡。”

“记得。”周海洋笑起来。

齐颜耸肩：“忘不了，你们两个上课铃响才进门，特拽。”

周海洋回想当时的场景：“没办法，在二中我给别人印象就那样，我其实很在意别人怎么看我，所以只能保持形象，故意弄那副德行。”

易欣补充说：“这点我了解他，他其实最烦别人那样，但有些时候又不得不装。”

齐颜笑着说：“这就叫人在江湖，身不由己。理解。”

三人在通往大门的花园中漫步，沉默几秒钟后，周海洋忽然问：“齐颜，你知道我为什么越来越讨厌你吗？”

“为什么？因为我拽？”齐颜开个玩笑。

“因为你太优秀。”周海洋直截了当，“你学习好，体育好，人缘好，家境好，老师喜欢你，那么多女生都喜欢你，连易欣也觉得你人好……”

“别瞎说了。”易欣红着脸反驳。

周海洋不停顿，继续说：“在你身边，我越来越感觉自己是个失败者，越来越没信心。”

“每个人都有优缺点，我如果真像你说那么优秀，就不用三番五次被徐主任和我小姨臭骂了。”齐颜笑着说。

周海洋却一脸严肃：“不开玩笑，我真的不理解，怎么会有各方面都优秀的男生？我当时特想赢你。”

“所以你总是针对我？”齐颜笑着看他。

“对，我只想赢你，不管哪方面，只要赢你就行。”周海洋轻拍齐颜肩膀，“可惜你一点机会都不给，简直是个六边形战士。”

“比如说运动会？你把他跑赢了，你把他跑吐了？”易欣忽然笑起来。

齐颜和周海洋都忍俊不禁，不想回忆那段不堪回首的往事。

说话间三人来到医院大门外，齐颜叫住一辆出租车，对周海洋说：“等你回学校，咱们好像还没一起打过球呢，你不是想赢我吗？这是个好机会。”

周海洋说：“打过一次，刚打就被徐主任抓到，罚我们扫篮球场。我看过你打球，这次我应该能赢你。”

易欣打开车门，无奈地叹口气：“果然你们眼中只有彼此。到时候我给你们当裁判。”

坐车回到学校，齐颜和易欣又谈了许多关于周海洋的事，易欣认为周海洋这次的确有改邪归正的迹象。齐颜对此深表赞同，但愿她的直觉是对的。

周海洋请两天假在医院照顾奶奶。经历这两天的事件，他似乎一夜之间长大，做事不再毛手毛脚，竟然也开始惦记学习上的事。

奶奶劝他回学校好好读书，别再胡思乱想出去闯荡，外面哪像他想的那么简单，说他有个远房堂哥几年前只身去外面，和朋友一起做生意，

打电话回来朝家里要了几次钱，之后就杳无音信，也不知道是生是死，奶奶前天就因为想到这点，害怕他也会走上同样的道路，才担心忧虑犯了病。

周海洋连忙答应，承诺自己这次一定痛改前非，会尽最大努力高考，只是离高考时间太短，能考什么水平他不敢保证。

为偿还医药费，周成达还没来得及调整从监狱出来后的状态，昨天就急忙忙的找到一份在建筑工地做力工的工作，工资日结，从早忙到晚，他一身疲惫，晚上还要送饭到医院，陪护老人。

周海洋爷爷身体也不好，多数时间只能在家，负责做一日三餐，全家老小的负担几乎都压在周成达一人肩上。

周海洋看在眼中，心里越发感慨，明天他要回学校上课，周成达肩上的负担只会更重，他真想因为这个原因退学，可思来想去，他再也没有勇气提这两个字。

房间里有四张床，两张床上是病人，另外两张床上是陪护的家属。晚上十点多，周海洋从床上爬起，见奶奶已经睡着，他悄悄走出门，走廊里的长椅上，周成达正坐卧在上面，穿着工地的迷彩服，抱着头盔在打瞌睡。

昨天周成达就是在长椅上过的夜，他不放心让儿子一个人照顾奶奶，不敢回家睡。

周海洋站在门边足足犹豫一分钟，几次想转身回去，可还是咬咬牙走过去，用手指轻轻点周成达肩膀一下，连忙缩回手。

周成达立刻醒过来，惺忪睡眼盯着儿子看，脸上惊喜的表情一闪而过，不知所措地站起身。回家这几天，周海洋从未主动跟他沟通过，他尝试几次，周海洋也不曾搭理他。

“爸，你去床上睡吧。”

听到周海洋平静的声音，周成达以为出现幻觉，愣了愣，没答应，他已经十年没听到周海洋管他叫爸，有也是在梦里。

周海洋也叫得怯生生的，见周成达没反应，他很拘谨地用手指了指门口：“你去房间里面睡，我这就回家，明天上学，回去收拾一下书本，还有……”

周成达难掩欣喜：“有什么你就说，爸都答应你。”

“以后你睡我那间卧室，我睡沙发。”周海洋昨天就已经想好，只是迟迟没勇气来说。

“那怎么行？你……”

“你就别跟我客气了，我白天在学校，晚自习回来爷爷看完电视已经睡了，以后出去读书也会住校，那间卧室你住正好。”

周海洋心跳在加速，有些不好意思去看周成达温热的眼眶。他实在受不了这么煽情的事情发生在自己身上，转身朝走廊那边走，不给周成达反对的机会。

“海洋，好好读书，其他的你不用多想。”等周海洋走出几米远，周成达犹豫片刻，终于说出这句话。

周海洋听了一顿脚步，半转身看灯光下衣衫褴褛、形容憔悴的周成达，喉头一噎，稳了稳气息才说：“知道了，爸。”转回身向前走时，他眼角滑落两滴泪，不敢逗留被人发现，大步朝楼梯走去。

第十三章 一路向北

加油，我在北京等你

ZHIREXINGHONG

第一节

第一次模拟考试成绩发布，齐颜这次略有浮动，考了年级第十一名，姜小余成绩也有所下降，年级第七。

他们多多少少受到前几天那次事件影响，但好在离高考还有五十几天，来得及找回状态。

程元熙重新拿到第一名，时越紧随其后，两人成绩出奇稳定，相互间也多了很多交流，成了学校里有名的卧龙凤雏，时越似乎也因此变得开朗一点点。

易欣如愿以偿考到班级第三十名，如果不是高利贷的事情让她分心，她相信自己还能更进一步，可那件事就像她的达摩克利斯之剑，不知道何时会落下，就算考了梦寐以求的好成绩，她也半点高兴不起来。

周海洋还在 300 分上下挣扎，这次考试他已经全力以赴，奈何基础太差，前段时间也没怎么复习，这已经是超常发挥。

几天以来，齐颜发现一个奇怪现象，周海洋虽然每天都会看书做题，却时常在角落里打瞌睡，有时一睡就是半节课，而以前的周海洋趴在那里看网络小说，能津津有味看上一整天，精神抖擞，从不犯困。

难道因为网络小说的吸引力比学习大得多？齐颜这么想，可观察周海洋困倦疲惫的模样，他总感觉事情不会这么简单。

齐颜有一次询问周海洋，周海洋只说晚上要照顾奶奶，没休息好，补一觉就会清醒。他从周海洋闪躲的微表情判断，这肯定不是实话，悄悄又去问易欣，易欣也不知道，说自己这几天一直忙着学习，无心其他事情。

姜小余在旁边听到他们谈话，周日上午下课，她见周海洋和易欣都不在教室，压低声音对齐颜说："我好像知道周海洋为什么总是上课睡觉。"

"你知道？"齐颜好奇心被勾起来。

"晚上放学，我两次看到他去仿古街。"姜小余说。

"就是那个酒吧夜店一条街？"

姜小余点头："我家正好路过那里，他这几天跟你一样骑车上学，我亲眼看到他骑车进了仿古街。"

齐颜皱眉："他去那里干什么？大晚上的，难道又去鬼混？"

"你不是说他已经改正了吗？"姜小余盯着周海洋的空座问。

"改没改只有他自己知道，他现在的家庭环境，再颓废下去，他就彻底毁了。"

"你要告诉杜老师？"姜小余问。

齐颜想了想，说："今天中午放学，我送你回家，顺路去仿古街，如果能遇到他，看看他去那里做什么。"

转眼中午放学，唐薇约齐颜去"时光号"复习功课，齐颜答应下来，却说要晚一点过去。等推车出了校门，他跟姜小余一路尾随周海洋，看到易欣在半路上了周海洋那辆单车，两人果然骑去仿古街的方向。

姜小余上了齐颜的车，远远跟在周海洋和易欣身后，跟踪十几分钟，来到仿古街入口的牌楼下，看到那两人已经骑进长长的街道里面，转向驶进主街旁边一个小胡同，看那栋二层小楼竖在门边的招牌，应该是个酒吧。

这条街原本也是旅游项目，但宁南的旅游景点多在海边，这里根本

没什么游客，久而久之，街上房屋基本都出租出去，有的开了酒吧夜店，有的在做装潢建材，总之这条街三教九流，什么人都有出入，但很少有学生会来这里。

齐颜骑车跟进去，来到那家酒吧门外，酒吧侧门的小胡同里停着很多摩托车，还有周海洋那辆上锁的自行车。

“咱们进去吗？”姜小余不敢进这种场所。

齐颜也犹豫，他同样没去过酒吧，不知道里面情况如何，转身看到胡同正对着一家冷饮店：“咱们先进里面吃点东西，等等看，半个小时他们不出来，我进去找他们。”

两人走进冷饮店，来到二楼窗边坐下，视线正对那条胡同。齐颜随便点一些吃的喝的，边看书边等待，百无聊赖中等了将近半小时，还是不见他们出来。

齐颜正琢磨要不要现在下楼，或者拿姜小余手机给易欣打个电话，一辆银白色面包车驶进胡同，车上呼啦下来五个人，气势汹汹地走进酒吧。

齐颜感觉奇怪，叫来服务员埋单。两人把桌上书本收进书包，还没等下楼，忽然看到侧门打开，五个膀大腰圆的男人驾着两个人出来，如齐颜所想，果然是周海洋和易欣。

姜小余吓得愣在座位上，齐颜也感觉头皮发麻，眼见周海洋和易欣苦苦挣扎，却还是被那五个人塞进面包车里，而周海洋竟然穿着服务生的制服。

齐颜顿时明白过来，周海洋之所以上课打瞌睡，应该就是在酒吧上夜班的缘故。

车门狠狠关上，隔着冷饮店玻璃都能听到“砰”一声响。那是条死胡同，很窄，面包车只能一点点倒车出来。

齐颜回过神，知道不能再犹豫，拉起姜小余的手下楼。走出冷饮店时，面包车已经倒出胡同，朝仿古街西面出口驶去。

“我们怎么办？”姜小余害怕。

齐颜知道骑车肯定追不上面包车，还容易暴露目标，这时面前正好开来一辆出租车，他急忙挥手拦下，跟姜小余钻进车，直接给司机一百元钱，叫司机跟住面包车，但别跟得太近。

出租车司机对宁南的大小街道了如指掌，很有分寸地跟在面包车后面，兜兜转转，二十分钟后，面包车终于在市郊的一栋废弃大厦停下。

出租车从大厦门前驶过，没做停留，齐颜和姜小余在二百米外下车，回到大厦附近，却不敢轻易靠近。姜小余从小在宁南长大，说这栋大厦以前是商场，七八年前发生火灾，看外表虽然没有多严重的损毁，但早已废弃，平时没人敢进。

两人躲在墙边琢磨对策，生怕再耽误片刻，周海洋和易欣会有危险，只能决定报警。

把周海洋和易欣强行带到这里的人正是徐大辉，目的自然是为了逼易欣还债。

废弃大厦三楼，门窗都已经不翼而飞，墙壁上满是被烈火灼烧熏黑的痕迹，偌大的楼层内空荡荡，只有杂乱的砖块瓦砾。

徐大辉带领几个手下把两人堵在墙角，周海洋脸上有刚刚被打过的伤痕，眼神中却还是一副要跟他们拼命的气势。

“两个小崽子，不见棺材不落泪。”徐大辉用力啐一口，“花钱比谁都痛快，还钱拖拖拉拉，你当我徐大辉什么人？”

他说着伸手要抓易欣过来，周海洋却挡在易欣身前：“你们要债就要债，绑我们来这里，你们这是犯法！”

听周海洋这么说，那几人相视一笑，徐大辉一脚踹在他身上：“欠债还钱，天经地义，白纸黑字的合同写着，怎么，要赖账？”

易欣护住周海洋，不想他再挨打，哽咽着乞求：“辉哥，我真的求求你，再给我一些时间，等我考完试，我肯定打工还你。”

徐大辉冷笑：“说得容易，这本金加利息够你读四年大学，你跑了，我上哪儿找你？”

“辉哥我求求你，我真会想办法还你。”

徐大辉晃晃手中锃亮的棒球棍：“你们不会以为我这钱是借给你们这群小孩子的吧？靠你们能还个屁。你不是还有爸妈吗？他们会管你，叫你爸妈来把钱还上，要不然我就好好给你们上一课。”

他把棒球棍交给手下弟兄，接过相机，脸上阴森森冷笑，不怀好意地盯着易欣打量：“我给你多拍几张照片，小姑娘这么漂亮，到时候往

你们学校门口撒，我看你还怎么考试？”

见徐大辉又来抓易欣，周海洋情绪更加激动，推开他手怒吼道：“你别碰她！”

周海洋刚想反抗，直接被两个人按倒在地上，紧接着又是一顿拳打脚踢。易欣想过去帮周海洋，却被另外一个人牢牢抓住手脚。

“别打了，求求你们别打了。我还钱。”易欣苦苦哀求。

徐大辉叫几个兄弟停手，蹲在周海洋面前，转身回头看易欣：“乖点。今天不叫你爸妈来还钱，我说到做到，你们俩有一个算一个，都别想考试。赶紧打电话给你爸妈，按我说的跟他们讲。”

易欣颤颤巍巍拿出手机，正犹豫该不该打这个电话，楼下忽然传来一阵脚步声，等徐大辉他们反应过来，几个陌生人迅速从门外冲进来，竟然是一队身穿便衣的警察，随即在一片杂乱的喊叫声中，徐大辉他们五个人悉数被抓捕，原地抱头蹲在墙边。

齐颜和姜小余十几分钟前打电话报警，自称热心群众，辖区派出所离这里不远，接到报警电话，听清两人说的地址和情况，警察迅速出动，这才帮周海洋和易欣化险为夷。

易欣的爸爸妈妈来到警局，他们刚刚知道女儿借高利贷的事，作为父母，他们选择替女儿偿还债务，高利贷虽然不用还，但本金和正常利息经过折算，加起来有五万多，几乎是夫妻俩忙碌一年的收入。

易欣免不了被父母责罚，但好在这场借贷风波终于过去，易欣跟父母保证再也不会犯这样的错误。夫妻俩虽然生气，但更心疼女儿，也怕影响女儿高考，等气消了，这事也就不再提起。

齐颜得知周海洋因为经济压力大所以才偷偷跑到酒吧去做服务生，他思来想去，终于找到姨夫陈建军，说明周海洋家的情况，问姨夫快递公司有没有空缺的工作岗位，想给周成达介绍一份稳定工作，那样周海洋就不用分心去做兼职了。

鉴于周成达刚刚出狱，陈建军当然有所顾忌，但人是齐颜推荐过来的，他只好录用，暂时给周成达安排一个分拣员的工作。

周海洋和易欣对齐颜万分感激，如果没有齐颜，他们肯定会走上另一条道路，连为高考努力冲刺的机会都是一种奢求。

齐颜却告诉他们不必在意，他这人就喜欢管闲事，遇到朋友需要帮助，如果袖手旁观，他肯定连觉都睡不踏实。

第二节

高考倒计时五十天，高三（18）班全员进入最后的冲刺阶段，包括周海洋和易欣在内，所有人心无旁骛，把精力都放在复习上。

第二次、第三次模拟考试过后，同学们成绩都有显著提升。此时离高考仅剩一个星期，齐颜早已订好飞机票，今天就要退校离开宁南，回到北方老家参加高考。

上午第二节下课，齐颜把书桌整理干净，环顾教室，黑板、课桌、门窗、饮水机、垃圾桶，似乎对每个角落他都恋恋不舍，当然最不舍的是这些朝夕相处的同学。

黑板上的高考倒计时定格在“7”上，齐颜终于结束在宁南二中的复读之旅。他背起书包，本想在班里简单和几个同学说声再见，安静离开就好，毕竟高考后还能见面。

可同学们执意要出门送他，这是他万万没想到的，他鼻尖一酸，笑着让他们停下脚步，但还是有十几个人非要送他到学校门口，说什么都拦不住。

一行人结队下楼，齐颜被众星捧月般簇拥在中间，引得其他班同学瞩目，弄得他有些脸红。

“你们没必要搞这么大牌场，不知道的还以为我被开除了。”齐颜开个玩笑。

唐薇和姜小余、时越紧紧跟在他左右，再旁边是周海洋和易欣、苏岳、孙晓龙、徐云峰，陆明宇和程元熙也在，林可可当然要凑热闹。

最后面还跟着班里另外几个女生，她们也舍不得齐颜这个爱管闲事的外地生。

孙晓龙挤过来抱住齐颜肩膀，半开玩笑说：“颜弟，你这么一走，我这当哥的心里不是滋味，从此咱们二中就剩我一根校草，我高处不胜寒啊。”

苏岳忍不住嘲讽：“跟齐颜比，你就是根杂草。倒是咱们 507 宿舍夜谈会，再也没有齐颜跟我谈古论今，从此唐薇也不再是十八班班花。”

唐薇皱眉问："跟我有什么关系？"

"我们宿舍评选班花，齐颜每次都选你，我们哪能不给他面子？"苏岳早就想说。

唐薇红着脸低下头，不知说什么，同学们津津有味吃着瓜，易欣忽然问："那我呢？你们就没人选我？"

不声不响的徐云峰这时说："苏岳选你，他说你像香港明星。"

同学们都笑起来。

易欣心满意足，朝苏岳比个大拇指："还是你有眼光。"

周海洋却说："苏岳你什么眼神？你见过哪个明星这么丑？"

"周海洋，我看你就是欠捶。"易欣冲上去，两人边走边打闹，压抑的气氛渐渐活跃。

齐颜笑着笑着沉默下来，脚下已经来到学校正门，杜亚娟那辆车就在门外，杜亚娟和徐立鑫都站在车边等候。

齐颜转身叫大家停下脚步，看着每一张脸，他眼眶温热："你们别这么看着我，考完试我还回来，大家再聚。"

"等你，毕业赛还要踢呢，咱们双前锋，肯定能赢。"周海洋第一个说。

陆明宇跟着说："咱们班没你可不行，考完试抓紧回来。"

齐颜一笑："陆明宇，我那双球鞋你穿吧，我回来再拿一双。"

易欣眼眶红起来，抿着嘴说："齐颜，你考试别忘了用我送你那支笔，说不定我还能沾沾运气。"

"放心，肯定用。大家回去吧，上课了，都好好复习。"

齐颜潇洒地挥挥手，说着要转身，唐薇这时走出人群，手里托着一个漂流瓶，漂流瓶是从"时光号"拿的，里面满满装着五颜六色的小卡片。

唐薇面无表情把漂流瓶递给齐颜："同学们给你写的，就当毕业纪念册，别弄丢了。"

齐颜早就看到这东西，也猜到是送给自己的，但接过来时，脸上还是藏不住喜悦，说自己会认真看，还告诉他们，如果谁有毕业纪念册，别忘了给他留一页空白。

同学们挥手跟齐颜作别，纷纷转身走向教学楼。齐颜用力眨眨眼睛，不想让杜亚娟和徐立鑫看到眼角的湿润，傻笑着转身走出校门。

“徐主任，您也来了。”齐颜打招呼。

徐立鑫拍拍他的肩膀：“解脱了。”

齐颜讪笑：“您这说的什么话？要不是必须回去高考，我还想在学校待几天。”

徐立鑫微笑说：“比刚来的时候稳重多了，想想你们班幸好有个你，挺多问题，杜老师和我都不方便跟学生沟通，你表现不错。”

“您这是夸我呢？”齐颜受宠若惊，能得到徐立鑫如此表扬，诚惶诚恐。

“不明显吗？用不用我给你发个奖状？”徐立鑫抖开扇子。

“不用不用，您口头表扬就好。”

听两人闲扯，杜亚娟打开车门：“等会儿赶不上飞机了，上车。”

齐颜坐上车，跟徐立鑫挥手告别，徐立鑫嘱咐说：“回去也别忘了复习，别功亏一篑，认真答卷，考个好成绩回来，我给你发奖状。”

“好嘞徐主任，您等我捷报凯歌还。”

杜亚娟嫌两人嘴贫，启动引擎踩油门，车刚转过弯，齐颜忽然打开车窗，冲徐立鑫喊道：“姨夫，我回来给你拿点北方特产，别客气。”

徐立鑫愣在原地，被齐颜这声“姨夫”弄得不知所措，杜亚娟连忙拍齐颜胳膊一下，埋怨说：“胡说什么呢？这孩子嘴越来越欠。”

齐颜一笑：“你们都要领证了，有什么不能说的？我对徐主任很满意，是个好男人。”

杜亚娟白他一眼：“少说没用的。回去也别太放松，这两天好好把知识点捋一遍，考试的时候别乱吃东西，但也别饿着，清淡点好。”

“知道了小姨，你都说一百遍了，我都怕答卷的时候写上去。”齐颜靠在座椅上，打开漂流瓶。

杜亚娟笑：“好好考，给我长点脸，教完你们这届，我可要缓一缓，过两年再当班主任。”

“怎么了小姨？你这不当得挺好吗？”

“累。尤其遇到你这样的学生，一点也不给我省心。”杜亚娟

埋怨。

齐颜皱眉："我还不给你省心？你知道同学们都怎么说我吗？"

"怎么说？"

"他们都管我叫十八班副主任，还有管我叫居委会大妈的，我帮你解决多少问题，你怎么翻脸不认账呢？"齐颜抱怨。

杜亚娟忍俊不禁："也对，徐主任说你比刚来的时候稳重，想想还真是，长大了，挺好。"

她说着瞄一眼漂流瓶："都给你写的什么啊？人缘那么好。"

"写什么也不给你看，这是我们年轻人的秘密。"

齐颜像狗熊抱蜂蜜一样紧紧抱着漂流瓶，从里面掏出一张张卡片，卡片上写着同学名字和对他说的话。

每张卡片他都喜欢，看到同学们真诚的祝福和评价，他心情激动又欣慰，不觉湿了眼眶。

翻到唐薇那张时，他的心情莫名地紧张起来。

那是一张海蓝色的卡片，唐薇用彩笔画上一弯彩虹，彩虹下面有两个卡通人物，一个男生，一个女生，中间用粉色笔写下一行漂亮的字：加油，我在北京等你。

齐颜心跳加速，两只手夹住那张卡片，感觉脸颊发烫，悄悄做个深呼吸。

杜亚娟余光看他，笑着问："这张是唐薇写的吧？"

"不是。"齐颜被看穿心事，连忙否认。

杜亚娟不再戳穿外甥的小心思，忍住心底的笑意："忍一忍，等高考结束，随便你们怎么玩，你自己有分寸就好。"

……

高考过后，再次回到宁南已经是 6 月 18 日，齐颜当天下午就迫不及待回到学校，过几天高考成绩发布时，学校要为毕业生举办一场告别晚会，高三（18）班报名了一个合唱节目，经过商议，他们一致同意唱那首《凤凰花开的路口》。

林可可发挥音乐生专长，负责指挥排练，三十几个人都不怎么懂音乐，有人跑调，有人忘词，有人搞不清楚声部，不知道什么时候该张嘴，什么时候闭嘴，林可可简直要疯掉。

晚饭时间，十八班除了时越外的七个男生，加上陆明宇从外班找来的几个男生凑成一队，和理科复读班踢了场告别赛。

比赛二比二打平，齐颜和周海洋各进一球，当看台上的易欣看到两人拥抱庆祝时，她感觉宁南的晚霞变得格外灿烂，不禁和身旁的唐薇、姜小余相视一笑。

排练合唱的地点有时在海边，有时在音乐厅，有时在齐颜和周海洋第一次打球那个废弃工厂，高考成绩发布前，每个人心情都有些忐忑，这样忙起来能让他们分散注意力，不会那么紧张。

下午排练结束，唐薇告诉齐颜，过年时约定的那幅画昨天刚刚画好，叫齐颜去“时光号”验收。齐颜爽快答应，骑上山地车，唐薇坐在后架上，两人离开学校朝海边骑行。

时近傍晚，盛夏的天光还很亮，两人迎着海风一路说笑，路过那片礁石，唐薇忽然问：“你记得我们第一次见面吗？就在那边。”

“当然记得，那时我特傻，很长时间没见到海，激动得又喊又叫。”齐颜回想初次和唐薇见面的场景。

“这一年可真快啊。”唐薇感叹。

齐颜却说：“不是一年，准确点说是九个多月。”

“你有什么感想？”唐薇问。

“我？感想就是感谢我小姨。”齐颜回答。

唐薇等待两秒钟，见齐颜感想结束，没了下文，皱眉问：“就这些？”

“对，就这些。”齐颜笑。

唐薇神色略显失落，显然她没听到想要的回答，不由得噘起嘴，盯着齐颜的白衬衫酝酿情绪。

齐颜像开了天眼，笑着问：“这就生气了？”

“没有。我生什么气？”唐薇赌气说。

齐颜早已猜到她的心思：“我当然要感谢我小姨，如果她不在这里当班主任，我就算复读也不可能来宁南，不来宁南就不会遇到时越，不会遇到姜小余、周海洋、易欣、苏岳他们。”

唐薇又没听到自己名字，脸色微沉，没好气地盯着齐颜，正要质问，

却听齐颜补充说："当然最重要的是遇见你。"

唐薇释然，脸上偷笑，却故意问："我有什么重要的？"

"既然不重要，那你说在北京等我？"齐颜反问。

唐薇脸一红："我就是随便写写，怕你不好好考试，你别当真。"

"你随便写写，我可当真了。"齐颜侧过脸看她。

"你当真跟我有什么关系？"唐薇板着脸忍住笑。

齐颜两腿用力，加快车速："好，骗我是不是？我现在就带你去北京。"

"你就骑这个去？"

"啊，一路向北，总能骑到。你要下车？"齐颜问。

唐薇稍做思考："算了，怕你一个人迷路，我勉强跟你去一次。"

她说着两只手抬起，很自然地环住齐颜腰际，十指紧紧扣住，脸也随之轻轻贴在那件清香的白衬衫上。齐颜猝不及防，后背温热，忍不住浑身一抖，车速慢下来，心跳却立刻飚上去。

山地车安静地骑行在海与山之间的公路上，微风拂过，晚霞渐渐把天空染成彩色。

两人就这样沉默着向前骑出很远，直到齐颜心跳平稳下来，回过神对唐薇说："薇薇，我……"

"你什么？"唐薇见他支吾不说，急着问。

"我想就这样一直骑下去。"

唐薇十指扣得更紧，脸靠在齐颜后背上，微笑着闭上眼睛："好啊，只要你不累，你骑到天边我都跟你去看风景。"

第三节

2019年，又是一个初秋。

半个月前，齐颜和唐薇的婚礼已经在北方老家举办，蜜月旅行，两人一致决定回宁南补拍一套婚纱照。

在海边和山上拍完照片，两人还想回学校拍摄。宁南二中这时还没开学，高中不像大学校园那么方便，经由徐立鑫、杜亚娟和校领导磋商，齐颜和唐薇终于被允许进入校园内取景。

九年过去，校园基本格局没什么变化，有些地方陈旧，有些地方翻新，体育场和教学楼如故，柳荫下的篮球场重新粉刷过，高三（18）班窗外的爬山虎依旧茂盛，虽然教室里的课桌已经换新，但放眼望去，满满都是他们九年前的回忆。

徐立鑫和杜亚娟在齐颜毕业一年后才结婚，如今两人还在宁南二中工作，徐立鑫依然主管纪律，杜亚娟则成了有名的复读班专业户，算上齐颜他们那一届，她已经连续带了十届复读班。

唐薇如愿以偿创办了自己的绘画工作室，地点就在北京，启动资金是曲艳萍给她拿的。早在唐薇上大学时，母女两人的关系就已经修复正常。半个月前女儿女婿婚礼，曲艳萍特意飞到北方，和唐煜一起作为女方家长参加的。

齐颜大学期间换了一次专业，最终主修的是戏剧影视文学，没毕业时他就写过几个获奖剧本，虽然都没能落实拍摄，现在他算是小说、剧本双管齐下，自由职业者，偶尔也去唐薇的工作室客串编剧，虽然在行业内还达不到金字塔上层的优秀段位，但他喜欢这样的生活和工作方式，笔耕不辍，每天都在进步。

在宁南举行的这场简易版婚礼规模很小，宴请的都是当年高三（18）班的同学，说成同学聚会、答谢宴更恰当。

所有同学中，以姜小余的学历最高，如今博士在读，正跟着导师做科研工作，至于她具体做什么，同学们听了也不太懂，总之大家都夸她厉害，说她真给十八班争光。

当年齐颜和唐薇、时越都考去北京，而姜小余报考时则选择去上海，从勤工俭学到拿遍奖学金，再到出国交换学习，经历这么年锤炼，姜小余仿佛脱胎换骨，无论谈吐举止，还是内在气质，都变得自信从容，而且她打扮化妆起来，比以前漂亮许多。

苏岳更加赞叹徐云峰的眼光，说难怪当年 507 宿舍的班花评选中，徐云峰总是给姜小余投票，果然深藏不露。

齐颜问起姜小余弟弟，姜小余说姜小成当年高中也复读了，但成绩平平，最终考上个普通本科，去年毕业，先是在保险公司上几个月班，亲戚朋友在他那里买了不少保单，姜小余也买了一份，可姜小成说辞职就辞职，如今又跑到外面和同学搞什么信用卡，事业和感情问题都亟待

解决，姜小余爸妈整天跟着着急上火。

唐薇笑说：“我说什么来着，为你们家光宗耀祖的肯定是你，你那个弟弟啊，只怕以后还要你扶。”

当年的高考成绩，程元熙第一，时越第二，时越没有选择读当初许诺的考古专业，而是读了计算机专业，如今两人双双做了程序员，在同一个大公司，只是一个在深圳，一个在北京。

两人的性格依旧沉默寡言，可见面聊起专业内容，彼此惺惺相惜，都变得滔滔不绝，就像当初在校学习那样，他们又成了彼此的知己。

时越如今已经有了女朋友，程元熙却依旧单身。可说起单身，又何止程元熙一人，苏岳、孙晓龙、徐云峰现在都单着。

苏岳大学毕业后执着于考公务员，又想考研，但屡次失败，最终在工作四年后考进了海关的事业单位，他伶牙俐齿，办事勤快，如今发展也不错；孙晓龙在广东那边做房产生意，打拼几年小有起色，这次聚会特意开着新买的车过来，彰显身份；而徐云峰则在宁南本地一家贸易公司做中层管理，三人都在事业起步阶段，直呼压力大，根本没精力和闲心谈女朋友。

倒是周海洋和易欣干脆利落，四年前他们已经结婚，现在孩子都两岁大，是十八班同学中最先当上爸爸妈妈的两个。

易欣当年高考成绩堪堪超过二本线，考到北方一所普通高校，读了新闻学专业，回到宁南后进入本地电视台工作，而周海洋的成绩离本科线还远，最终选择读了专科，和易欣同一所学校，但不在一个校区，学会计。

现在周海洋和爸爸周成达一起做海产生意，易欣的爸妈也在帮忙，把宁南的海鲜运往内陆销售，经过两三年打拼，生意已经初见规模，也算圆了周海洋一直以来的老板梦。

陆明宇没来参加聚会，他如今在部队做文职工作，也是去年才刚刚通过考试入职，没办法请假过来，只好通过视频连线，送上祝福，说下次有时间再聚。

酒店还是选在齐颜九年前生日宴的那家，连包间都一样，徐立鑫和杜亚娟也来出席。

久别重逢，师生们都格外开心，席间欢声笑语，微醺中的齐颜有些恍惚，仿佛身边又回到高三（18）班教室，回到那个改变他和很多人青春与未来的时空。如果有可能，他真想再经历一次那段青涩却美好的岁月，去见一见记忆中那个无所畏惧的自己，简单和他说一声：遇见你，我很高兴。

（全文完）

炙热星虹
ZHIREXINGHONG